U0815717

RICHARD YATES

理查德·耶茨作品

A

S P E C I A L

P R O V I D E N C E

天命

[美] 理查德·耶茨 著

齐彦婧 译

上海译文出版社

Richard Yates
A SPECIAL PROVIDENCE
Copyright © 1965, 1969, Richard Yates
This edition arranged with The Estate of Richard Yates, LLC
through The Wylie Agency (UK) LTD.
Simplified Chinese edition copyright © 2025 Shanghai Translation Publishing House
All rights reserved.

图字：09－2019－603 号

图书在版编目(CIP)数据

天命 /（美）理查德·耶茨（Richard Yates）著；齐彦婧译．— 上海：上海译文出版社，2025．6．
（理查德·耶茨作品）．— ISBN 978-7-5327-9835-3
Ⅰ．I712．45
中国国家版本馆 CIP 数据核字第 2025HY3750 号

天命
［美］理查德·耶茨 / 著　齐彦婧 / 译
总策划 / 冯涛　责任编辑 / 刘晨　装帧设计 / 张志全工作室

上海译文出版社有限公司出版、发行
网址：www.yiwen.com.cn
201101　上海市闵行区号景路 159 弄 B 座
苏州市越洋印刷有限公司印刷

开本 889×1194　1/32　印张 11　插页 6　字数 178,000
2025 年 6 月第 1 版　2025 年 6 月第 1 次印刷
印数：0,001—6,000 册

ISBN 978-7-5327-9835-3
定价：78.00 元

本书中文简体字专有出版权归本社独家所有，非经本社同意不得转载、摘编或复制
如有质量问题，请与承印厂质量科联系。T：0512-68180628

献给玛莎

我们能活着，仰赖了我们自诩理解的能力[①]。

——W. H. 奥登

① 出自奥登一九三九年创作的诗歌《纪念恩斯特·托勒》(*In Memory of Ernst Toller*，参考马鸣谦、蔡海燕译本)。

引子：一九四四年

每个星期六，在例行检查结束、文书室发放了通行证之后，弗吉尼亚州皮克特军营中各连队的步道上总会涌现出蜂拥奔逃的人群。你可以去林奇堡、里士满或华盛顿特区，而且，只要你愿意花上九个小时——五小时巴士，四小时火车——那你还可以去纽约。

一九四四年秋天一个多风的下午，二等兵罗伯特·J.普伦蒂斯独自踏上了这段漫长的旅途。他十八岁，是一名预备步枪手，这次旅行对他而言似乎意义重大，因为这很可能是他外派前的最后一次通行假了。

当晚，他置身于宾夕法尼亚车站喧闹的人群中，感觉迷惘、拥挤而恍惚，他侧身拨开一对对拥抱的情侣：男人们的军服似乎都比他的有型，女孩们则热情洋溢，仿佛在嘲弄他的乳臭未干。有一瞬间，他发现自己正径直朝人群中一个与他相向而立的女孩走去，她苗条、娇嫩，有一头棕色的长发，当他走近时，她仰起脸，露出一种他从未见过的、美丽动人的欢迎神态。她没有动，但眼含热泪，翕张的双唇足以阻停他的心跳——上帝啊，他多希望能有女孩这样望着自己，哪怕一次也好！——因此，当一位海军下士推搡着挤过他身旁、把她搂入怀中时，他竟有些错愕，如同一个遭到抛弃的情人。

普伦蒂斯并不想一直盯着人家看，但在那两人彼此相见时，他却无法移开自己的视线：他们长时间地拥吻，女孩依偎着海军士兵，在他肩头啜泣，双手紧紧抓着他的后背，海军士兵举起她，拉着她的手欢快地转了一圈，两人在欢声笑语中一同走远，由于时刻需要牵手相拥而几乎无法行走。

他满怀嫉妒，脆弱不堪，转身走向地铁，作为补救，他整了整自己发皱的军便帽，把它拉下来遮住一侧眉梢，指望能用急迫的神色和匆忙的脚步告诉别人，他很快也会像那名海军一样，受到某人罗曼蒂克的欢迎。

但他只是被地铁吞没，潜入这座他从未参透的城市那肮脏而错综复杂的深处。他彷徨得像个游客，不知自己是否上对了车；带着鄙夷的执迷，他打量起车厢里夜间苍白的面庞，看它们在自己周围浮浮沉沉，然后他从哥伦布环岛上来，投入狂风肆虐的黑夜，不得不把脖子伸得老长、东倒西歪地走出好几步才稳住身子。

他一生中大多数时候都生活在纽约及其周边，但他从不认为自己属于这座城市的任何一个片区或街道：他从没在同一栋房子里住满过一年。他在服役记录中留下的家庭住址，属于西五十几街上的一栋无电梯公寓，位于第八大道外一个阴暗的街区，他向那儿走去，穿行在飞舞的报纸和闪烁的酒吧招牌之间，试图为自己营造一种回家的感觉。他按下那个标有“普伦蒂斯”字样的门铃，听见蜂鸣器愉快地回应，请他进来；随后他三步并作两步地跨上台阶，穿过蔬菜、垃圾和香水的气息，最终被母亲紧紧抱住，变得寸步难行。

“噢，鲍比[1]，”她说，她花白的头顶勉强与他胸前口袋的上沿齐平，整个人像麻雀一样虚弱，但她充满爱意的拥抱却是如此有力，他得采取拳击姿势才能站稳。“你看上去棒极了，”她说，“噢，让我瞧瞧你。”于是他极不自在地听凭她一边扶着自己，一边退到一臂之外端详。“我的士兵，”她说，“我的好大兵。”

随后是连珠炮似的问题：吃东西了吗？是不是累坏了？回到家开不开心？

“噢，知道你要回来，我今天实在太高兴了。今天早上老赫尔曼跟我说——你知道，就是我跟你提过的那个难看的矮个子工头？我那份破工作上那个？今天早上我正唱歌，或者说是在小声哼唱吧，他见了就说：‘**你**在这儿唱个啥呢？’然后，啊哈，我就直勾勾地盯着他的眼睛——盯着这个可怕的、臭烘烘的小男人，你知道，他还穿着他那件恶心的旧汗衫，周围全是工厂里烦人的噪声——我说：‘我可有得唱呢。’我说：‘我**儿子**今晚就要回来**休假**了。’”她从他身边走开，穿过房间，显得脆弱而不安，一双脚胡乱拐来拐去，身上穿着她那件黑色的人造丝裙子，侧面用安全别针别住，大笑着复述她和工头的对话。“我**儿子**，”她重复

① 此处的“鲍比”(Boby) 和后文的“鲍勃”(Bob) 均为“罗伯特”(Robert) 的昵称。

道，“今晚就要回来休假了。”

“呃，”他说，“你知道，我这次算不上休假；只是通行假。”

“通行假；我明白。噢，见到你真是太好了。我说你先来杯热咖啡，再坐着歇会儿怎么样。我先收拾一下，然后咱俩出去吃晚饭。你觉得怎么样？”

她一边说话，一边手忙脚乱地进出卧室，与此同时，他呷了几口她端来的那杯苦涩的陈咖啡，在地毯上踱起步子。室内灯光昏暗，到处是烟灰和松垮摇晃的家具，却透出一种混乱的舒适，与此前军营中那种一尘不染的整齐截然不同。带给他同样感觉的，还有这里的私密，以及墙上那面窄窄的穿衣镜，他猛然在镜中窥见了自己不设防的脸和下方用铜扣扣在橄榄绿厚呢里的身体。他夸张地来了个立正，瞟了几眼那边，确认她还在卧室，然后原地转了几个身，低声给自己下着命令。向右转；向左转；向后转；敬礼；跨立稍息。到跨立稍息时，他发现她刚才在自己的制服上留下了一抹唇印。

“好了，”她说，“我准备好了。我看起来还行吗？够不够格跟一名英俊的士兵约会呢？”

“挺好，”他对她说，“你看上去挺好。”而且她的确变好看了些，尽管胸衣上沾了一点粉底。她把裙子的开口别得更严实了，也仔细整理了头发。

他们走出公寓时，他留意到她下楼时弯腰眯眼的样子——她的视力每况愈下——还注意到她在街上紧紧搀着他的胳膊走路时显得多么苍老和迟缓。在第一个路口，她驼着背，惊恐地匆匆穿过，更加用力地抓着他的胳膊，直到两人安然踏上对面的路缘。她始终无法理解汽车，因此总是夸大它们带来的危险：她似乎认为只要自己一停下脚步，突突轰鸣的汽车就会杀气腾腾地闯过红灯。

他们去了哥伦布环岛附近的蔡尔兹餐厅。“你说这可笑不？”她说，“我以前一直觉得蔡尔兹餐厅糟糕透了，但其实，它真是这附近唯一像样的餐馆了——别的地方都贵得吓人——我觉得它相当不错，你不觉得吗？”

他们先每人要了一杯曼哈顿，因为她执意要好好庆祝；随后，他们看看菜单，确认要是只点鸡肉丸就还喝得起，于是每人又来了一杯。他其实并不想要第二杯——那股甜腻的味道让他有些反胃——但他还是呷了几口，试着在椅子上放松。

这时，她的声音听上去就像一个低沉而滔滔不绝的独白：“……噢，你猜我那天在公交车上遇见谁了！哈莉雅特·贝克尔！还记得咱们住查尔斯街那年吗？你还跟贝克尔家的儿子们玩呢？他俩现在都加入海军了，比尔在太平洋上；想想吧。记不记得那年冬天咱们穷得叮当响，哈莉雅特总因为钱的事跟我大吵？总之呢，那一切都过去了。我们一块儿吃了晚饭，聊得可投机了；她对你的近况感兴趣极了。噢，你猜她跟我说恩斯特龙一家怎么着了！还记得吗？就是保罗和玛丽·恩斯特龙，我当年还跟他们要好得很呢！他们还到斯卡斯代尔来看过咱们呢，记得吗？还有河滨那次？还记得那年咱们一起过圣诞有多开心吗？……”

她不停地说，他一边用叉子侧面切碎鸡肉丸，一边报以她看似期待或需要的回答。过了一阵子，他就不再听她说话了。他的耳朵只听见她声音的起伏，还有其中那种复杂、熟悉、无休无止的韵律；不过根据长期以来的经验，他总能适时说出“哦没错”或“当然”。

她谈论的话题并不重要；他明白她真正想说的是什么。她绝望而温柔，瘦小而疲惫，如此急于讨好，其实只希望他能认同她这一生并不失败。他还记得那些好时光吗？他还记不记得他们过去认识的那些好人儿，还有他们住过的那些各异其趣的地方？而且，无论她曾犯下怎样的错误，无论这世界曾待她如何粗暴，他知道她一直以来有多么努力吗？他知不知道她爱他有多深？他明不明白——尽管经历了种种艰难困苦——他明不明白他母亲是一位多么出众、多么有才华、多么勇敢的女性？

哦是的，哦是的，他当然明白——这就是他那些点头、微笑和含混的回答所传达的信息。自记事以来，他就一直在向她传达这个信息，而且在大多数时候，他也的确对此深信不疑。

因为她**确实**出众、有才华，并且勇敢。否则她这一生的经历又该作何解释呢？世纪之初，当印第安纳州那些沉睡的小镇还在穷乡僻壤的蒙昧中固步自封时，一位名叫阿莫斯·格伦鲍尔的朴素干货商在养出六个资质平平的女儿之后，却意外拥有了一位与众不同的七女儿，她热爱艺术、热爱优雅的事物、向往纽约那个遥远的世界，这一切，难道还不足以令人称奇吗？她高中尚未毕业就进入了辛辛那提艺术学院，成为这所学校的首批女生之一，而且不出几年，她就只身来到梦想中的城市，找到一份时尚插画师的工作，仅是偶尔需要家人帮助。这难道还不足以证明她才华卓著、勇敢无畏吗？

她犯下的第一个大错，是嫁了个跟她在印第安纳的父亲同样平庸的男人，她日后常说自己当时不知是着了什么魔。哦，乔治·普伦蒂斯安静时或许的确英俊；甚至可以说相当帅气，他有一副业余歌唱家的嗓子，衣着光鲜，还拥有一笔销售员专项款，借此成了城里一些上好地下酒肆的座上宾。而且，不可否认，对于一名年近三十四岁的女子，认真的婚约已经不会太多；况且他又是如此稳重，如此殷勤，如此迫不及待地要保护她、供养她。但她怎么会完全忽视了这个男人的无趣呢？她怎么会没看出来，他只把她的才华看作锦上添花的小癖好而已，而且他还会为埃德加·A. 格斯特[①]的诗热泪盈眶，总是没完没了地谈论他毕生最大的抱负，那就是得到拔擢，在那个庞大而令人费解的、名为工具模具综合制造公司的机构里出任某部门的助理销售经理？

更有甚者，就仿佛这些还不够她受似的，她又何曾料到，他婚后常会一连消失三四天，回来的时候满身酒气，衬衫上还沾满唇印？

在他们唯一的孩子出生三年后，她在三十八岁上跟他离了婚，开始谋求成为一名类型艺术家——也就是雕塑家。她带着儿子去巴黎学习了一年；但恰好赶上了1929年，所以她刚待了六个月就因生活极度拮据而回了国。自那之后，在大萧条的背景

① Edgar Albert Guest（1881—1959），二十世纪上半叶一位高产的美国诗人，以“人民诗人”著称。

下，她的艺术生涯成了一次绝望而受挫的尝试，一场令人崩溃的苦行，她常说，自己是凭借她的小儿子那“美好的陪伴”才熬过来的。乔治·普伦蒂斯只能提供为数不多的赡养费和抚养费，靠着这笔微薄的经济来源，母子俩起初住在康涅狄格州乡下，随后住进了格林尼治村，而后又迁到了威斯彻斯特郊区，在这些地方，房东、杂货商和煤炭商总找他们麻烦，他们始终无法心安理得地生活在周围那些有条不紊到令人窒息的家庭当中。

“咱们跟别人不一样，鲍比。”她会解释说，但其实她根本无须解释。无论他们生活在哪里，他永远是唯一一个新来的男孩，也是唯一一个穷孩子，只有他家里永远散发着霉菌、猫屎和待用黏土的味道，只有他家的车库里放的不是车，而是雕塑；只有他没有父亲。

但他依然非常爱她，几乎像笃信宗教那样相信她的无畏和善良。要是房东、杂货商、煤炭商和乔治·普伦蒂斯全都为难她，那么他们也是他的敌人：他会作为她的盟友和守护者对抗这个粗鄙而蛮横的功利世界。他会十分乐意以种种方式为她献出生命；但问题在于，她需要的其实是另一些不那么极端的帮助，但就是得不到。她偶尔会有一些雕塑被纳入群展，极个别作品能够售出，换取一小笔收入，但在日益艰辛的生活中，这些偶尔的成功几乎都是杯水车薪。

“你看，爱丽丝，”在他为数不多的几次令人生畏的探视中，乔治·普伦蒂斯会这样说，显然刻意想让自己的声音听上去更冷静，更通情达理，“你看，我知道为儿子做些牺牲是必要的——

这点我同意——但你这样完全就不现实嘛。你根本没必要住在这种地方，搞得债台高筑。重点是，人得**量入为出**啊，爱丽丝。”

“行啊，那我干脆放弃雕塑好了。我会搬到布朗克斯去，到某家百货商店里找份不起眼的破工作。这就是你想看到的吗？”

“不，那当然不是我想看到的。我只需要你稍微配合一下，考虑考虑——见鬼，爱丽丝，我只希望你能稍微有点责任感。”

“责任感！噢，别跟我扯什么责任感……”

“爱丽丝，你能小点声吗？你想把孩子吵醒吗？”

普伦蒂斯快满十三岁时，他们的郊区生活在几起令人咂舌的债务违约诉讼中结束；又过了三年，爱丽丝在市区租住的公寓越换越差，最终不得已还是向前夫开了口。她保证再也不给他增添负担了，只要他肯资助鲍比就读她口中一所“很好的新英格兰预科学校”。

“**寄宿**学校？爱丽丝，你知不知道那得花多少钱啊？你看：咱们讲点道理好吗？你觉得我该怎么供他读完大学，要是我连自己都——”

“噢，你明知道大学什么的都是三年之后的事了。三年时间里什么都可能发生。我兴许能在这三年里举办一场个人展览，赚一大笔钱。说不定我只要再过六个月就能办个展赚大钱了。噢，我知道你对我从来就没有信心，不过好在对我有信心的人还多得很。”

“哎，可是爱丽丝，听着。你能控制下自己吗？”

“哈！控制我自己。**控制**我自己……”

她选的那所学校并不是特别好，却是唯一一所愿意为他提供半额奖学金的学校，她对他能成功考入这所学校备感骄傲。

他在那儿的第一年——也就是珍珠港事件那年[①]——几乎纯属受罪。他既想念母亲，又为此羞愧，而且与周遭格格不入，因为他不擅运动，衣着寒酸、搭配不当，还没有一分零花钱，他感觉只有把自己打扮成学校里一个不起眼的小丑才能熬过这一年。第二年情况有所改善——他在学校里赢得了怪人的声誉，甚至开始往校园知识分子的方向发展——但就在那年年中，乔治·普伦蒂斯猝死在他的办公室里。

这件事令人始料未及。在乘火车回家参加葬礼的路上，他一直无法摆脱那种诧异，因为他母亲在电话里简直泣不成声。她听上去悲痛欲绝，完全像个真正的寡妇，他差点想说："搞什么啊，妈妈——你是说他死的时候咱们还应该哭啰？"

而且他也厌恶她在殡仪馆的所作所为。她悲从中来，不能自已地瘫倒在花丛中，把一个绵长而热烈的吻印在那个死去的男人蜡黄的脸上。录播的风琴曲从某处传来，嗡嗡作响，一长队来自工具模具综合制造公司的男人神情肃穆，等待致哀（他有个可怕的猜想，她之所以如此做作，恐怕是专门做给**他们**看的）。而且，尽管他的第一反应是赶紧离开那鬼地方，但在她恢复平静之后，他却又在棺椁旁驻足了片刻。作为一种补偿，他俯视着乔治·普伦蒂斯那张平淡而波澜不兴的脸，想尽量看清每一个细节，因为

---

① 即一九四一年。

他过去几乎从未直视过这个男人的眼睛。他在记忆中搜寻蛛丝马迹，试图捕捉自己对这个男人真挚的爱意（生日礼物？游乐场之旅？），希望能记起除窘迫与失望之外，这个男人在自己唯一的孩子面前还曾流露过别的情绪，哪怕就一瞬间，但只是徒劳。等他终于离开遗体、搀起她的胳膊时，他低头瞥见她泪流满面的脸，心中充满厌恶。都是**她**的错。她夺走了他的父亲，又从父亲手中夺走了儿子，而现在，一切都太晚了。

不过他又产生了一个黑暗的想法，觉得这一切说不定也是他咎由自取，甚至，自己或许比她更有责任。那种感觉，几乎就像是他亲手用多年来那种可怕而不近人情的冷漠杀死了这个男人。他唯一想做的就是离开这个抽泣、颤抖的老妇人，回到学校，厘清头绪。

他父亲的死还造成了一个更为实际的损失：钱没了。他起先对此并没什么概念，直到第二年暑假，刚满十七岁的他回到家中，发现她住进了一家廉价旅馆，已经拖欠了房钱。她把自己所有的雕塑和家具都送去寄存，寄存费也已经付不起了。几个月以来，她一直在设法重返阔别二十年的时尚插画业，但碰了一鼻子灰。连他都能看出，她的画僵硬、造作、不具备任何市场吸引力，尽管她坚称这只是没找对人的问题；他跟她待了不到一天，就发现她已经食不果腹。几个星期以来，她都靠罐头汤和沙丁鱼过活。

“你看，”他说，并没完全意识到自己听上去俨然是乔治·普伦蒂斯的翻版，“这也太离谱了。呸，**我会**去找份工作。”

于是他开始去一座汽车零配件仓库上班。借此，他们搬进了西五十几街上一座带家具的公寓，而“美好的陪伴”也由此进入了一个全新的阶段。

每天晚上下班后，当他穿着工作服步履沉重地走在回家路上，他心中总是充满了男人的豪迈和愉悦的无产阶级情怀，把自己想象成某部表现穷人抗争的励志电影中的男主角。“见鬼，一开始我只是个仓库管理员，”他可以一辈子都这样说，“我爸死后，我不得不退学养活我妈。那会儿可真不容易啊。”

但问题是，他妈妈拒绝在这部电影里扮演属于她的角色。不可否认，他的确是在养活她——实际上，有时，在发薪日，她中午还得在仓库外跟他碰头才买得起午饭——但没人能想到事情真到了这个地步。每次回到家，他都希望她能拿出自己心目中她该有的样子：一个谦卑的寡妇，知恩图报地为她辛劳的儿子烹煮肉和土豆，洗过碗就端起针线筐坐下，在灯光下缝补他的袜子，或者带着询问的目光抬起头，羞涩地问他要不要给哪位好姑娘打电话。

但每次迎接他的都是失望。她夜复一夜地谈论着她迟早会结识的时尚界朋友，谈论着她一从寄存处取出雕塑就能在个人展览中赚到的钱，同时把炉子上的罐头食品烧得焦煳。

有一次，他一回家，她就穿了一件时髦的新裙子给他看，为此她花掉了大半个月的食杂费，而在他表现得缺乏热情之后，她又用一种对待智障儿童的语调解释说，谁要是还穿去年的衣服，就别指望自己能走在时尚前沿。

"哦，是啊，鲍比很好，"另一次，他听见她在电话上跟人说，"他在打暑期工。哦，就是体力活儿之类的，在某个可怕的仓库——男孩子们暑假干的那种活儿你是知道的——不过他好像干得挺开心的，而且我觉得这种经验对他很有好处……"

他心情复杂地确信自己不会再回学校去念高三了；但临近九月时，她却告诉他别开玩笑了。他**必须**读到毕业，否则她会伤透心的。

"哎，可是你看：你要怎么办呢？"

"亲爱的，这些我都已经解释过了。这份时尚工作很快就会有起色的；你知道我有多努力。然后，等我把那些雕塑取出来，你都不知道咱们会交上什么样的好运呢。明白吗？"

"嗯，那当然，但我说的不是'很快'。我说的就是现在。你怎么交得起房租呢？你到底要怎么填饱肚子啊？"

"噢，我总会有办法的；这不要紧。实在不行我会借钱的。这没什么可——"

"跟谁借啊？而且不管怎么说，你总不能一辈子借钱吧，嗯？"

她惊愕地看着他，缓缓地摇头，凄惶地一笑，随后，她甩出了那句话："你的口气简直跟你父亲一模一样。"

他们的争吵持续了好几个小时，冲口而出的叫嚷一声高过一声，最后，终于，当她再次滔滔不绝地说起她迟早会搭上的那些宝贵的人脉时，他终于对她发了飙，说："噢，放屁！"

她的眼泪瞬间决堤。她像挨了一枪似的揪着左胸，整个人瘫倒在地，把裙子腋下撕开一道口子，而那条裙子本该是她踏入时尚界的敲门砖。她脸朝下趴在地上，浑身颤抖，双脚痉挛地抽动，而他就站在一旁看着。

他见过她这副样子。第一次是在很久以前，他们那时还住在威斯彻斯特，有位房东威胁说要赶他们出去，当时她刚跟乔治·普伦蒂斯通了电话，想管他要一笔钱还债。“好啊！”她冲着电话大喊，“好啊！不过我警告你，今晚我就自行了断！”然后她狠狠挂断电话，揪着胸口倒在地毯上，吓得她的小儿子直把两只拳头往嘴里塞，试图缓解惊恐，直到她终于缓过劲来，把抽泣的他揽入怀中。此后这种情况时有发生，出现在各种危急时刻，他也明白她并不是真的犯了心脏病；他知道自己只需等待，等她开始感觉自讨没趣。不久她就翻过身来，没精打采地坐到旁边一把椅子上，把脸埋进掌心。

“噢，天哪，”她一边说，一边痉挛地抽搐，“噢，天哪。我儿子居然说我是‘放屁’。”

“不是，别啊。我没说你‘是’——你哪能说人‘是’——听着，那只是一种表达方式。明白吗？我的意思不过是——听着，对不起。我没那个意思。对不起。”

“噢，噢，噢，天哪，”她说，在椅子上左摇右摆，“我儿子居然说我是‘放屁’。”

“不是的，你瞧。别这样。求你了……”

最终，在开学前一周，她找了份工作——并不是她过去经常用来威胁乔治·普伦蒂斯的那种“百货商店里的破工作”，而是一份比那还破的工作：她去了一家给百货商店做服装人模的工厂。

出人意料的是，他高三那年还小有成就。他经历了一个不可言说的微妙过程，从校园边缘人变成一位另类的校园领袖；这是旗开得胜的一年，而直到这年行将结束时，他才得知，自己的学费已经有一年半没交了。

他妈妈跟校长通了好几次电话，其间她很可能曾哭泣、恳求和许诺，他自己也与校长冷静地谈过几次（“这对我们所有人而言都非常棘手，鲍勃”），最终，到毕业典礼前一天，校长才略带尴尬地对他婉言相告，说在他付清欠款之前，他们得暂缓发放他的文凭。

那时，他妈妈已经被人模工厂辞退，改去一家不受工会保护的小型精密透镜制造厂上班。她向每个认识的人郑重其事地宣称，自己从事的是“战争事业”。

一个月后，他参了军，把母亲列为“一级”受供养人；而现在，他在窗明几净的蔡尔兹餐厅里与她相对而坐，对她不绝的话语充耳不闻。他坚忍而温柔地耐着性子，眼看她渐渐露出醉态：她的声音变得低沉而含混，上唇开始松弛、浮肿，不停比划的手开始变得迟缓而笨拙。

“……然后突然间，”她说着，正要把这个最近遇见熟人的冗长故事推向高潮，“突然间他睁大眼睛说，‘你是说你就是爱丽丝·普伦蒂斯？雕塑家爱丽丝·普伦蒂斯？’”在讲述那些能让她报上自己大名、特别是还能在前面加上“雕塑家”头衔的故事时，她总带着一种孩童般的喜悦。“原来他们仰慕我很多年了。于是他们就把我请进去喝咖啡——噢，我们度过了一段最最美好的时光。”

他明白自己这时应该附和她，分享她的喜悦，但他突然决定今晚不再配合了。“哦是吗？”他说，“嗯，这就有意思了。他们是从哪儿知道你的呢？”他明白这话非常残酷，但也知道自己就得这么问。

“什么？哦——”她脸上闪过一丝受伤的神情，不过很快就恢复了镇定，“哦，嗯，他们的某个朋友很多年前从我的一次展览上买过一件园林雕塑，或者类似的东西。我记不清了。总之呢，他们——”

“你的展览？”他就是不肯放过她；他继续向她施压，如同一名咄咄逼人的律师。他心知肚明，尽管她一辈子都在念叨个人展览，但她从未举办过一场。（再说了，如果艺术家是个女人，那玩意儿还能叫“个人展览”[①]吗？那不是胡扯吗？）而且他还知道，她在群展上只售出过区区几件可怜的作品；那些作品大都由一家园林雕塑美术馆保管经销，即便如此，她的买主也几乎全是朋友或朋友的朋友。

“呃，我**记得**他们说是在一次展览上来着，”她不耐烦地说，“也可能是从美术馆买的吧；总之那不重要。”

他不再纠缠这一点，但只是为了发起新一轮的进攻：“对了，

---

① 原文为 one-man-show，在英文中 man 有时也指男人。

你说你是怎么认识这些人的？”

“通过斯图尔特夫妇，亲爱的；我都说过了。”

“哦，明白了。那么斯图尔特夫妇可能也是那些人的朋友啰，就是买雕塑的人。对吧？”

“呃，我想是这样，是的。我想雕塑可能就是这样卖掉的。”她沉吟片刻，显得有些气馁，用叉子拨弄着她盘子里剩下的鸡肉丸。随后，她重新鼓起勇气，开始继续讲这个故事，想点明她显然一开始就希望突出的重点。“总之呢，他们人实在太好了，而且当然了，我跟他们讲了许多你的事。他们迫不及待想见你呢。我跟他们说要是你愿意，我们可以明天礼拜后顺道过去一趟。你介意跑一趟吗，亲爱的？就当是为了让我高兴？我敢说你肯定会喜欢他们的，咱们要是不去，他们会很失望的。”

这简直是他最不愿意做的事了，但他依然答应下来。这就意味着他也答应去教堂了，而那也是他想尽量避免的事。现在，他随时准备答应她的任何要求，只为弥补先前尖锐的拷问。他为什么要那样逼问她呢？她已经五十三岁了，生活孤独而压抑；他为什么就不能让她心存幻想呢？他质问她时，她那双受伤的、半醉半醒的眼睛似乎始终在传达这层意思：为什么就不能让我心存幻想呢？

因为那都是谎言，他一边在心中默默对她说，一边大嚼盘中廉价的食物。你说的每句话都是谎言。你不是雕塑家爱丽丝·普伦蒂斯，从来都不是，就像我也不是预科学校毕业生罗伯特·普伦蒂斯。你是个骗子，是个冒牌货，那就是你。

他被自己心中隐秘的叱责震惊了，但对它无能为力，只能放任，同时紧闭双唇，用手指绞扭膝上一张破皱的纸巾。

你是爱丽丝·格伦鲍尔，他继续在心里说。你是来自印第安纳州普莱恩维尔市的爱丽丝·格伦鲍尔，你既无知又愚蠢，这么多年来，你总是满嘴关于“艺术”的屁话，而同时我那可怜的懒鬼父亲却得为养活我们而疲于奔命。是啊，他这人或许的确“无趣”“麻木”什么的，但我多希望上帝能给我一个了解他的机会啊，因为无论他有多么愚蠢，我都明白他不是靠谎言度日。而你是。你赖以生存的一切都是谎言，而且，你想知道真相吗？

他厌恶地瞪着她，目露凶光，看她摸索她的勺子。他们点了冰淇淋，她用舌头卷进一大口冰冷的食物，嘴边沾了一些。

你想知道真相吗？真相就是，你的指甲全都又黑又烂，因为你做的是苦工，天知道你这辈子还能不能摆脱那间磨镜片的工厂了。真相就是，我只是个步兵二等兵，很可能会被炸飞脑袋。真相就是，我一点也不想坐在这里，吃这该死的冰淇淋，听你用胡言乱语麻醉自己，浪费我宝贵的时间。真相就是，我巴不得自己今天用通行证去了林奇堡，进了一家妓院。这就是真相。

但真相其实也并非全然如此。对此他十分清楚，尽管他一直在深呼吸，试图按捺那些几乎要冲口而出的话语。真正的、完整的事实要比这复杂得多。因为不可否认，他是自愿回到纽约的，甚至还带着一种真诚的迫不及待。他回来，为的就是躲进她那些“谎言”的安慰里——他想念她那种毫无由来的乐观，那种认定勇敢的爱丽丝·普伦蒂斯和鲍比始终有天命眷佑的不移信念，还有她一直深信的，不论遇上任何艰难险阻，他俩都是如此独一无二、举足轻重，而且永远不会死去。他今晚就想待在她身边：他并不介意她管自己叫“好大兵”。至于林奇堡的妓院嘛，他深知自己绝没有胆量去那儿，所以这不能怪他妈妈。

“是不是很好吃？”爱丽丝·普伦蒂斯指的是冰淇淋。

“嗯。”她儿子说，随后两人在沉默中吃完了这顿饭。

回公寓的路上，她走得摇摇晃晃，不断地倒向他——在每个路口，她都带着恐惧的痉挛紧紧抓着他的胳膊——他俩一上楼，她就拿起威士忌瓶给自己倒了一大杯，那瓶酒她恐怕喝了一下午了。

“来一杯吗，亲爱的？”

“不，谢了。我不用。”

“你的床都铺好了，你随时可以歇息。我真——累啊。”——她拨开一缕垂落在眉间的头发——“真累啊，你不介意的话，我想我这就准备睡了。你确定不介意？”

“不，怎么会。你睡吧。”

“那好。明天咱俩一起开开心心地好好过个星期天。”她凑上前来，嘴里散发着食物和威士忌的味道，举起胳膊搂住他，送上一个吻，“噢，有你在真是太好了。”她在他身上倚靠片刻，然后晃着身子、扶着墙，踉踉跄跄地进了她的卧室，掩上门，门框变了形，她关了好几次才咔嗒一声锁上。

他双手插兜，踱着步子，独自来到漆黑的窗前向外眺望。远处的街道上，一家烤肉酒馆的霓虹灯光洒满人行道，两名士兵站在那里，搂着两个女孩。其中一个女孩在笑，尖细的笑声高亢而轻浮，沿着街道飘来。一名士兵高喊了一句什么，于是所有人都跟着她一起笑起来，然后他们就走远了，消失在黑暗中。

他松了松衣领和领带，重重跌坐在自己的床上，那同时也是客厅的沙发，在他坐下时腾起一片细细的灰尘。他从那张凌乱的咖啡桌上拾起房间里唯一一件看上去贵重而崭新的东西：他的学校年册。他翻动着厚重光滑的页面，带着一种愉悦的惊异辨认出一张张熟悉的面孔，他们是如此整洁，在学校的摄影师面前摆着姿势，与军营中那些面孔相比，每个人都显得如此年轻、如此娇弱。年册上还有手写的留言："祝你在军队好运，鲍勃。能认识你真是太好了——戴夫。"

"鲍勃，相信你无论做什么都会成功。我会永远铭记与你的友谊——肯。"

看完年册，他已经快忘了自己这天早上曾天不亮就起床，为应付例行检查而擦拭弹夹带，随后又在臭烘烘的男人堆里推来搡去，听他们嚷嚷着要他别磨叽。至于自己在大巴和火车上辗转的九个小时，他也已经记不太清了，对于蔡尔兹餐厅里那种沉默而冷酷的愤怒、那种毁掉他晚餐的情绪，他也仅剩一点模糊的记忆。这会儿，卧室里传来他母亲规律的鼾声，那声音深沉、缓慢、嘶嘶作响，他怀着无尽的柔情听着，褪下军装，把它仔细挂在衣架上。他钻进被窝，发现床单竟出人意料地新鲜、清爽：他能想象她为了迎接他回家，趁午餐时间匆匆赶往洗衣店的样子——或者甚至去梅西百货买了一套新的。

明天，她会让他睡到很晚，再把他轻轻唤醒。他们会一起吃一顿杂乱而贫乏的早餐，再一起上教堂。她当了一辈子异教徒，只是最近几年才发现了圣公会的礼拜，她会在做礼拜时哭泣（“我总在教堂里流泪，亲爱的；我就是忍不住。我不是有意让你难堪的”），然后，带着焕然一新的心灵，他俩会搭乘地铁或公交去拜访那些据说等不及要见他的人——那些会说出“雕塑家爱丽丝·普伦蒂斯？”的人，而且他们很可能也会像她一样，温和，困惑，快活得可悲。

星期一一早，残酷的现实就会迅速重新占据他们的生活——步兵营和打磨镜片的工厂——可在那之前……

在那之前，他依然可以酣然睡去，置身于一片宁静祥和之中，感觉荣幸而安全。他回家了。

第一部

第一章

“开——始——射击！”

步枪震耳欲聋的枪声从他两侧传来；他扣动扳机，感觉手中那支步枪的枪托深深抵进了自己的肩膀和脸颊，接着，他又开了一枪。

他们正趴在弗吉尼亚州一座潮湿的山脊上，越过一座阴沉的草坡向数百码外的一个模拟敌营射击——那是一排树丛掩映下的粗糙木屋立面。目标灰色的影子在窗户里忽隐忽现，毫无规律地从树丛中的散兵坑里冒出来，普伦蒂斯起初根本无法瞄准：他似乎只是在不停地开枪，尽可能打出跟两旁战友同样多的子弹。不过不出几秒，紧张的情绪就缓解了，他开始变得精准又敏捷。这真是振奋人心。

“停火！停火！好，后撤。全体后撤。二班的，给我上。二班上射击线。”

普伦蒂斯收起步枪，起身一脚深一脚浅地随队撤下山脊，来到一小堆篝火旁，火是好不容易才点起来的，此刻正艰难地燃烧着。他挤进火堆四周的人群，在约翰·奎因特身旁找了个地方站定。

“打中什么没，神枪手？”奎因特问他。

“一两个吧，我猜。反正我觉得应该打着一两个。你呢？”

“见鬼，我不知道。”

这天下午，他们为期一周的野营训练就要结束了，这是他们训练中的重头戏。现在，他们随时可能被调走进入外派程序，连队的士气跌到了谷底，但普伦蒂斯心里产生了一种反常的欢欣。他愉快地想到自己已经六天没有洗澡更衣了，而他现在操作起步枪来就仿佛它是自己身体的一部分，在复杂的实战考验中，他没有犯下任何显而易见的低级错误。此刻，他正愉快地微微颤抖；他挺直双肩，叉开双腿，在木柴烟中轻快地搓着手。

“嘿，普伦蒂斯，”诺瓦克越过火堆望着他说，“今天有没有觉得自己很棒啊？有没有觉得自己像个真正的战士？”

这在人群中引起了一阵哄笑，诺瓦克的朋友、南方人卡梅伦竭力想让嘲弄继续：“老普伦蒂斯会成为十足的虎将，对不对？天哪，我真高兴他是咱们这边儿的。”

他设法不去理会，继续搓着手，望着微弱的火焰，但他们那讨厌的、轻松的笑声败坏了他的心情。

在他所在的排，几乎所有人都比普伦蒂斯大五岁以上；有些人三十来岁，还有少数人年近四十，其乖戾刻薄完全超出了他的想象。他们也都像他一样，是从别的队伍转入皮克特军营的——实际上，在军队里，这个集训兵团被称作“步兵改造中心”——不过他的情况明显与其他人不同。他此前只作为空军新兵接受过为期六周的低强度松散训练，随后又在一个名为“临时连队”的地方断断续续地干了一个月的活儿；而其他人都是老兵了。他们有些来自最近解散的防空编队，此前已经在西海岸那些防御设施周边的炮位上闲了好几年；有些人来自军需处和军需仓库；有些曾是炊事员、书记员或勤务兵，还有一些是从各个军官学校里淘汰出来的。他们中有不少人是预备士官或技术兵，有些人还佩戴着自己作废的徽章，但现在，他们所有人——每个口无遮拦、饮酒无度、骂骂咧咧的家伙——都必须接受这样一个不幸的事实：他们在军中的好日子、那些性命无忧的年月已经走到了尽头。他们现在是候补步枪手了。

普伦蒂斯要是还敢指望这些人能管自己叫“鲍勃”“瘦子”或“竹竿”，指望能像在空军时那样，与他们在轻松友好的氛围里融洽相处，那他必须趁早抛弃这些幻想。他们管他叫“崽子”“小喽啰”或“普伦蒂斯”，或者干脆什么也不叫，他们一开始全都对他视而不见，随后很快又开始轻蔑地取笑。

他第一天早上就没赶上起床号，迷迷糊糊地摸索着自己那副陌生的步兵绑腿，结果把那该死的玩意儿穿反了，把绑带钩穿在了小腿内侧，而不是外侧；他刚在军营的地板上匆匆迈出四步，两侧的绑带钩就钩在了一起，他摔倒了——他那六尺三寸、又高又笨、胡乱扑腾的身体整个摔在地上——双腿以一种匪夷所思的方式纠缠在一起，让在场的人足足笑了一天。

自那之后，他每况愈下。在密集队形操练中，他笨拙得无可救药；掀开步枪的枪膛时，他必须难看地点一下头才能操作武器；在野外，他瘦高而不协调的身体不得不面临灵活性和耐力上的考验，而他似乎全都难以胜任，不停地磕绊、失误。

更糟糕的是，他发现自己无法坦然面对这些挫折。每次蒙羞，他都会高声叫骂着站起来，试图用难听的咒骂击退那些嘲笑他的混蛋，想以其人之道还治其人之身，结果却只招来他们变本加厉的蔑视。全面的无能已经够糟糕的了，而一个不知天高地厚又窝囊的毛头小鬼更是招人讨厌，但他竟然还跟个文化人似的——骂起人来不仅气急败坏，还带着那种自以为是的短音，听上去像个被宠坏的公子哥儿——那就太过头了。

然后，一天早上，连队在劈刺训练后走进一座压抑的板房听取每周的鼓舞与动员宣讲，就在那天，他找到了一种或许能帮自己摆脱困境的方法。宣讲跟往常一样无聊：他们先放了一部纪录片，荧幕上雷霆般的标题显示它出自《我们为何而战》系列，影片用浅显易懂的文字和图片揭露了纳粹德国的暴行，随后，一名看上去百无聊赖的少尉又嗡嗡地把这些内容重复了一遍，接下来便是问答环节。

一名跟普伦蒂斯隔了几个座位的士兵站起来提问——他叫约翰·奎因特，是一名文静的前军械师，来自爱达荷州，他曾见过他在驻地图书馆里抽烟斗——他一开口，普伦蒂斯就坐在那里，听得入了迷。

“长官，我想就刚才影片中的一两个要点提问。事实上我注意到，在我军的训导课程中，它们曾反复出现，因此我想我们有必要对它们进行更加细致的审视……”

他说了什么并不重要，虽说他发言的内容从头到尾都有趣而周详；重要的是，他说话时带着一种非凡的从容与自信。此人不过二十四五岁——他戴着眼镜，几乎有些文弱，用词和发音都显示他“受过教育”——他说起话来毫不纡尊降贵，没有任何要照顾普罗大众的意思，但房间里每个四肢发达的粗人都在毕恭毕敬地听着。他甚至引起了一些笑声——不是因为蠢笨而沦为军中笑柄，而是用文雅睿智的谈吐引人会心一笑，普伦蒂斯此前还以为这样的语言对他们来说会太过阳春白雪。他用大拇指勾住弹夹带，有礼貌地从这一侧听众转向那一侧听众，镜片在灯光中闪耀，用上了“滑稽”和“易腐化”这样的词汇，背上还湿漉漉的，带着刚才在劈刺训练中渗出的深暗汗迹：他证明，并非只有粗人才能成为士兵。

等他说完坐下，房间里响起了热烈的掌声。

“是的，”少尉说，“谢谢你。你说得非常好。各位还有什么别的问题吗？”

这件事就到此为止了，但已经足以为普伦蒂斯的向往确立一个崭新而清晰的焦点。现在他知道自己想从军队中得到什么了。让那种幼稚的狗屁见鬼去吧，管他们“喜欢”还是“不喜欢”，管它什么“融入”与否。他现在唯一想要的，除了能胜任训练之外，就是像奎因特那样博学多才、口齿伶俐，像他那样自成一派，超然于军中的欺侮。他几乎都想**成为**奎因特本人了，而且，如果说这不可能，那起码也是非常非常想认识他。

不过排里的小丑是很难跟他们当中唯一一位知识分子称兄道

弟的——起码一开始是没戏。为了实现这个目标，他必须非常小心，并且不着痕迹。

当天傍晚，他就采取了行动，他信步走到奎因特床边，漫无目的地闲聊了几句就离开了，尽量不露出任何刻意的痕迹。几天后的一个晚上，他看到奎因特在图书馆里看书，但思索再三，还是决定先不上去攀谈，不过，在去借书柜台的路上，他打奎因特面前经过时特意亮出了自己手上那本书高深的书名，这样奎因特要是无意间抬头就能看见。幸运的是，接下来，连队在射击场上开始了为期一周的训练，他们每天天不亮就出操，然后在靶场上训练九小时，这种安排留下了大段的空闲时间，为训练期间的闲聊创造了条件。有时，他们会整整半小时都无所事事，只能坐在那里等着上射击线，而且午餐时，他们还会拥有更多的空闲，一座行军厨房会准备午餐，再盛在军用饭盒里送来。普伦蒂斯丝毫没有浪费这些机会；很快，他就开始在每次休息时与奎因特出双入对，几乎完全自然而然。后来，连队开始了野营训练，于是他俩把各自的半扇帐篷拼在一起，两个人挤在那顶拥挤潮湿的小帐篷里，最后都得了急性支气管炎。

到现在，他们已经熟络得像感情一般的亲人了，不过普伦蒂斯清楚他们还称不上朋友，更谈不上“哥们儿”。他俩就连外表都极不相称：普伦蒂斯起码高出对方九英寸，一张小脸上嵌着一双大眼睛，依然毫不掩饰对认同的渴望；而奎因特则十分结实，始终沉浸在长期郁积的愤怒中。

在回营房那五公里路途中，他俩迈着沉重的步伐并肩走在两人一排的纵队里，背着全副野战装备，途中，普伦蒂斯打定主意不率先打破沉默。想聊天的话，奎因特必须先开口；他们在沉默中走了起码两英里半，奎因特才说："小圆蛤。"

"什么？"

"我只是在回想以前在旧金山吃过的一顿饭。"奎因特一边疲惫地皱起眉头，一边松了松步枪背带，把它在肩上挪了挪，好让自己舒服些。"那是我这辈子去过的最他妈高级的一家餐馆，只不过我把名字给忘了。你吃过小圆蛤吗？半开壳的？"

很快，他们就投入了一场漫长而热烈的讨论，描绘着一桌完美的终极大餐，想象在战后，自己终有一天会在世界上最好的餐馆里享用它。最先上来的会是小圆蛤，接下来是只有奎因特尝过的一道著名的汤品。

"好吧，"普伦蒂斯说，"那然后呢？我想应该上一大客牛排，或者一大块烤牛肉，再配上——"

"不。等等，普伦蒂斯；咱们这顿饭不能操之过急。你把鱼那道菜都忘啦。"

"好吧。"于是他俩讨论起鱼的做法，普伦蒂斯开心极了，竭力控制才没像姑娘家那样尖声尖气、叽叽喳喳。

"那就龙利鱼柳吧，说定了？"奎因特说，"好，现在该轮到主菜了。而且，听着，咱可别一上来就要牛排或烤牛肉——选择还多着呢。咱先用心想想。"

普伦蒂斯用心思索着，同时，他行军时最坏的老毛病又犯了。他的脚趾擦到了前面那个人的后跟，那人名叫康纳，过去是一名工程下士，经常向所有人高声宣称，行军时只要普伦蒂斯排在他身后就准会踩他的脚后跟。而且，普伦蒂斯早就意识到跟康纳道歉不会有任何作用，所以每当康纳回过头说“**他妈的**，普伦蒂斯，你能管好你的**脚**吗”，他都只能摆出一副严峻而无辜的表情，以求自保。接下来他们又在沉默中走出十来步，普伦蒂斯一直在思考该在什么时候重启关于终极大餐的话题。

令人欣慰的是，奎因特率先打破了沉默。“仔细一想，”他说，“我觉得你说得很有道理，普伦蒂斯。没什么能比牛排更棒了。那咱们就来两客菲力牛排吧，三分熟。配菜吃什么好呢？我看就薯条吧，不过蔬菜呢？或者你干脆别要蔬菜了，直接点份沙拉？”

“行啊。就这么定了。咱们点一大份沙——”就在这时，他悔恨地发现自己又踩到了康纳的脚后跟。但还不等康纳转过身来说“普伦蒂斯，能不能管好你的臭**脚**？”——甚至还没等他说完这句话，普伦蒂斯就看出队伍前端的人动作有些异样。在前面老远的地方，也就是上尉所在的位置，他们全都弯着腰开始小跑，而且好像还在摘头盔。再近一些，在康纳前面，有些人停了下来，翻倒在地，仿佛十分痛苦；紧接着，他还来不及集中精神，就感觉某个小型不明物体落入了他脚边的尘土，发出轻微的爆炸声——扑哧——随后，他的眼睛和喉咙立刻像着了火。

他睁不开眼，也无法呼吸。他伏倒在地，两只手捂着眼睛，笨重的步枪在他臂弯里摆荡。

“继续前进，士兵们，”有人在喊，“继续前进……”

他走得磕磕绊绊，被后面的人用力推搡着，结果失去了平衡，倒在路上打滚，摔得四脚朝天——做完这一系列动作，他才产生了第一个清晰的念头：是**催泪弹**。

接下来他经历了一段漫长而痛苦的挣扎，他四肢着地，摸索着自己满地乱滚的头盔，然后才想到应该如何应对——他用右手抓过那只在自己左边腋下挂了好几个星期的帆布兜，扯开它，拽出他那套抖动的橡胶防毒面罩。

“继续前进，士兵们……”

他回想着防毒演习，一只手捏住面罩的口鼻，把它套在头上，同时用力呼出一口气，戴上之后，他在里面淌着口水，又是咳嗽，又是干呕，同时试着睁开眼睛，透过雾蒙蒙的塑料目镜看出去。他的头盔掉在路上，散了架，衬里和钢盔分了家。他拾起它们，重新装好，发现他们所在的这段队伍完全乱了套：他周围全是匍匐在地、东倒西歪、丢了头盔的人。

“继续前进……”

在前面老远的地方——简直遥不可及——队伍的前列依然毫发无损，还在秩序井然地前进，他能看见最后一个人迈着沉重的步伐若无其事地前行，那人正是奎因特。他拔腿就跑，端着步枪，同时竭力忍住恶心，不让自己吐在面罩里，那玩意儿内部充斥着霉菌和橡胶的气味，外加他自己的口气。口令传来时，他们已经走出了五十码：

“毒气测试！”

他扯开脸上的橡胶面罩，吸了一口甜丝丝的新鲜空气。

“除去面罩！”

他的脸终于摆脱了束缚，他把面罩塞回兜里，仿佛它是一条扭动的蛇。随后队伍停了下来，在路旁的一片空地上以班和排为单位重新列队，同时，上尉爬上一个松针堆成的松散小丘，准备训话。

“稍息，士兵们。”他说着，用一块卡其色手帕擦拭自己汗如雨下的脸颊。他精瘦、严厉，长着一副鹰钩鼻，是安齐奥战役[①]的老兵，作为一个难缠的混蛋而闻名全军。“请伏击小队出列。”

他们其实已经站出来了，一位壮硕的中士带着四名皮克特营前文官，前者身上的制服几乎褪成了白色。他们一下午都蛰伏着等待这个连队，随时准备抛出催泪弹并评估结果。现在，测试结束了，他们只想赶紧返回驻地吃晚饭。

“中士，”上尉说，“你怎么看？”

“嗯，长官，我看不太理想。气体释出时，我看见不少人手足无措，犹犹豫豫——依我看多得有点反常。您的手下似乎花了很长时间才弄清发生了什么。许多人只是弓腰站在那里，还有好些人丢了头盔。我还看见有人摔了个狗啃泥——”这话引起一阵窃笑，有人说“普伦蒂斯”——“还没取出面罩，就摔了个狗啃泥。您的前半支队伍确实应对得相当不错；没有中断行军；不过总体而言，长官，我得说不够理想。”

“谢谢你。”上尉说罢，用鼻子沉重地出了口气。他依然红着眼睛，眼泪汪汪，而且不得不清了好几次嗓子。“我在想，”他说，

---

① The Battle of Anzio，也称鹅卵石行动，是一九四四年二战意大利战场上的一次战役。

“我在想你们知不知道，如果这是毒气，那么现在你们中恐怕有一半人不是已经死了，就是在垂死挣扎。好好想想吧。还有，要知道，你们很快就要上战场了。虽说我们认为你们的敌人或许不会使用毒气，但谁也没法打包票。不过我敢说，你们的敌人绝对会实施伏击，还会使出各种突袭手段，只要能达到目的。也就是说，你们这些人必须学会随时提高警惕，而且你们他妈的必须在最短的时间内学会。”

他收起手帕，挺直身子。“好了，我很清楚你们都是重服兵役人员。我也明白你们只有六周的训练时间，而一名合格的步枪手起码得训练十六周。要是你们谁觉得这不公平，那我绝对赞成。这一点儿也不公平。但我只想说。我只想说你们的敌人不会因为这个就对你们手下留情。就这样。”

士兵们又排成两人一排，一边迈着便步前进，一边抹着眼睛、擦着脸和脖子，感觉像刚被荨麻轻轻扫过。为了不踩到康纳的脚后跟，普伦蒂斯几乎集中了全部精力，不过他仍会时不时瞟一眼奎因特那半张掩映在头盔轮廓和阴影中的侧脸。奎因特看见他摔得狗啃泥了吗？队伍里又有人开始说话了，但他却等待良久，直到感觉可以安然重启他俩的对话。

“奎因特？”

“什么。”

“你对甜点有什么想法？”

“什么？”

“我说，你觉得咱们应该吃什么甜点？”

“哦。见鬼，我不知道。咱们别再说这个了，集中点注意力行吗。”

回到连队之后，他们站在步道上等待解散，军士长刚刚宣布十五分钟后会有一场全营鸣金收兵仪式；这个消息在队伍中引发了一片抱怨和咒骂。队伍解散后，人们彼此推搡着拥向营房，这时，普伦蒂斯也加入了抱怨的行列，但他只是装装样子而已。实际上，他根本不敢承认自己对鸣金收兵仪式没有意见。他甚至不介意今晚就有一场，也不认为这种安排有什么不近人情，尽管这意味着他换装前根本来不及洗澡。他们得在十五分钟内卸下背上那包浸满汗水的束缚与疲惫，直接穿上礼宾制服，套上纯棉的橄榄绿衣裤，打上领带，披上带铜扣的外套，穿上干净的鞋子，戴上军便帽；他们得把弹夹带从背囊上摘下来，卸下刺刀的刀鞘，再把它们固定在腰带上；他们得调校步枪带上的扣环，把它们收紧，再用软布把步枪草草一擦（晚饭后才需要仔细擦拭），要是还有多余的时间，他们就会把腰带上的泥块抠下来，再把它重新戴上、扣紧。然后便是一声：

“暂时解散！”

面色阴沉、大汗淋漓的士兵们全都穿着让人痒丝丝的干净羊毛衫，身上还带着积攒了一周的污垢，他们再度排好队形，站在连队的步道上等待立正、向右看和跨立稍息的口令。每个排的中尉和副排长都在交头接耳，商量着如何把士兵们按身高重新排列，而令普伦蒂斯窃喜的是，这意味着他会被放在第一排排头，因为他个子最高。随后，指挥部成员快步走出办公室，在连队前列就位：他们是上尉（身穿定制的深色制服、佩戴鲜亮的军用绶带，显得十分潇洒），执行长官和军士长；与他们一起出现的还有奎因特，他手持一根长杆，上面挂着队旗，那面步兵蓝的三角旗鲜艳夺目，上面饰有交叉的步枪、连队的首字母和本团的番号。

“你们这些陆军老兵里有人会打队旗吗？”训练第一天，军士长曾这样问他手下这个新组建的连队。六个没精打采的人自告奋勇，最终，这项任务落在了奎因特头上。他做得十分出色：他知道在跨立稍息、立正和前进时应该怎样擎旗；也知道该在什么时候以怎样的方式挥旗向下，让它与地面保持直出平行，以示致意，还知道该如何避免旗帜在重新扬起时四处摆荡。

“**全连**注意！”上尉高喊，而他手下的每位排长也都开始喊话，像插入语似的：“全排注意——”

“立——**正**！武器上——**右**肩！向右看——**齐**！向前——**进**！”

他们跟随队旗走出连队步道，随后一个右转，干净利落地跟上军中另外两支连队，恰好听见跟护旗队一起等在一个路口的军乐团敲响开场的鼓点。然后全营人马开始向阅兵场进发，在所有人都踏着鼓点统一了步调之后，乐队骤然奏响了军乐。每次去往鸣金收兵仪式和撤下来时，他们总是演奏同一支曲子，也就是《布基上校进行曲》，而普伦蒂斯身后那支女声合唱团总是唱着同一套歌词：

"希特勒
他是个没种的货；
戈林[①]
他就算有也不多……"

在阅兵场上，这支队伍在自己的指挥官面前立正，指挥官是一位身材矮小、面色红润的少校，他们只会在这样的距离上、在这样的场合下与他见面。他身后很远的地方，在操场另一头，站着团长和他的助手们，他们在等待检阅军队；再往后，在旗杆后面能隐约看见一座通往松林的缓坡，上面总是停着不少民用车辆，车旁站着妇女和儿童——那是晚餐前出来观看阅兵的军官家属。乐队停止了演奏，四周骤然安静，只听小个子少校仰天大喊："全营——注意！"随后，他高声号令，迫使所有人欣赏了一整套大型的兵器教范，他喊得如此卖力，通红的脖子似乎随时可能在任何一个音节上崩裂。

尽管无人注意，但普伦蒂斯在阅兵式上的表现近乎完美。他全程都跟上了节奏，姿态无可挑剔，目光始终落在正确的地方；他操练起兵器来敏捷而精准，而他在连队步道上可从没达到过这种水平，尽管在那儿的表现比在这儿重要得多，他带着一种手艺人般的骄傲扮演着自己微不足道的角色，确保自己能完美地融入集体。他希望这场阅兵能让山丘上的妇女和儿童满意。

---

① 全名赫尔曼·威廉·戈林（Hermann Wilhelm Göring，1893—1946），是纳粹德国的政军领袖，在纳粹党内影响力巨大，与希特勒关系亲密。

武器操练之后，是一段漫长、死寂的等待，过了许久，他们才接到立正的命令，听见远处传来归营的军号，归营号复杂的第一部分结束后，四周只剩一片寂静。

“举枪——**致敬!**”

所有的步枪都啪的一声竖起，与胸口齐平，连队的旗帜哗地指向地面，少校转过身，与上级们一齐行了个军礼，降旗的时候，军号奏响《致旗帜》那更简洁、更忧伤的旋律。

接下来就是行军检阅时间了。音乐再次奏响，向全体弗吉尼亚人宣扬着希特勒的生理缺陷；护旗手带领乐手们在场地上打了一个来回，各连队也将武器扛在肩上，跟了上去。他们先是一个左转，紧接着来了个很有难度的稍向左转，在向右看经过检阅台时，他们始终神经紧绷，每个人都不遗余力地保持着队形；随后他们恢复向前看，又是一个稍向左转，重新回到相对容易的队形，检阅结束。

现在，他们只需回到主路上，走回营房了。到了路口，乐队拐向自己的营房，音乐很快消失了；别的连队也都纷纷归营，最后只剩下一支连队踏着遥远的鼓点前进。

“真他妈是一群胆小如鼠的童子军。”有人嘟囔着，还有人说了句假扮锡兵之类的话。不一会儿，牢骚和苦笑就在队伍里传开了，弄得军士长不得不回头大喊：“后面的，**稍息。**”

但二等兵罗伯特·J. 普伦蒂斯却没有加入群嘲。尽管没了音乐，他依然姿态端正地走在渐浓的暮色中，神情肃穆，双目直视前方，始终追随着那面高高飘扬的步兵蓝队旗。

第二章

十二月下旬，德军攻占比利时的阿登高地后不久，一列列满载步兵补充兵员的火车开始抵达马里兰州的米德堡军事基地，每天会到好几批。清点之后，这些士兵会排成长长的纵队缓缓前进，干什么都得站在雪地里排队——吃饭、体检、领取新的服装和装备、领受接下来该去向何方的命令。在热火朝天的军营里，士兵们有时会为全面野战勤务检查做好几个小时的准备，结果检查却被临时取消，有时又提前十分钟才得到消息，只得手忙脚乱地准备应付检查；队伍不断被打散重编，人人都说，要是你在米德堡这些天结束后还有朋友，那就非常幸运了。

普伦蒂斯就很幸运：因为姓氏首字母相邻[①]，他得以跟奎因特待在一起，而且更幸运的是，皮克特营那帮难缠的家伙的姓氏大都与他相隔甚远。他和奎因特被分入同一间寝室，睡上下铺，室友全都来自别的训练营，而且他明白，如果这份好运能够持续，那他们就会挺过日后的每一次解散和重编：他们很可能会作为同一批补充兵员奔赴战场，在同一支队伍里作战。

在米德堡待了差不多一天之后，他们结交到第三个朋友，或者至少是第三个伙伴，那是一位名叫山姆·兰德的阿肯色农夫，二十九岁，身材壮硕，跟随得克萨斯州某军营的一支分遣队来到这里，占据了他俩旁边那张床的下铺。他取出装备时神情严肃、乖张，令人生畏；随后，他把一只少了食指的手伸过床铺之间狭窄的空隙，依然板着面孔。“我叫山姆·兰德，”他说，“很高兴认识你们，兄弟们。”在一支非战斗工程编队服役三年后，他被电锯切断了食指；出院后，他发现自己所在的队伍已经解散，所有成员都转而重服兵役，开始接受步枪手训练。“我还以为缺了手指就不用加入步兵了，没了扣扳机的手指，我不知道自己对步兵还能有什么用，但他们说这没关系。说我还可以用中指扣扳机。”

跟他在一起时，奎因特似乎总是特别开心，不断被他的话逗乐，并且十分尊重他那种乡下人的智慧；他立刻就开始管他叫“山姆”了，而对普伦蒂斯，他却始终只是以姓相称，而且他俩有时还会单独离开营房，不叫普伦蒂斯，这让普伦蒂斯有些嫉妒。一天下午，普伦蒂斯坐在上铺，发现奎因特和山姆又已经不知去向，遂决定不去在意。他的新装备还乱七八糟地堆在身旁，他明白自己迟早得把它们整理出来，不过在那之前，他还有件更重要的事要做：他打算给他高中最后一年的室友休·柏林盖姆回一封信。

柏林盖姆每月差不多只给他寄一封信，每次读信都会花费他

---

① 普伦蒂斯（Prentice）与奎因特（Quint）的姓氏首字母分别为“P”和“Q”。

很大的精力，因为柏林盖姆明确说过自己讨厌那种琐碎无聊的回信。“咱们要通信的话，”还在学校那会儿，他曾对普伦蒂斯说，“就至少得**言之有物**。要是我哪天在你信中读到诸如天气不错啦、祝我一切顺利啦，或者一大堆愚蠢的笑话之类的，那我是绝对不会回信的，而且我希望你也能这样做。说定了？”

“说定了。”

这样一来，普伦蒂斯每次都得花上好几个小时给柏林盖姆写信，从空军到皮克特营，他每次都把信誊了又誊，去图书馆核对自己的文献引用，确保每段文字都能传达一种精辟的观点，且最终的成稿能自然而然地延续他们之间那场旷日持久的智性交流。这项任务相当艰巨。

柏林盖姆现在正在海军服役，或者毋宁说，是在参与一个名为“V-12 计划”的项目，也就是让优秀学生穿着海军制服就读非军事高等院校，而且他似乎有不少时间可以用来遣词造句：

> ……你说你的战友“凶蛮而愚蠢”。我周遭也净是这样的人物，我对他们毫不同情。不知你有没有读过法雷尔[①]的《斯塔兹朗尼根》？读了你就会知道，那本书囊括了我的大多数战友。他们没有思想，没有目标。他们认为跟某个饱受蹂躏的妓女上床实在是“爽翻了”，事后还会不知羞耻地谈论。他们的可笑在我意料之中——他们令我发笑——不过，当我

① James T. Farrell（1904—1979），美国作家，代表作即《斯塔兹朗尼根》三部曲。

意识到这些人就是美国最精英的年轻人时，不禁感到一阵沮丧。V-12 的人尚且如此，我完全可以想象在别的队伍里，例如你所在的那支，军人素质恐怕更是堪忧，因为其中想必还掺杂了一些社会渣滓。不过，**这就是战争**[①]。

说到宗教，我想这可能会让你大吃一惊（想来咱们在学校里还聊过叔本华等），但我已不再是无神论者了。在过去的几个月里，我把自己的哲学观点诚实地梳理了一遍，惊讶地发现对我而言，基督教已经不像过去那样面目可憎了。现在，我能理解为什么那些大思想家、我们西方文明中那些最开明的头脑，都曾以这样或那样的方式探讨过基督教的观念与伦理……

类似的内容还有好几页，不过普伦蒂斯感觉已经读够了。他仔细擦亮自己的自来水笔，继续写他那封未完成的回信。“至于基督教，”他写道，“我仍然无法信任它，就像我无法信任一切教条、一切道德伦理，以及一切精神上的确凿无疑。”这话听上去不错——调性对了——不过在开始誊写最终稿之前，他还得再写出三四句类似的话，而他已经带着喷薄的灵感迅速写下：“我想你会有一阵子没法收到我的来信了，因为我即将被派往欧洲，我想届时我们所有人都会非常忙碌——包括社会渣滓、斯塔兹朗尼根和我。”

① 原文为法语：C’est la guerre。

他还在琢磨过渡句时，奎因特和山姆·兰德进来了，两人重重倒在床上，一身酒气。“普伦蒂斯，老伙计，”奎因特说，“你要是能下一回床，去外面瞧瞧告示牌，就会知道咱们今晚有一次八小时的通行假。我们要去巴尔的摩。一块儿去怎么样？”

于是休·柏林盖姆立刻被抛诸脑后。在普伦蒂斯记忆中，这是奎因特第一次管他叫“老伙计”，尽管带点挖苦，而且他还开心地意识到，奎因特和兰德在出发前回到营房，是特意来叫他一起去的。出发之后，他们沿着冰雪覆盖的营区步道前行，竖起大衣领抵御寒风，这时，普伦蒂斯心里有说不出的快活。他的新制服比先前那套合身多了，他也很喜欢在米德堡领的这双新式“战斗靴”：他已经学会用火把棕黄的靴子熏黑，再涂上好几层鞋油。穿着这双鞋，他的腿就不那么显细了，走起路来还有一种前所未有的、阳刚的威严。奎因特和山姆都没刻意熏黑靴子，而且他们走起路来像脚疼似的；因此，当他们向城里进发、准备欢度一个愉快的夜晚时，普伦蒂斯不禁觉得自己是三人中最有型、最富军人气概的一个。同时，他心中还充溢着高涨的同志情谊，他不仅把奎因特当作挚友，还将山姆·兰德也看作他们中的一员，因为现在，他看出兰德无法对他构成真正的威胁：兰德是如此头脑简单、缺乏教养，如此“有声有色”，就像电影里的性格演员，单凭这一点，自己就没什么可担心的。他能给普伦蒂斯和奎因特两人营造一种淳朴而富有戏剧色彩的轻松氛围，让他们不再拘泥于彼此间深沉严肃的友谊，因此，他们可以毫无顾忌地接纳他。要是山姆·兰德在战斗中受伤倒地，普伦蒂斯一定会像《西线无战事》里的卢·艾尔斯那样冒着枪林弹雨把他救回来，一路把他扛到救护站去，丝毫没意识到自己的同伴已经死去。而奎因特则会毫不掩饰眼中的热泪，说："对他你已经尽力了，普伦蒂斯。"(或者最好是："鲍勃。")不过在幻想这些画面的同时，他却不得不叫他俩停下来等他，他得在公交站附近的消费合作社给他妈妈打个电话；而当他把自己关进电话亭、拨打长途电话时，他感觉自己丝毫没有军人气概。

"噢，亲爱的，"听到他说这次通行假时间太短，来不及往返纽约时，她说，"好吧，不过你说另外那个地方会不会给你放几天假呢？就是离这儿比较近的那个？"她指的是纽约的尚克斯营，那里是军队出发的港口，据说十分神秘。

"不会，"他说"那边连电话都不让打。不过总之我会写信的。还有，听着，答应我别担心，好吗？我不会有事的。"话筒被他手心渗出的汗水浸湿，变得滑溜溜的。

"好吧，亲爱的。不过你一定得小心啊，知道吗？我知道这听上去很傻，可我就是——"

"我会小心。我不会有事的。你只管照顾好自己就行了——你知道——答应我别担心。好吗？"

挂断电话，他不得不在潮湿闷热的电话亭里呆坐几秒，试图弄清自己究竟为什么会给她打电话。等他出来、跺着脚整理靴子上方的裤腿时，他发现只剩奎因特一个人在等。

"山姆呢？"

"他走了。他碰见几个朋友，那帮人还打了辆出租车，他就跟他们一块儿走了。他说他晚点尽量跟咱们在城里碰头。你都搞定了吗？”

巴尔的摩城里那种属于平民生活的杂乱无章令他们手足无措，他们来到一家旅馆的酒吧，山姆说会尽量去那儿找他们；但山姆并不在那儿，而且雪上加霜的是，酒保拒绝卖酒给普伦蒂斯。

“噢，见鬼，”奎因特说，“看在上帝的分上，他可是一名军人啊。他马上就要奔赴海外了。这他妈的算怎么回事？”

“嘴巴放干净点，当兵的。二十一岁是法律规定，骂人也没用。卖给他我就丢饭碗。”

“见鬼，不用管我，奎因特；不管怎么说你还是喝一杯吧。”

“不。去他的吧。”他们在酒吧门口茫然地站了一会儿，盯着里面那些坐满平民、军官和姑娘的桌子，直到奎因特说：“咱们走吧。”

“说实话，”他接着说，此时他们已经回到大街上，完全不知道该往哪儿去，“说实话，我根本没指望山姆会出现。我想老山姆不会让任何东西妨碍他享受今晚最要紧的一夜春宵。”

普伦蒂斯听罢笑笑，但实际上却被这话搅得心神不宁。他没敢指望他们今晚会去妓院，或者从酒吧里带走姑娘，或者诸如此类，但除此之外，在离开美国前最后一个自由的夜晚，还有什么比这更值得做的呢？奎因特真的相信只有头脑简单、“有声有色”的军人才会干那种事吗？这二十四年来，奎因特在女孩面前会不会也像自己一样害羞？

眼下，他们来到这座城市的繁华地段，类似纽约的时报广场；当他们走到一个滑稽剧团的帐篷底下时，奎因特一皱眉、一耸肩，说要不进去看看吧。不管怎么说，这总比看电影强；但那场表演却叫人失望。那些女人看上去并不怎么诱人，脱衣舞跳得十分拘谨，小心翼翼地不去触碰警方的红线。喜剧演员一点也不搞笑，整场表演不停被打断，好让捧着糖果盒的售货员能巡遍每条走道，而那些盒子里，据主持人介绍，藏着许多价值不菲的礼品，像银质打火机、真皮钱夹什么的。

"唉，"无聊的表演结束后，奎因特说，这会儿他俩又回到了冰冷的人行道上，"见鬼，咱们再去哪儿喝一杯吧。这个城区比较乱，在这儿咱们说不定还能喝上一口酒。"他们找的第一家酒吧二话没说就给他们上了啤酒。酒吧内部促狭凄凉，墙壁刷成绿色，一股消毒水味，他们刚在卡座上坐定，点唱机就咕噜噜地奏响了《我将独自前行》的前奏。其他客人大都是老人，在吧台上坐成一排，有几个人清清嗓子就直接把痰吐在地上，不过这里也有别的军人，在一个卡座上，两名海军士兵搂着两个看上去非常年轻的女孩，也是这里仅有的两个女孩。这儿的啤酒比普伦蒂斯在消费合作社喝惯的那种要烈，他喝到第三瓶，意识就愉快地模糊起来：不管怎么说，就这样跟约翰·奎因特一起坐在这个奇怪而邋遢的酒吧里，听他滔滔不绝地分析战争宏大的社会和历史意义，就这样度过出国前的最后一次通行假，也不失为一段美好而难忘的回忆。他感觉自己已经可以这样说了。因为奎因特已经不再心事重重地抽烟斗，而是打破了沉默，打开了话匣——虽然他这样做似乎更多是为了打发无聊，而不是真有什么谈话的欲望——聊起了经济、政治和国际时事；他侃侃而谈，几乎跟那天在皮克特营的鼓舞与动员宣讲会上的样子一模一样，只不过，普伦蒂斯愉快地意识到，这回他只讲给自己一个人听，而且自己还可以回应。这很像过去在学校里他与柏林盖姆之间的那些谈话。

“好吧，不过咱们能不能从这个角度看，奎因特，”普伦蒂斯听见自己在说，惊讶于自己的声音竟是如此悦耳，“譬如说……”

“……没错。你说得很对，普伦蒂斯。”尽管事后，普伦蒂斯怎么也想不起来自己到底说了什么，但他无法忘记奎因特一脸郑重、点头赞许的样子，“你这话一点没错。”

“打扰一下啦，伙计们，”一个陌生的声音透过浓重的烟幕传来，他们抬头一看，只见一个醉醺醺的年轻水手在他们座位上方摇晃，“有这么个事儿。我和我伙计跟那两个小妞都预热得差不多了，可我俩必须在二十分钟内赶回基地。能把她俩交给你们吗？我是说，你俩看着怪寂寞的。”

普伦蒂斯瞧瞧奎因特，试图向他寻求建议，但奎因特却专心致志地撕着啤酒瓶上湿漉漉的标签。

“这么着吧，”水手说，“你们把名字告诉我就行，我去介绍。见鬼，你们能有什么损失呢？”

奎因特抬头望着他，普伦蒂斯觉察到他的神情有些古怪，兼具轻蔑与羞赧。“约翰。”他说。

“鲍勃。”普伦蒂斯说。

不一会儿，水手回来了，普伦蒂斯和奎因特没有交换眼神。

这回他带来了自己的伙计，一个身材魁梧、看上去像在梦游的红发男孩，还有那两个女孩。“嗨，约翰，”他热络地说，“你怎么样啊？嗨，鲍勃。伙计们，让我给你们介绍两个朋友。这位是南希，这位是阿琳。咱们一块儿坐会儿行吗？”

两名水手不久就走了，只剩下他俩和两个女孩。那位南希丰满、健谈，黑发打着小卷，姿态放松地坐在奎因特身旁喋喋不休，而普伦蒂斯则怯生生地把那个阿琳揽在臂弯里。她十分瘦削，一言不发，身上散发着浓浓的香水味。

“……没有啦，不过我有个问题，约翰，”南希在说，“我还有件事没弄明白。你俩跟吉恩和弗兰克怎么会成为朋友呢，他俩是海军，你俩是陆军啊？”奎因特用一句听不见的话礼貌地作答。他已经摘下了眼镜，用纸巾擦拭着镜片，一双小眼睛对着南希眨巴。

接着，阿琳也骤然健谈起来。“鲍勃，你有硬币没？”她说，“我想再听一遍那首歌，《我将独自前行》。我爱死这歌了。”

他起身去为她投币，他跺跺脚，把裤腿抖落在战斗靴上方，以那种全新的步态迈向点唱机，希望她会全程注视着自己。他回位时，她和着音乐为他唱起了歌，她坐直身子，双手垂放在腿上，双眼直视前方，任由他欣赏自己的侧影，她的前额有些凹陷，形状古怪，脸上还有一些覆盖着脂粉的粉刺。

“有人会问我为什么，”她唱道，“因为我愿意——我要对他们说。我要收集美梦，你我在夜晚编织的美梦——梦里你紧紧拥我在怀中……”

趁她唱歌，他带着疑惑飞快地琢磨起这些女孩来。她们是妓女吗？会不会那两个水手已经享用了她们，然后没付钱就跑了？不会的，不会的；那样的话，这两个女孩是不会放他们走的。她们多大年纪？十七岁？可这个年纪的女孩怎么会出现在这种地方，任人把自己像货物一样转来转去呢？

“……每次祈祷，每个夜晚，无论你身在何处，我始终在你身边。你若是呼唤，我就能听见，无论相隔多远——只要你闭上眼，我就在你身边……”

那两个水手是在哪儿找到她们的？说不定她们就是报纸上写的那种“劳军女郎”？想到这儿，他陷入了短暂的担忧：她们会不会携带性病？

“……请独自前行；用你的爱和吻将我指引——”唱到高潮部分时，阿琳闭上眼睛，深情地微微颤抖，额头上荡起丝丝皱纹——“我会独自前行——直到你与我并肩而行。”随后她睁开眼睛，动作优雅地喝了一大口啤酒，在玻璃杯上留下唇印，嘴上沾了泡沫。“天啊，我真喜欢这首歌，”她说，“你从哪来，鲍勃？”

“纽约。”

“你有兄弟姐妹吗？”这不像她这种人会问的话：那是高中舞会上女生惯用的开场白。他试着表现得老练些，告诉她自己和奎因特在米德堡服役，眼下随时可能被派往海外，但她似乎不为所动：她显然早已见过许多来自米德堡的小伙子。很快，他们就完全无话可说了，他向桌子对面投去求助的目光，却只看见奎因特被南希的某句话逗得满脸潮红，笑作一团，南希也笑容满面，还戴着奎因特的军便帽。这时，阿琳突然扭动身体凑到普伦蒂斯身旁，手在他大腿上有节奏地轻轻揉捏，他只觉得膝头升起一股美妙的暖流，直冲咽喉。那是一只孩子气的小手，指甲被啃得光秃秃的，手指上还戴着高中毕业戒指①。

“你看，”她说，“时候不早了。你想送我回家吗？”

她住得相当远，离市中心不知有多少英里，以至于他们得先坐一趟公交，七拐八弯地驶过很长一段路，然后再换另一趟公交。他有些担心找不回来，让她把路线重复了好几遍，最后，当他俩并排坐在第二辆公交上摇晃时，她已经开始显出疲惫和厌倦。他察觉到了她的厌倦，军便帽的羊毛斜面内侧开始渗出细细的汗珠；他想象她会在门口有气无力伸出一只手给他握握，然后甩出一句可怕的话——“再见了，笨蛋；今天很开心”，或者诸如此类——于是，为了避免这种灾难，他更紧地搂住她，鼓起勇气把手往上挪，在她敞开的大衣里摸索，直到握住她小得可怜的乳房。她顺势依偎在他身上，呜呜地呻吟，同时整整大衣，想遮住他的手；他俯下身去，用嘴唇碰了碰她脂粉浓重的前额，然后继续在巴尔的摩的深夜里疾驰，感觉自己简直是个披着士兵外衣的恶魔。

后来他们终于下了车，沿着路旁建筑影影绰绰、密密匝匝、阴森可怖的黑色轮廓走过一个阒寂的街区，这时，他的勇气消失了。“你跟父母一起住吗？”他问，忽然希望这个夜晚会以一家人

---

① 在美国一些高中，学生毕业时会戴上带有学校徽章的戒指，象征集体的团结。

围坐在餐桌前的景象结束：穿背带裤的父亲快活无比，会跟他分享上一场战争的故事，温柔而笑容满面的母亲会感谢他把阿琳安全护送回家，一面祝福他，一面亲吻他的脸颊，送他上路时还塞给他一个热乎乎的纸袋，里面装满自家做的饼干。

“对啊，”她说，“不过没事。我爸上夜班，我妈睡觉像死猪。喏，就是下一栋了。现在，看在上帝的分上，动作轻点。”她领着他穿过一条小巷，进了一扇侧门，爬上一段咯吱作响的楼梯，再穿过一个铺着油地毡的大厅来到她住的公寓门前。她的钥匙擦碰着锁孔，然后，她一边说着“嘘——！”一边把他带进房间，开了灯。

墙上贴了带花的墙纸，房间里有一张华丽的绿丝绒沙发，壁炉没有点火，里面安了一只带灯丝的黏土煤气烤炉。墙上挂着几幅宗教画，还有一幅颜色深暗的《死神》①复制品，壁炉架上有许多摆件，包括一只来自1939年世界博览会的“角尖塔与圆球”②镇纸，还有一个带羽毛的超大丘比娃娃。阿琳脱了鞋，把他单独留在这里，自己一边轻声说去去就来，一边走进另一扇门。他脱下外套，摘下帽子，试探地坐到沙发上。他想点一支烟，但又打住了：他准备等她回来再把两支烟叼在嘴里点燃，然后慢慢取一支递给她，再眯起眼睛瞧着她，就像《扬帆》③里保

---

① *The Reaper*，意大利画家翁贝特·波丘尼于一九〇九年创作的作品。

② The Trylon and Perisphere，一九三三年世界博览会的主体建筑，是当时世博会历史上最耗费血汗和财力的建筑之一。

③ *Now, Voyager*，一部拍摄于一九四二年的美国电影，由欧文·拉帕尔导演，贝蒂·戴维斯和保罗·亨里德主演。

罗·亨里德对贝蒂·戴维斯做的那样。

“没问题，”阿琳说着，在身后关上门，“她睡得不省人事。”她拿着一夸脱瓶啤酒和两只杯子来到沙发旁，“你有香烟吗，鲍勃？”

他一丝不苟地上演了保罗·亨里德的戏码，但她一直在倒啤酒，压根就没注意。“谢啦，”她说，“对了，我来把这玩意儿点上吧。”她不雅地蹲下，用火柴点燃煤气壁炉，炉子迅速燃烧起来，发出嘶嘶的响声。随后她关上灯，在炉火橙红的柔光中坐到他身旁。

他可以就这样一言不发，直接开始跟女孩耳鬓厮磨吗？他想可以，而且他没想错。期间他挣脱了一次，站起来脱他那件令人窒息的上衣，坐回去时，他躲开她，伸手抓过啤酒豪饮，仿佛他是个意兴阑珊的酒鬼，不喝这一口就没法对做爱这件事提起任何兴趣；在一饮而尽之后，他又试着来了一遍《扬帆》里的桥段，新点了两支香烟，尽管之前那两支还几乎原封不动地躺在烟灰缸里，结果她还是没注意。她在为他解自己的胸罩。他不知道该不该说：“听着，阿琳，咱们还是别了；你是个好女孩，不该这样。”也不知道她是否会在他怀里抽泣着说：“哦，鲍勃，你是第一个真正珍惜我的男孩。”更不知道在那之后，他们会否在门口浪漫地紧紧相拥，深情地告别，说好会互相写信。问题是，她的舌头已经伸进他嘴里了，她小小的、赤裸的乳房已经被他攥在手中，而她的手，那只还戴着毕业戒指的手，正娴熟地解开他的裤子拉链。这时，他才想起自己钱包里那包揣了好几个星期的军用避孕套；他费力地取出一只，却不知道这该死的玩意儿该怎么戴，最后还是阿琳帮了他的忙。事实上，是她帮他完成了他该做的一切：她在沙发上安置好两个身体，一双手郑重而周到地引导他进入自己。他明知那个过程应该持续相当长一段时间，却在慌乱中结束了它，几乎没花什么时间。

“你已经完了？”她问，尽管不算愠怒，但也近乎一触即发；作为回答，而不是致歉，他把脸埋进她的颈窝，发出一声呻吟，希望自己听上去无比深沉，心满意足。意想不到的是，她似乎也像他一样，急于假装一切都很成功：她抚摸他的脊背，轻咬他的耳朵。她会不会早就惯于将就这样的表现了？他只能这样希望了。

随后他们坐起来，她穿上衣服，理好头发。“天啊，”她说，“瞧那些香烟。都是你点的吗？”

他摸回营房的时候，奎因特和山姆·兰德已经睡得很沉，他带着蒙昽的睡意注意到这一点，心中充满骄傲，这表示他比他俩都更有艳福。

不过第二天早上，他却没有任何机会提起这事，甚至没机会给出任何狡黠的暗示，因为那已经是他们在米德堡的最后一个上午了，要做的事情还很多：他们得打包、应付例行检查，还得被暴躁的预备士官点名。

中午之前，他们的队伍已经走入冰天雪地——人数成百上千，而且远不止一千——随后悉数登上一列北上的火车。在拥挤而闷热的硬座车厢里，普伦蒂斯本可有大把机会宣扬自己昨晚的艳遇，但他不知该如何开口，而且就算知道，他也不确定自己是不是想说。他怕山姆·兰德会说："唔，我看这事已经把你变成男子汉了啊，是不是，普伦蒂斯？"而奎因特或许只会把嘴咧到一边，轻轻摇头，嘲弄地笑笑。也许，奎因特对另一个女孩，南希，所做的，只是帮她买了酒，再把她送上回家的公交车；也许，要是你还有点尊严，那你跟这样的女孩就只**该**到此为止。这时，他的思绪又停在一个更为丑陋的问题上。那些预防性病的宣传片不是说得很清楚吗，一层橡胶无法起到充分的保护作用？他事后难道不该去一趟防疫站吗？而他完事之后，居然——天哪！——连澡都没洗。他感觉自己仿佛赤身裸体，身体在层层冬装和长款内衣的包裹下发痒，爬满了肮脏的细菌。最初的症状大概多久会显现呢？

尚克斯营坐落在纽约西北部的密林深处，是一座由狭长低矮的柏油棚屋组成的迷宫，空气中弥漫着大肚炉排出的煤烟，还能闻到一股甜味，来自新出厂步枪上涂抹的凡士林。在尚克斯营，一旦擦完步枪、上完油，你就没事可干了，只能坐着聊天或听别人聊天，而所有人都在聊各自的绝望。

"……见鬼，我倒希望我真受过**训练**呢。花上六星期学基本知识，再去一支正规军接受强化训练，**然后**才上战场。我是说，那才叫当兵呢，懂我意思吗？而这儿呢，我靠——抓起你就往前线扔，四周全是陌生人，把你当炮灰；这就是他们干的事儿。不瞒你说，我已经吓傻了。"

“谁不是呢，伙计？你说谁不是呢？”

“……见鬼，不过话说回来，咱干吗不开溜呢？最严重的后果是什么？在莱文沃斯[①]关上十年，战争结束后再减到六个月吗？也没那么糟嘛。”

“还莱文沃斯呢，我呸。你连莱文沃斯的影子都见不着，伙计。宪兵会直接把你他妈的塞进下一艘船，他们只会这么干。”

“……隔壁营房有个伙计告诉我，他们那儿有个哥们儿被那些家伙把腿架在树桩上了？就那样？把他的腿架在树桩上，然后命令兄弟们拿步枪抽他的腿？而且你知道不，这哥们儿其实还挺明智的？眼下你大腿开花，日后你就省了一大堆麻烦。”

“狗——屁。**你**把腿架在树桩上试试，雷诺兹！真想看看**你**是不是有种把腿架在树桩上，让我用步枪抽。”

“我又没**说**我愿意！**呸**，你这是歪曲！我根本没**说**我愿意！……”

这里的每个人都一门心思地夸大其词，争相吐露自己的懦弱，普伦蒂斯对此失望至极。他尽量跟奎因特和山姆·兰德待在一起，那两个人都没有加入这些谈话，同时，他把大部分时间用来完成那封给休·柏林盖姆的信。但他怎么也写不好，最终把它撕得粉碎，扔进了煤炉。

第二天，一个烦躁的小个子黑人中士风风火火地走进营房，宣称他本人根本不他妈的在乎他们有没有仔细听他说话，不过谁

① 莱文沃斯监狱（Leavenworth Penitentiary）位于美国堪萨斯州，是美国联邦系统中最古老的一所监狱，也是美国最危险的监狱之一。

要敢不听，或者错过了那艘船，那谁他妈的等着上一般军事法庭吧。接着他用粉笔在他们每个人的头盔上涂了个编号，说队伍马上就要出发了，要他们随时待命。但他们直到深夜才上路；出发后，他们汇入一支看不到头的纵队，脚在雪地里打着滑，翻下一座仿佛绵延了好几英里的山坡，而且，尽管天气寒冷，但等到登上另一趟火车时，他们已是满身大汗，火车载着他们来到威霍肯码头港池，他们在那里登船，驶入了午夜宁静的哈得孙河。他们向城里驶去，向东渡过河流，随后，渡船停泊在伊丽莎白女王号庞大的灰色船体之下。他们费力地爬上码头，登上船，在操英国口音的疲惫声音指引下穿过曲折、倾斜的走廊和楼梯，直到找到那些小得难以置信的帆布床铺，它们纵向排成四列，上面的数字与他们头盔上的编号相对应。第二天早晨，当他们醒来时——当他们一边晕船，一边挣扎着站起来，带着饭盒站在寒冷的露天甲板上等候早餐时——四周已是一片汪洋。

“只不过那不叫克莱德河[①]，”六天后，他们凭栏站在无风的船上时，奎因特解释说，“那应该叫——”随后他开始撕心裂肺地咳嗽，咳了好一阵子。他和普伦蒂斯都得了支气管炎，而且病情还在恶化。“应该叫克莱德河港，”他咳完之后说，“我根本不知道‘河港’到底是什么玩意儿，不过就是这么叫的。那应该是世界上最大的造船中心之类的地方。”

---

① Clyde River，苏格兰境内的主要河流之一。

“看上去不怎么样嘛，”山姆·兰德说，“不过那些丘陵真是漂亮。”

当晚，他们花去一整夜外加大半个白天乘火车穿越大不列颠，火车很合普伦蒂斯的意，因为它跟英国电影里的火车一模一样，在一节节舒适的车厢之间有用于连接的走廊。他坐在靠窗的位置，在别人入睡之后还始终着迷地盯着窗外黑暗中一闪而过的风光，先是苏格兰的，然后是英格兰的。置身英格兰，让他想起了一个久已忘却的人——尼尔森先生，斯特林·尼尔森先生；他曾说：“我走之后，希望你照顾好你妈妈。”——有一会儿工夫，他几乎感觉母亲就坐在自己身旁（“噢，这难道不令人兴奋吗，鲍比？”），因此当他发现身旁那个沉沉倒在自己肩上、在睡梦中呻吟的人是约翰·奎因特时，不禁微微吃了一惊。

早上，在发放冷餐K口粮①时，全车上下充满了乐观的流言，大概意思是他们这车补充兵员根本就不是去前线作战的。阿登战役②，即如今广为人知的“突出部之役”已经基本告捷。欧洲的战争很快就会结束，欧洲大陆上既有的军力足以完成扫尾工作。他们的目的地是英格兰南部的一座军营，就在南安普敦附近，在那儿，他们将加入一支新的队伍，受训成为驻守德国的占领军。整个下午，在飞速穿越英格兰乡野的同时，火车上始终洋

---

① K-ration是一种单兵军用口粮，在二战中由美国陆军引入。

② Ardennes Offensive，又称“突出部之役”，发生在一九四四年，是纳粹德国于二战末期在欧洲西线战场，即比利时瓦隆的阿登地区发动的一次战役，也是二战中美军伤亡最惨重的一次战役。

溢着一种假期将至的气氛——有人谈起英国姑娘、英国啤酒和伦敦的假期——不过依然有人持怀疑态度。

“见鬼，又是老一套，”山姆·兰德说，“千万别相信那些道听途说的东西，亲眼看见的也只能信一半。要我说，我们会直接去比利时。”

“山姆，老伙计，”奎因特说，“我不想这么说，但我觉得你或许是对的。”

他的确是对的。等到他们拖着灌了铅的腿走在南安普敦的大街上时，流言还没完全破除——他们的营地按说就在南安普敦附近，不是吗？——但那里却没有军用卡车在等待他们，也没有越野车来传递命令，要他们中途折返，不再前往海滨。他们继续跋涉，经过无数英国平民，那些人的眼神中分明透着一种厌倦，仿佛早就看够了美国人，最后，他们终于停止前进，上了一艘散发着鱼腥味和呕吐物气息的英籍运兵船。当晚，这艘通讯完全切断、处于无线电静默状态的航船悄然驶入海峡。

他们来到诺曼底，乘一列颠簸的法国货运列车向东驶去，车厢地板上铺了厚厚一层稻草，起初他们被弄得喷嚏不断、怨声载道，后来却发现它相当舒适。天刚亮普伦蒂斯就醒了，他又是咳嗽，又是发烧，躺着扭动身体，想把脑袋凑到半开的车门旁，尽管他明知这或许会加重他的感冒。他想看看冰雪覆盖的田野和灌木丛，那是去年夏天激战正酣的地方。他再次感觉母亲就坐在自己身旁——“噢，瞧那些色彩啊，亲爱的；它们岂不是很美？”——但他又睡着了，许久之后才被一种声音吵醒，一种肯定会让他不知所措、心烦意乱的声音：市场上讨价还价的喧嚣。他们在某座城镇附近停了车，衣衫褴褛的男人和男孩们聚集在货运列车下面，想用钱和红酒换取香烟。

“……**多少**钱？”

“他说儿拾舞[①]。也就是二十五法郎一包。好吧，管它呢。”

“**见鬼**，别卖；别傻了——那才半美元。卖他一美元一包。”

“嘿，小孩儿，红酒多烧？嘿！混蛋！流鼻涕那个——对，就是你。轰酒多烧？”

“对不起，先生？什么？[②]”

“我说你想用轰酒换多烧香烟？不对，该死的，我说的是**轰酒！**”

不久他们又启程了。普伦蒂斯很乐意把这天余下的时间用来跟奎因特聊天——他们可以聊聊这里的乡村，设法判断这是法国哪里——但奎因特却说他感觉很糟，把自己整个埋在稻草里，不是在睡觉就是在试图入睡。他倒可以找山姆·兰德聊天，不过山姆并没对眼前的景致表现出任何兴趣。“我只想快点到地方，”他说，“不管那该死的地方在哪儿。”

“补充兵员兵站”这个名字听上去有种令人宽慰的牢靠——它似乎包含着一种许诺，仿佛在那里，他们至少能过上近似卫戍

---

① 在原文中，此处为模仿美国军人不标准的法语发音，故意将法语的“二十五”（vingt-cinq）写成了 vanty-sank；“多少”（combine）写成了 comby-ann；“红酒”（vin）写成了 veeno。

② 原文为法文：Pardon，M’sieur？Comment?

军的生活，能有个像样的住处，吃上像样的食物，还有医疗保障——然而，第一军的补充兵员兵站却是一片令人失望的混乱和一顶顶草草搭建的军用帐篷，位于一座被炮击严重毁坏的比利时小村庄外。普伦蒂斯所在的队伍被分进一座谷仓，所以不必睡帐篷，但谷仓却漏风漏雪；要想住得下去，唯一的办法就是步行到半英里外，用香烟跟那儿的比利时农民换几把稻草，而且他们很快就愤怒地发现，稻草简直珍贵得要命：

“嘿，你把我的**稻草**全薅没了！”

“去你的吧，伙计——这是**我的**稻草。”

早上，他们来到一座临时靶场，校正了各自的步枪瞄准器，下午他们领了套鞋——那双平淡无奇的黑色民用套鞋让普伦蒂斯有些失望，因为它们看上去完全不像军用的。随后他们登上敞篷卡车，驶向一个未知的地点，据说到那之后，他们会在二十四小时内被分入各支战斗队伍。

“他们到底为什么不给**卡车**加顶棚啊？”普伦蒂斯在风中问，而奎因特似乎曾在《时代》杂志上读到过第一军的许多事迹，解释说突出部战役过后，军队就规定只能用敞篷卡车了：这样士兵才能在遭遇敌人袭击时迅速下车。他们在一个营地下了车，那里有一些寒冷的行军帐篷，他们在帐篷里咳嗽着度过了一个不眠之夜，随后，第一军各部队的卡车就陆续抵达，准备接人了。普伦蒂斯、奎因特、兰德和数百名其他士兵上了同一批卡车，司机都戴着同样的肩章，上面是花纹簇拥的数字“57”。

“这个部队还行吗，这个第五十七部队？”普伦蒂斯问。

“我他妈的怎么知道啊?”奎因特说,“你以为我什么都知道吗?”

“呃,耶稣啊,那你也没必要骂人呀。我只是觉得你或许会知道而已。”

“好吧,我不知道。”

随后是长时间的沉默,他们都把身体深深埋进落满雪花的大衣里,尽量不在寒风中暴露任何皮肤。

“我在想他们是会立马把咱们送到前线的连队里去呢,”普伦蒂斯说,“还是会先把咱们安置在师部。”

奎因特慢慢转过他那张胡子拉碴、饱受风吹的圆脸,瞪着眼睛盯着他,仿佛在看一个烦人的孩子。“见鬼了,普伦蒂斯,”他说话时几乎没有张嘴,“你哪来那么多问题?”

“那又不是问句。我只是说我在想。”

“好啊,那就别想了。闭会儿嘴吧。说不定还能知道点什么。”

他们当天晚上就得知了关于那支部队的全部情况,在远处低沉的隆隆炮声中,他们被集中到一座谷仓里,听一位神情恳切、声音洪亮的随军牧师致欢迎辞。“现在你们已经是第五十七师的一员了,”他站在前面说,大拇指勾着手枪背带,竭力收着肚子,“而且,相信你们很快就会发现,你们有理由为此感到自豪。”接下来,他说第五十七师是一支新的队伍,尽管如今衡量一支队伍新老的标准不过是去年夏天有没有在诺曼底服过役。去年夏天,第五十七师还在美国。他们于今年十月漂洋过海,乘快速列车穿越威尔士，不到一个月前才进入比利时作战。不过随后，牧师的脸开始颤抖，露出凛然的神色，他指出，在过去这一个月中，第五十七师的小伙子们蜕变成了真正的男子汉。他们“经历了第二次世界大战中最严酷的战斗，某些连队的伤亡率高达百分之六十”。他又说了些别的内容，很可能是从《美国佬》或《读者文摘》上整段摘录的，普伦蒂斯很快就不再听他说话，转而倾听远处的炮声。

他们被安排睡在一栋废弃谷物磨房的二楼，房间有如冰窟，寒风始终在破洞的窗户上呼啸。普伦蒂斯和奎因特告了病，各领到一份阿司匹林和几粒令人作呕的黑色药丸，大小和质地都类似兔子屎。

“这药其实可管用了，只要你受得了那股味道，”奎因特说，“先在嘴里含化；让它覆盖你的喉咙。”但普伦蒂斯做不到。他会迅速吞下药丸，继续咳嗽，嘴里和鼻腔里还残留着那股恶心的味道。

第二天晚上，山姆·兰德在大路上不远处找到一位农民，用三包香烟换他们三个在他家厨房里过夜，结果那间厨房简直温暖得不可思议。他们坐着，把穿着袜子的脚搁在一只大铁炉的挡板上，喝着K口粮里的咖啡，听着炮声。但奎因特说他们最好只在这儿住一晚：否则风险太大，因为他们可能会错过上前线的命令。那天他们刚抽了签，分了组，普伦蒂斯很高兴他们三个都分到了同一支队伍——第一八九团的A连。

“还有哪几个团来着？”他说。

“第一九〇团和第一九一团。”

“哦对。就只有这三个是吧？”

“噢，看在上帝的分上，普伦蒂斯。是的，一个师有三个团。”奎因特闭上眼睛继续说，声调像语法学校老师那样单调而抑扬顿挫，“每个团有三个营，每个营有三个连，外加一个重武器连，每个连有三个排，外加一个武器排——”

“我**知道**。”普伦蒂斯说。

“——每个排有三个班，每个班有十二人。”

“这些我都**知道**。”

“你既然知道，那干吗还老问些不走心的问题呢？”

“我**没**老问。我**没**问。”

“而且，看在上帝的分上，别忘了你自己是在哪支部队。你是在第一八九团第一营A连。你最好写下来。”

“去你的吧，奎因特，你干吗用这种口气跟我说话。我是说，我又不是傻瓜，知道吗？”

“我知道你不是——”奎因特陷入一阵猛烈的咳嗽。停下来之后，他说：“我知道你不是。所以才受不了你一直表现得像个傻瓜。”

“你知道更让人受不了的是什么吗？就是你永远表现得像个货真价实的超级烦人精。”

“好了，好了，孩子们，”山姆·兰德说，“别吵了。”随后，他们围坐在炉旁，渐渐平静下来，陷入长时间的沉默，直到兰德开口说：“你多大了，普伦蒂斯？十八？”

"没错。"

"见鬼。我大儿子都有你一半大了。好笑不?"

普伦蒂斯回答说是挺好笑的。"你有几个孩子来着，山姆?三个对吗?"

"嗯，三个。闺女七岁，还有个四岁的小儿子。"他把半个屁股挪到椅子外，去掏他的钱包，"你看过他们的照片没?"

"不，我想我还没——"

山姆拿出一张快照，几个孩子满头金发，神情严肃，排成一排站在一栋浅色的木板房旁边，眼中闪烁着阳光。

"还有，这是我妻子，"山姆说着，翻过塑料相框，露出另一张照片，上面是个纤瘦可人的女孩，穿着花裙子，留一头刚烫好的鬈发。普伦蒂斯盯着照片看了好一会儿，说了些赞许的话，然后把钱包递给奎因特，奎因特盯着它，面露不悦，嘟囔了几句讨喜的话，把钱包递了回去。

"再瞧瞧这个。"山姆说，小心翼翼地在钱包里另一处地方摸索。他从里面抽出一张带横格的作业本纸，已经折过很多次了，还被浸湿的皮革染成了褐色。"大儿子在学校里写的。"

那是一篇作文，铅笔写的，很多地方都用橡皮改过，句号几乎跟字一样大：

我的爸爸

我爱我的爸爸，因为他对我们很好。他让我们骑中更机[1]，还带我们上集市，而且从来不生气。现在他参了军，我祈祷他能早点回家。他是个好人。他很正直。他很聪明。这就是我爱我爸爸的原因。弗农·兰德三年级。

老师用红色铅笔改正了“中耕机”的写法，又在作业纸上方写了个“A”。

“哇，真没想到啊，山姆，”普伦蒂斯说，“这真是太棒了。真的，这太棒了。”

兰德有些羞涩，表情僵硬地盯着火炉，把玩着香烟，用中指从嘴唇上抹下一缕烟丝。“嗯，”他说，“我觉得对一个九岁的孩子来说，这确实算写得不错了。或者八岁，我想。他写这个的时候只有那么大，八岁。”

“**非常**好，山姆，”奎因特边说边递还那张纸，“确实非常好。”

紧张的气氛消失了；他们准备就寝，普伦蒂斯一边钻进地上的铺盖卷，一边开始在脑中为他有一天可能会写的一封信起头：*亲爱的弗农：我想告诉你，你父亲是我认识的最优秀的人之一……*

第二天晚上，奎因特和兰德都被派到师部外围去执勤了，普伦蒂斯无事可做，只得独自坐在寒冷的谷物磨房里。此时，一个名叫雷诺兹的人跑来跟他蹲在一起，用近乎耳语的声音向他透露

① 原文为 cultavater，实际上应该是“中耕机”(cultivator)，山姆的儿子在这里犯了一个拼写错误。

说自己知道这条路上有一栋暖和的房子，“比达拉斯还大”。这句话是雷诺兹的口头禅：在米德堡和尚克斯营的陌生人中，他好几次用这句话逗得大家哄堂大笑，而且在后来的种种混乱之中，这句话都为他赢得了善意，所以他说上了瘾。他曾尖声尖气地宣称，伊丽莎白女王号比达拉斯还大，船上抽水马桶的冲力比达拉斯还大，还有在货车上，某人从他脚下挪走旅行袋后留下的空隙比达拉斯还大；直到现在，他还在说这句话，尽管已经有不少人叫他把达拉斯塞进屁股里了。

“别告诉别人，”他说，“咱可不想把事情搞砸。那儿住了位好心的女士，她丈夫在德国被抓了。她有两个小孩，还有个老妈妈——那个老妈妈也可好了。昨晚我们就在她们那儿过的夜，有我和另外两个兄弟，今晚我们还想去。再加一个人也住得下。”

“呃，谢了，”普伦蒂斯说，“不过我不知道。你不觉得咱们应该呆在这儿吗，万一得出发呢？”

“呸，我才不担心这个呢。他们说第一九〇团明天晚上才动身。你是一九〇的对吗？”

“不。一八九的。”

“呃，随你便吧。不过那房子真是不错。她们还会给你红酒啥的。”

于是普伦蒂斯决定跟他走，但不打算带铺盖。他准备在那儿喝点酒暖暖身子再回来睡觉。房子比他头天晚上住的那栋要远，他留心记路，到时候好自己找回去。

雷诺兹所言非虚，那两位女士的确非常友善：那位老妈妈身材矮小，牙齿已经掉光了，穿了好几层毛衣，不停地管他叫**大兵**[①]，她竭力抬起眼睛，不敢相信他竟如此之高，而且，还没等他脱下大衣，那位相对年轻的女士就劝他来一杯红酒。她丰满，快活，看上去十分干练，显然惯于操持家务。墙上有一张染过色的照片，上面是她穿军服的丈夫，此外还挂着一些家庭照片，其中一张上有位牧师；家里的两个五六岁女孩，似乎是双胞胎，她们坐在雷诺兹那两个朋友膝上，那两人普伦蒂斯都只是打过照面而已。很快，他们就欢乐地围坐在一张大桌旁，尽管有语言障碍，但他们依然达成了几个基本的共识：在这个寒冷的夜晚，能呆在这所温暖的房子里真好；红酒很好，罗斯福、丘吉尔和斯大林是好人，希特勒实在太坏了，提到他时必须做个表示厌恶的鬼脸，还有，纽约的楼真是高得不得了。女士们始终点头微笑，不停地倒酒，士兵们则较着劲，都想证明自己熟谙在体面人家做客的礼节：他们不断彼此提醒，让对方把烟灰掸在烟缸里，并且注意用词，不管她们听不听得懂，还有，不要向后翘起椅子。在孩子们睡觉前，做母亲的让她们为士兵们唱了一首美国歌曲，她们十分腼腆，但非常乐意。她们手拉着手，直挺挺地站在屋子中央，唱道：

“去蒂伯雷利的路还很长
还很长……”[②]

---

① 原文为法文：un grand soldat。

② 出自爱尔兰歌曲《蒂伯雷利路迢迢》（*It's a Long Way to Tipperary*），这首歌在第一次世界大战期间曾风靡世界，广为传唱。

他们爆发出热烈的掌声，没人忍心指出那其实不是美国歌曲。然后她们又拿来一瓶红酒，接着是另一瓶。雷诺兹那两个朋友的朋友也来喝酒、过夜，结果整个底楼都挤满了人，弄得普伦蒂斯就算想留下也没地方睡了。等到他一边连声道谢和不停告别、一边起身离开时，时间已过午夜。

他钻出遮光帘，一吹到走廊上的凉风就开始猛烈地咳嗽，咳得寸步难行。他蜷起身子，摇摇晃晃地靠在墙上，却怎么也止不住咳嗽。黑暗中，一些白茫茫的飞絮在他眼前浮动、起舞，在剧烈的咳嗽中，他感到一阵钻心的痛楚——他初次感受到这种疼痛是一个月前在弗吉尼亚的野营地，当时奎因特承认自己也有同样的症状。终于，疼痛过去了，但他还没来得及离开，那位相对年轻的女士就走了出来，用胳膊揽住他。她用法语说着什么，语速太快，他听不明白，不过他不用翻译也知道她的意思：在这样一个夜晚，她不会让一个咳得这么厉害的人离开她家。

她带他回到屋里，穿过厨房，别的士兵正在那里铺各自的铺盖，她以母亲般的执拗领着他上了楼。推辞是没用的，就算他知道该怎么说。他还没弄明白她在做什么，她就已经在儿童房的地板上靠墙为他铺好了毯子和被褥，正对着孩子们的两张小床。接着，她用手势示意他把步枪留在大厅里，面朝墙睡，以免传染两个小家伙。“**好啦，**”她说。“**晚安。**[①]”

① 原文为法文：Voilà，Bon nuit。

“吕士，”他对她说，十分庆幸自己会说这句话，**“您真是抬、抬好了。肥常感谢**[1]。”

她离开后，他把大衣盖在毯子上，脱掉套鞋和靴子蜷在被子里，俨然舍弃了世间的一切奢华。

他醒来时闻到一股尿味——其中一个小女孩的夜壶就在他头顶附近，或者两个都在——还听见楼下的大路上传来喊声和沉重的脚步声。他挣开毯子，噌地站起来，拨开遮光帘向外望去。窗外是炫目的白天，时间已是第二天上午晚些时候，路上全是两人一排的纵队，军人们背着背包、提着旅行袋，步履沉重地从他眼前经过。他扣好靴子，套上套鞋，抓过头盔和大衣冲下楼去，下了一半才想起他的步枪。他跑回去取，然后下楼来到街上。

“嘿！”他发出一声沙哑的嘶喊，“这是哪个团？”

“第一八九团！”

“哪个营？”

“第二营！”

“第一营呢？”

“前面老远去了！”

没必要去唤醒楼下那帮人；他们都是第一九〇团的。他拔腿就跑，任敞开的大衣飞舞，一口气跑回了谷物磨房。他艰难地爬

[1] 为模仿普伦蒂斯不标准的法语，原文将法语的“女士”（Madam）写成了 Modom；“您真是太好了”（Vous êtes très gentil）写成了 vouse et tray, tray jonteel；“非常感谢”（merci beaucoup）写成了 Maircee bo-coo。

上二楼，发现里面空空如也，一片死寂，墙边仅剩一堆东西，就是他自己的野战背包和旅行袋。他跪下来，呜咽着喘气，手忙脚乱地钻进背包带，把它扣紧。他把旅行袋甩到肩上，不由自主地打了个趔趄，然后摇摇晃晃地下了楼，上了路，正好看见最后一队补充兵员消失在拐弯处。他追上去，在踏平的雪地上打滑，赶上他们时，他几乎已经没力气说话了。

“这是哪——哪个营？”

“第三营。”

于是他再次拔腿就跑，依然踉踉跄跄，腿脚不听使唤。一开始，他好像怎么也追不上那一队队行进的士兵，就像在噩梦里那样；后来他渐渐开始超过他们了，一队接着一队。有一阵子，他陷入了剧烈的咳嗽，不得不放下行囊，停下脚步，俯下身子，把痰咳在雪地里，咳完之后，他又被第三营的不少军人超过了。汗水浸透了他全身。

终于，当他询问这是哪个营时，一个声音回答说：“第二营”。

“你能不能——能不能告诉我第一营在前面多远？”

“还远着呐，伙计。你赶紧加快速度吧。”

可他刚加快速度，就一头栽倒在雪地上，从他身旁经过的纵队爆发出一阵兴高采烈的起哄。起来后，他再度开始奔跑，只觉得纵队在他身边化作了一片缓慢而模糊的棕黄。现在，他奔跑时心脏怦怦乱跳；他感觉自己就快晕厥了，并且相信即便如此，他的双腿还是会继续奔跑。

“这是哪——哪个营？”

“第一营。”

“A——A 连在哪？”

“前面。”

这么说他快到了，但前面的队伍依然看不到头。他允许自己放慢速度，步行起来，直到周遭白雪皑皑的天地不再在他眼前旋转和荡漾；他又奔跑起来，终于，他在前方看见了奎因特与山姆·兰德艰难跋涉的小小身影，先是隔着六个人，然后是四个、三个。

“哇，上帝呀，看看谁来了，”奎因特说，“你到底上哪去了？”

“我——我——”

“你最好赶紧到最前面去跟中士报个到。他记你擅离职守了。”

中士是位利落的团部军官，人高马大，走起路来像运动员那样大摇大摆，他步态平稳，丝毫不受背包和旅行袋影响。

“中士，我——我刚到。”

“你他妈的叫什么名字？”

“普伦蒂斯。”

“你他妈的上哪去了？”

“我——我睡过头了。”

“嗬，好嘛。你真给自己开了个好头啊，是不是？你知不知道自己差点就上军事法庭了？好了，归队吧。”

普伦蒂斯弯着腰站在那里喘气，直到奎因特和兰德赶上来，与他并肩而行。

“普伦蒂斯，你他妈真够可以的。”奎因特说道，接下来，在余下的半小时行军中，他再没说过一句话。

他们来到一片开阔平坦的原野，旁边有一道铁轨，远处是一片漆黑的森林。A 连补充兵员被带到野地里一个看似随意的位置，奉命站在铁轨旁原地待命。B 连和 C 连的人也都沿着铁轨排开，像 A 连那样在雪地里小团小团地聚集在一起。

普伦蒂斯坐到旅行袋上，伸展四肢，摘下头盔，用手揉捏自己阵阵作痛的太阳穴。他几乎都有些感觉良好了，为自己终究赶上了队伍而得意。过了一会儿，他点了支烟，却被呛得咳嗽起来，只好扔了。他有些腼腆地站起身，向奎因特和兰德坐的地方走去。“所以怎么说？”他问，“咱们是要上前线了还是怎么的？”

奎因特不耐烦地抬起头，仿佛受了某个陌生人的烦扰。“见鬼，普伦蒂斯，要是你没错过早上的列队，你就不会没听到宣讲了。这下我又得把事情从头到尾给你解释一遍，像往常一样，”他叹了口气，“不，我们不是去前线。他们要从前线上下来了。我们得在这儿跟他们会合，然后一起到另一个前线去。”

“哦。明白了。”

说话间，奎因特一直在拆 C 口粮[①]里一只罐头的锡箔带；这时，普伦蒂斯发现兰德和其他人都在吃东西，他们嚼着饼干，一

---

① C-ration，一种罐装的湿式口粮，最早由美国陆军采用。

勺一勺地舀起冷的肉炖菜。看到食物，他才意识到自己饿得够呛，不过他立刻发现奎因特看见了他饥饿的目光。

“你肯定没赶上早餐吧，是不是，”奎因特说，“而且你当然也没领口粮，所以连午餐也没得吃啦。你知道那意味着什么吗？”他缓缓从旅行包上站起来，一双眼睛在镜片后闪着愤怒的光，“你知道那意味着什么吗，普伦蒂斯？那就意味着你活该。你以为我跟山姆会分给你吃吗，别做梦了。而且我还要告诉你，”他气得发抖。其他人看着他，脸上挂着尴尬的微笑，山姆·兰德始终无动于衷地低头盯着他的炖菜罐头，“我还要告诉你，从今往后没人会管你，除非你学会照顾自己。听懂了吗？已经他妈的三个月了，我每天都在照顾你，给你擦屁股，帮你他妈的擤鼻涕，我受够了。现在我告诉你，我不干了。你得自生自灭了。听懂了吗？”

一股热流涌上普伦蒂斯喉头，他担心自己会像个孩子似的，在比利时的这片原野上、在这些人面前哇的一声哭出来。他唯一能做的，只是尽量忍住不哭。

奎因特重新坐到他的旅行袋上，用勺子狠命挖着食物。但他还没说完。“要是你还有别的问题，”他说，“也请你闭嘴。我受够了。烦透了。我受够了当你见鬼的——”在吐出最后这个词前，他犹豫了片刻，而他最后甩出那个词的样子，就仿佛那是他特意搜寻的一个最残酷的字眼：“——你见鬼的父亲。”

第三章

普伦蒂斯只好饮泣吞声，不久，在士兵们纷纷扔掉罐头、点起香烟时，天上下起了雪。一开始，阴沉的天空中飘起硕大、柔软的雪花；随后雪花逐渐变小，成了白色的小点，它们在风中打转，与其说飘落，不如说是在飞舞，雪模糊了远处的一切，只有近处的景物还依稀可辨，人必须眯眼或眨眼才能看清点什么。

一列空驶的货车从一片白茫茫中驶来，停靠在他们附近的车站。很快，田野那边驶来一队长长的敞篷卡车，它们一辆接着一辆，上面全都站满了人。经过一个月的战斗，第一营从前线撤了下来。补充兵员的队伍中产生了一丝不安的骚动，卡车驶近时，他们大都站了起来。他们会是什么样呢，那些老兵？见到刚从国内来的哥们儿和小兄弟，头盔上还有尚克斯营留下的粉笔编号，他们会作何感想呢？他们会亲切友好吗？还是会取笑他们，或是指指点点、骂骂咧咧？

第一辆卡车离他们还有好几码时，普伦蒂斯就开始试着辨认车上的面孔，但他只能看见他们暗淡的头盔，上面还罩着伪装头网。随后，卡车减速停稳，与铁轨平行，上面的人跳下后挡板，三三两两地四处逛游，简直近在咫尺。

他们大都蓄着须。其中一些人在头盔底下戴着污秽不堪的羊毛风帽，另一些人则用毛巾或毯子代替。或许是因为距离营火太近，多数人的大衣边都被烤焦了，成了黑黢黢的碎布，而且他们没有一个人穿战斗靴。有些人绑着旧款的帆布绑腿，僵硬、紧绷；另一些人则用撕碎的布条自制绑腿，还有人索性不再费神，任由裤腿垂落在套鞋宽大的开口内外。他们全都面色灰黄，嘴唇发黑，嘴巴偶尔会微微翕张，露出意想不到的肉粉色口腔，除了炯炯却空洞的双眼之外，嘴唇内侧是他们脸上唯一干净的地方。看见补充兵员时，他们即使有什么想法，也没表现出任何迹象。

“A 连补充兵员在此。”那位来自团部的中士高呼着，把写字板举过头顶，遮挡飞舞的雪花。他身旁站了一位衣衫褴褛的军人，看上去跟别的老兵没什么两样，两只眼睛似乎正在清点集结中的补充兵员。“靠，”他说，“就给我这么点儿人？”

中士嘟囔了几句抱歉的话，退回时，他称那位衣衫褴褛的军人为“长官”，这听上去非常奇怪。

“好吧，”衣衫褴褛的军人说，随后他提高音量，开始对全体补充兵员训话，“我是阿加特中尉，你们会发现这很好记，因为这个连就剩我一个军官了。”他的声音高亢刺耳，说话时不停地上前几步又退后几步，如同在笼中徘徊，“我们马上就要登上这趟列车了，谁也别问要去哪儿，因为我也不知道。我只知道咱们会南下，而且很快就会重返前线。到了车上，我会尽量四处走走，给你们简单介绍下情况；同时，我想给你们一些建议。希望你们跟我的兵在一起时，多看、多听、少说。他们全都烦得要死，跟我一样。今天早上我们本来是要回去休息的，结果现在他们又突然把这个该死的新任务加在我们头上。好了，我要说的就是这些。”

货车车厢龟裂的地板上没铺稻草，补充兵员都挤在一起，给老兵们留出空间。又冷又饿的普伦蒂斯坐在一个角落，尽可能远离奎因特，他整个下午都在观察老兵，想读懂他们。显然，自上战场以来，这还是他们第一次见到自己的旅行袋——它们在某个军需库里放了一个月，要么湿透，要么冰冷——醒着的老兵大都在翻自己那些发霉的物品，像一群形容枯槁的拾荒者。其中最显眼的要数一个骨瘦如柴、局促不安的人，他有一副小丑的面容，声音高亢，笑声尖厉。他在自己的包里摸索，包上蜡纸印的名字“梅斯”已经褪色，他从里面拽出一顶干净的军便帽，把它歪戴在自己蓬乱的头发上；接着他又找出那件皱巴巴的铜扣上衣，把它披在自己肮脏的野战夹克外面。

“嘿，你们想不想休个通行假？”他不停地喊，很高兴自己这身造型颇有喜剧效果，“你们今晚想不想到城里去风流快活？瞧瞧我吧，我可是只欠东风了。来吧！”他无论第几次重复这话，都会不可抑制地咯咯直笑，“来吧，嘿！咱们今晚就去风流快活！你们都准备好了吗？咱们上城里去。瞧瞧我，我已经万事俱备啦！”

但不管他叫得多么烦人，他显然是受人尊敬的：别的老兵要么对他视而不见，要么微笑着看他发狂；没人叫他闭嘴。看得出，他是某种预备士官，很可能是某个班的班长，虽然他那件旧上衣并没有肩章；不管怎么说，他想必曾表现不俗，所以尽可以装疯卖傻。

车厢另一头有个国字脸的人，看上去似乎只求小睡片刻，却遭到了身边每个人无情的蔑视：

“希尔顿，挪开你那个没用的屁股。”

“见鬼，希尔顿，把你的脚从我的东西上拿开。”

“希尔顿哪还需要睡觉啊？他这一个月不是一直睡得不省人事吗？”

面对折磨他的人，希尔顿只是眨眨眼，顺从地照做，脸上挂着一抹温和的痴笑，那是长期受辱的产物，普伦蒂斯望着他，心中有种可怕的预感：所以那也**不是没有**可能啰，人即使在战斗中幸存，也依然可能遭到蔑视。

夜幕刚刚降临，列车就停进一座车站，一双手把一纸箱C口粮推进车厢。这将是普伦蒂斯今天的头一顿饭，但他明白必须先等某位老兵去拆开箱子、分发罐头，可他们好像都不大饿。听到“解手”的口令时，大部分老兵都下车来到雪地里，打算好好利用这个机会。就在这次停车期间，阿加特中尉带着手电爬上他们这节车厢，身后还跟着一个矮壮的男人，显然是军士长。

“现在，全体新人，”阿加特说，“我想知道你们的名字和大致经历。从那边第一位开始。你叫什么名字？”手电光落在山姆·兰德脸上，他眯缝着眼，自报了家门。

“你接受了多久的步兵训练，兰德？”

“六星期，长官，就这么多。之前我在工程部门呆过三年。”

“好。下一位。”他顺着补充兵员一个个看过来，最后手电光不偏不倚地落在普伦蒂斯脸上，后者皱起脸，感到全车厢的人都盯着自己。

“我叫普伦蒂斯，长官。接受过六星期的步兵训练。之前在空军呆过六星期。”

“再之前呢？”

“哪儿也不在，长官。”听到周围渐渐爆发出一阵笑声，他又说，“我是说，我之前是个平民。”

“狗娘养的。”阿加特中尉说着，移开手电。他小声跟军士长交换了意见，然后手电光柱又扫向补充兵员所在的车厢。“武器排需要一两个人。你们谁能熟练使用轻机枪？”

“我，长官。”

“你是？”

“奎因特，长官。”

“好，奎因特；你一下火车就去跟罗尔斯中士报到，告诉他你被分到他队伍里了。记住了吗？R-O-L-L-S。”

另一个人被选入一支迫击炮小队；其余人都是步枪手。随后，阿加特又想起了什么，补充道：“哦，嘿，等等。二排需要一名传令兵。有谁自告奋勇吗？”手电光再次照进普伦蒂斯的眼睛，“你想当这个传令兵吗？”

“行啊，长官。”于是他得知自己需要向布鲁尔中士报到。他其实并不完全清楚传令兵的职责，但他估计这活儿应该比步枪手要轻松安全些，而且，他估计阿加特选中他是因为他年纪最小，或者看上去战斗力最弱。尽管如此，这个职位听上去却有一种令人愉悦的独特——传令兵——而且显然，每排只有一位。这不正意味着这个职位责任重大吗？

“好了，情况是这样，”阿加特提高音量，好让全车人听见，“咱们要去第七军所在的区域，在阿尔萨斯。很显然，咱们就属于那种倒霉的师，被他们千里迢迢调过去填补空缺的那种。总之，咱们会听法国第一军指挥，不管那他妈的是什么意思，而且咱们明天就会上前线。得把第三师替换下来。我目前掌握的情况就是这些。咱们下火车后会有卡车等在那里。现在你们最好尽量睡会儿。”

普伦蒂斯运气不错，火车刚到站就找到了布鲁尔中士，同样走运的是，布鲁尔中士是位高大、和蔼的西部人，很有礼貌。“你就是新来的传令兵吧？”他站在雪地里问，用一只戴手套的手笃定地握紧普伦蒂斯的手，握得他有些生疼，“你叫什么来着？好的，普伦蒂斯，我随后会安排你跟班长们见面，一安顿下来就安排。”普伦蒂斯不得不克服自己内心的冲动，竭力不让自己死死抓住布鲁尔中士、哽咽着寻求保护。“不过现在，你还是赶紧先跟着大伙儿上卡车吧。”

卡车队徐徐向前，挂着一二挡，在看不到尽头的山路上嘎吱作响——有人说他们是在孚日省[①]——一路上冷得难以置信。一

① Vosges，位于法国东北部，东临莱茵河谷地区及德国。

阵子之后，普伦蒂斯膝盖以下就完全失去了知觉，根本无法伸展脚趾或跺脚。他们开了大概两小时，也可能是五小时、八小时；在严寒中，他只能像死尸一样僵直地坐着，完全失去了时间概念。等到车终于停下来时，他几乎已经无法站立、不能动弹。他腿一软，倒在雪地里，过了好几秒才有力气爬起来。

夜晚余下的时间里，他们驻扎在一栋被炮弹炸得面目全非的宽敞厂房里，它位于两座高丘之间的深谷中。这的确好过露宿野外，但也好不到哪去，因为风能穿透工厂所有的窗户，钻进墙上的破洞。他们借着火柴和蜡烛头的光，把铺盖铺在齐腰高的长条工作桌上，桌面上满是金属废料和碎玻璃碴。

天还没亮，普伦蒂斯就咳醒了，随即听见一声带哭腔的高喊划过厂房，跟他自己的声音很像：

“噢耶稣啊，**救救**我，有人吗，我**病了**！我喘不上气了！噢耶稣啊——求你了——医生！医生！谁能**救救**我；我**病了**……”

普伦蒂斯咳得厉害，不得不在工作桌上坐起来。他开始干呕，侧身把痰吐在地上；忽然间，他还在干呕，就感觉胳膊被人抓住，脸被手电照亮，他模模糊糊地看见那些架着他的人戴着军医的头盔，上面有嵌白边的红十字。

“怎么了，孩子？是你在喊吗？”

“不——是另一个人——在那边。”

“……噢耶稣啊，谁来**救救**我……”

手电光和胳膊移开了，不一会儿，他就看见军医们搀着一个高大、蹒跚、泣不成声的身影穿过工作桌之间的过道，消失在黑暗中。

早上，他们领到了弹药，数量似乎多得毫无必要：他们可以装满一整条弹夹带，再把很多备用弹夹装进交叉背在肩上的三条棉制弹囊带里，同时每人还配有两颗手雷。

他们又在厂房里停留了大约半小时，整理各自的装备，把要带上战场的东西跟要留在旅行袋和铺盖卷里的东西分开。普伦蒂斯没跟二排的人一起做准备，而是跟人数少得多的连部成员待在一起，包括各排的传令兵、反坦克火箭手、两名通讯员，还有几名职能令他费解的专家。只有一个人愿意跟他说话，那是一个名叫欧文斯的小个子男孩——个子矮到似乎根本不该入伍——是武器排的传令兵。

“多带点香烟，”欧文斯建议，“把你所有的袜子都带上，几双都不嫌多。不勤换袜子你会得战壕脚的。可以的话把牙膏也带上。这或许有点可笑，不过牙膏真是有用极了。有时刷个牙几乎像睡了个好觉一样舒服。”普伦蒂斯只找到一管牙膏，一管经济装的依帕纳牌牙膏，应该是他在皮克特的消费合作社买的，他顾不上这是否可笑，直接把它塞进一只上衣口袋，又把牙刷塞了进去。

启程之后，他们需要步行五英里前往一个名为“前沿集结区”的地方。这段路起初好像并不难走，他们都是轻装上阵，而且步行可以驱寒，但不久，普伦蒂斯就感觉自己膝盖发软，脸颊发烫。满载弹药的弹夹带沉甸甸地坠在他腰间，弹囊带深深地勒进他的脖颈。

“……马特与杰夫[1]！”阿加特中尉喊道，他正从纵队排头往回走，普伦蒂斯惊讶地发现他正冲自己微笑。

“……这两个家伙看上去就像马特与杰夫。”他又喊，这回普伦蒂斯领会了他的意思：他和身旁的欧文斯一高一矮，形成一种滑稽的反差。

“咳嗽好些了吗，孩子？”中尉高声问。普伦蒂斯正想说“好些了，长官”，却发现自己失声了。他又试了试，但只发出很小的声音。最终，他用龟裂的嘴唇挤出一个微笑，点点头，权作回应，边走边设法清了清嗓子。

“嘿，欧文斯？”他本想说，“听啊。我嗓子哑了。”结果只发出一串尖利的声音，不过也足以引得欧文斯抬起头来。

“怎么了？”

“我嗓子哑了。说不出话了。”

“是喉炎，我猜。”欧文斯自己也好不到哪去。他说他早上感觉自己得了痢疾，到现在也不见好转。

“好了，”中尉喊道，“队形展开。间隔五步。”

前沿集结区坐落在炮位区后方，是一片树木稀疏的雪地，在那儿，他们奉命挖起了二人散兵坑。挖坑作业很快耗尽了普伦蒂斯的体力——他颤抖着用挖壕工具挖掘，力道一下弱似一下——不过欧文斯帮了他的忙，不久，他们就挖出一个深度尚可的坑，

---

① 《马特与杰夫》（*Mutt & Jeff*）是美国一套广受欢迎的系列漫画，由漫画家巴德·费舍尔创作，于一九〇七年初次发表。主角马特和杰夫身高悬殊。

算是完工了。在这片差不多方圆几百码的区域内，地面上布满了参差不齐的黑色坑洞和挖剩的土堆。躬着身子挖坑的人随处可见，还有人坐在坑里等待，或忐忑不安地围在一起，谈论着他们要去的地方，那里据说叫科尔玛口袋[①]。一营将率先发起进攻，他们的首要目标是夺取一个叫霍尔博尔格的小城镇，据说第三师的一些队伍已经在那里奋战了好几天。普伦蒂斯觉得这一切听上去极不真实。

"你觉得，"他尖着嗓子问欧文斯，"——你觉得咱们会在这儿待多久？"

"哦，兴许会待到明天早上吧。我想他们要是想让咱们立刻动身，应该就不会让咱们挖壕了。"

但他错了：他们当天下午就动身了。大约三英里外，在霍尔博尔格背后，有个严重损毁的村落，那将是他们发动进攻的起点。A 连到达后发现，那儿的人和军械都已乱作一团：街道残破不堪，到处挂满五颜六色的通讯缆线，路面上挤满各式各样的车辆，军人们分别来自第五十七师、第三师和法军，所有人都忙忙碌碌，在混乱中奔走。这里还有一些平民，大都是一身黑衣的老翁和老妪，脸上写满惊惧与茫然。一开始，普伦蒂斯困惑地发现他们似乎在说德语，而路旁溅满污泥的路标也都是德语的，后来，他才模模糊糊记起过去曾在学校里学过，阿尔萨斯只是理论

① 科尔玛（Colmar）位于法国阿尔萨斯。一九四五年初，这里发生了著名的科尔玛包围战，德军在科尔玛口袋内遭到全面肃清。

上属于法国[1]。

“你也听说了吗？”欧文斯问他，这时纵队正靠在一面布满弹坑的墙边坐着休息，等待阿加特中尉跟几名军官说明情况，“他们说过去两天内，霍尔博尔格已经三度易手了。”

“易什么？”

“易手。在咱们和德国人之间。”

“哦。没，我没听说。”他的声音依旧嘶哑，吱吱喳喳，昨天的行军、挖掘、再恢复行军让他虚弱不堪，头昏眼花。他巴不得阿加特能多介绍一会儿情况，这样他就能在这湿漉漉的人行道上靠墙多坐一会儿了。他不知道自己还能不能站起来重新上路。

根据阿加特传达的命令，他们天黑之后很快就会上路。到了七点，霍尔博尔格会设下阻击火力网，紧接着就该他们上阵了。同时，在村子里，每个排都会分到一座独立的地窖或马棚作休息、待命之用。当晚的口令是“米老鼠”。

等待期间，普伦蒂斯接到任务，要把几条常规消息带给布鲁尔中士，他感觉自己的高烧和疲惫都消失了，化作一种亢奋的情绪，那感觉令人兴奋，丝毫不像恐惧。他迈着缓慢却令人瞩目的步伐，踏着街上狼藉的冰雪独自前行，而别人都在结队行进，他自豪地复述着那些微不足道的消息，尽管他必须扭动身体、踮起脚尖才能勉强发出一点声音。他希望那些无意中听见他说话的人

① 阿尔萨斯（Alsace）位于法国东部，与德国接壤，通用德语及法语。阿尔萨斯历史上曾归属法兰克王国与神圣罗马帝国，在十七世纪的三十年战争后被割让给法国。

不要误以为这种吱吱喳喳的尖声就是他原本的音色。

下午晚些时候，连队炊事员给村里送来了食物，这是他们离开比利时以来吃到的第一顿热饭——煎三文鱼饼、脱水土豆，还有罐头水果沙拉——军人们端着各自的饭盒在街头或蹲或坐，每个人都显得情绪高涨。

“这又是哪种狗屎？”

“煎三文鱼饼狗屎，就是这种。”

普伦蒂斯四下张望，搜寻着奎因特，但没找到，不过他倒瞥见了山姆·兰德，山姆正一边冷静地咀嚼食物，一边跟另一些人说话。他忽然想到，放眼望去，山姆·兰德竟是他唯一认识的人，别人他都不大认识，只知道三四个人的名字。尽管如此，他依然对他们产生了一种感伤的情意。要不了多久，这些陌生人很可能就会成为他的朋友。

但他发现自己吃不了几口就会干呕，在扔掉大半食物之后，他感觉自己的病情又加重了。

他找到一块破碎的水泥板坐下来，犹豫着要不要大着胆子点支香烟。眼下，霍尔博尔格最大的问题就是它远在三英里之外：他感觉再走三英里会要了他的命。周围的景物开始变得飘渺模糊，要是有什么东西能让他枕枕脑袋，他绝对立马就能睡着。

“让一让，老伙计。”他听见了奎因特的声音；他真的走过来了，肩上扛着一支机枪筒，昂首阔步缓缓走出人群，嘴里反叼着熄灭的烟斗。他显然忘了自己和普伦蒂斯还在闹别扭。“你看上去就跟我现在的感觉一样。”他一边说，一边小心地坐到水泥板上。

“这真有意思，知道不？我感觉——”

“天啊，你的声音怎么了？”

“我不知道。喉炎啥的吧。但我是说这真有意思，知道不？吃饭前我还感觉不错，结果现在又病得厉害了。我想这玩意儿就是时好时坏吧。”

“是啊，就是这么回事。我也一样。而且在好之前，还得他妈的先严重恶化一下。”

有奎因特在身边，他感到宽慰；周遭的一切似乎重又清晰起来。附近有人在向上指着什么，普伦蒂斯抬头一看，只见白色的航迹在湛蓝的天空中错综交缠。战斗机在空中展开了战斗，它们飞得太高，难以辨认，只能看见航迹一端有个黑点，就像夏日午后在纽约上空写下“百事可乐”的那些飞机。但这番仰望让普伦蒂斯咳得蜷作一团，身体因疼痛而扭曲，脑袋垂在两膝之间。

“普伦蒂斯，你看，”奎因特说，普伦蒂斯一开始还以为他是让自己抬头看那些飞机；但他并不是这个意思，“你看，咱们别再自欺欺人了。知道我怎么想吗？我觉得咱俩都得了肺炎。要么已经得了，要么就差不多快得了。那些该死的症状咱们全都有。”

“呃，但其他人是怎么回事呢？**他们**怎么就没得呢？那帮人不是在突出部的雪地里睡了一个月吗？”

“噢，胡扯，普伦蒂斯。这跟那没关系。四五月才是肺炎高发期。婴儿会得。身强力壮的运动员会得。老太太们上个一元店也会得。这是病，就是这样，人要是得了病，就该上医院。”

普伦蒂斯仔细想了想："你是说你想回去？"

"我是说我觉得咱俩应该一块儿去跟阿加特说咱们病了。说咱们去不了了，然后回救护站去。就现在。这难道不合情理吗？"

奎因特眼镜之下那张严肃聪颖的脸上已经长了一圈浓密的胡子，神奇的是，此刻，他脸上出现了一种普伦蒂斯从未见过的神情：一种显然夹杂着恳求的蔑视。几个月来，这是奎因特头一次向普伦蒂斯寻求指引，而不是相反。

这一刻有种奇异的戏剧性——俨然是电影中那种音乐戛然而止、主人公下定决心的时刻——普伦蒂斯很快就想好了自己的回答。他甚至不介意自己得用那个尖利可笑的声音说出这句话。"不，"他说，"我不想回去。"

奎因特把烟斗塞回嘴里，低头盯着自己的套鞋。

"我是说，别因为我改变主意，奎因特，要是你真想这么做；那就去吧。我要留下来，仅此而已。"他知道对方可以说他逞英雄，但他不在乎——但不管奎因特有没有动这个念头，总之他没那么说。

"行吧。"他说。

"我是说，等霍尔博尔格这儿的任务完了，我或许会回去，不过在那之前不行。我只是觉得这么做不大合适，仅此而已。"

"行吧，"奎因特说，"你已经说得很明白了。"

他俩的谈话就此结束，但余音却挥之不去，横亘在他们之间，如同一件有形之物，他俩眨眨眼，避开了彼此的目光。

当晚，A 连各营排成纵队向前挺进。三排打头；指挥官们，或“指挥排成员”，紧随其后；接着是一排、二排，末尾由武器排断后。在去往霍尔博尔格的路上，这支队伍大多数时候都鸦雀无声，两列纵队各占据道路一侧，中间相距五步，每个人都紧紧盯着前面那个人的脊背。随后，他们又伏在路旁黑暗的壕沟里，等待炮火支援。

它来了，大批炮弹急速掠过头顶，爆炸声随之响起，震天动地，火光照亮了天空，炮击仿佛无休无止，在它结束后，霍尔博尔格所有的生命似乎都已灰飞烟灭。普伦蒂斯在战壕里瑟瑟发抖，竭力将注意力集中在欧文斯昏暗的背影上。当那个身影直起身子，开始无声地向上攀爬，他也跟着它爬回路面，同时他后面那个人也在向上爬，他能隐约听见那人的装备发出窸窸窣窣、叮叮当当的声音。他走在路上，感觉自己的呼吸声是如此清晰，短浅的嘶啦声出入着他的鼻腔，与之形成对比的，是吹进头盔的风那模糊而持续的哼鸣。他多希望自己能离其他人近些，看他们是像他一样背着步枪呢，还是已经把它握在手中，好随时开枪。他正准备卸下步枪，就看见欧文斯又飘飘忽忽地出现在他身边，背在肩上的步枪立在头盔一旁，竖直的线条在雪地的映衬下更显乌黑；于是他继续背着步枪。

他几乎还没反应过来，道路两旁白茫茫的田野就已经让位于房屋黑洞洞的轮廓——现在他们应该已经进入了霍尔博尔格，或者起码已经身在城郊——他决定不再去管欧文斯，径自从肩上取下背带，做出持枪姿势，颤抖的手指隔着手套按着保险，试探地在扳机环里滑进滑出。随后他又觉得要是纵队里只有他一个人这么做，那未免有些傻气，于是又把枪挂回肩上。可这时，欧文斯的背影近了，他正以持枪姿势行进，于是普伦蒂斯又把步枪放了下来。

前方的道路先是渐渐亮起，随后，一团飘忽的橙光骤然照亮了路面：那是一栋燃烧的房屋，是大路对面那排房屋中的一栋。他们从它面前经过时，火光清晰地勾勒出每个人的轮廓和剪影——有那么几秒钟，普伦蒂斯甚至能看见欧文斯大衣上肮脏的棕色绒面，以及他头盔上污秽的绿色网格——他冒出一个想法，结果立即被后面的人说了出来："耶稣啊，咱们真是绝佳的靶子。"

但夜晚依旧一片死寂，只听见木材在嘶嘶沙沙、劈劈啪啪地燃烧，他们把那栋房屋远远甩在身后，再次走入夜色的蔽护。普伦蒂斯又开始费力地盯紧欧文斯的头盔，但直到它骤然逼近，他才发现欧文斯停住了。他也停下来，后退几步。显然，整个纵队都停止了前进。

他向左前方望去，看见雪地里确凿无疑地躺着一个人形。一开始他还有些奇怪——那人躺在地上做什么呢？——他很快意识到，那人已经死了。他根本无从判断那人是德国人、法国人还是美国人。他再度把目光投向欧文斯的头盔，恰好看见头盔下那张苍白的脸椭圆的弧度。欧文斯正低声对他说着什么，他起初还以为是什么跟那个死人有关的话。但不是。

"你说什么？"他也低声回答。

"请一排上前；传下去。"

普伦蒂斯转身面对身后那个淹没在黑暗中的陌生人。“请一排上前，”他低声说，“传下去。”

很快，穿套鞋的匆匆脚步声就从队末传来，各种装备悄然发出吱吱呀呀、叮叮咣咣的声音，一排的士兵们走上前去领受命令。

难道每个人的夜视能力都强过普伦蒂斯吗？他什么也看不清，只能竭力将注意力集中在欧文斯头盔的轮廓上，等着看它会不会再转过来。

它转过来了。“请二排上前；传下去。”

他很高兴自己上回并没听错。他回过头，重复了这句话，很快，二排的士兵也顶着黑暗向前走去，步履沉重地从他身旁经过。接下来，他等待着，注视着那顶头盔，就这样过了似乎很长一段时间。结果下一个命令却是如此惊人，令他措手不及：

“请普伦蒂斯上前。”

他小跑着越过欧文斯，心提到了嗓子眼；然后又经过几个黑洞洞的身影来到阿加特中尉跟前，即使在黑暗中，中尉的怒气依然显而易见。

“见鬼，小子，你上哪儿去了？我说二排的时候，其实就是指你。”

“我知道，长官；很抱歉我——”

“行了。洛根，带上他，给他看他们他妈的在哪儿。赶紧的。”

洛根是他们的通讯中士，高个子，爱挖苦人。“上帝呀，”他低声说，“你这就准备开始闯祸了是不是？能不能长点心？你是二排的传令兵——难道你连这都搞不清楚？工作全被你耽误了。”

“我知道；我——我只是没过脑子。”

“那你现在最好开始带点脑子，小子。这很重要。”

他知道这很重要，于是尽可能以最快的速度一脚轻一脚重地走在洛根身旁，感觉窘迫至极。

“在那儿，”洛根说，“看见那栋房子了吗？你们排就在那儿。现在，看在上帝的分上，别他妈忘了。”

普伦蒂斯全神贯注地盯着那栋房子晦暗的外观。他靠屋顶记下这栋房子，那不是一个斜坡，而是阶梯的形状。“好。”他低声应道，大踏步地紧跟着洛根跑回纵队，生怕自己跟丢。

他凭借欧文斯矮小的身材认出了他，重新在他身后归队。但这段短暂的奔跑却弄得他上气不接下气，他开始没命地咳嗽，同时竭力抑制这阵发作；他听见有人在说：“让那个杂种闭嘴！”但他咳个不停，弯下腰，把拳头往嘴里塞。这阵痉挛让他眼前一黑，他久久地躬着身子，直到时间仿佛都凝固了，等他终于直起身子、在飞旋的黑暗中睁开眼睛时，欧文斯已经不见踪影。他踉踉跄跄地迈出几步，但欧文斯并不在那儿——那儿一个人也没有。他面前空无一物，只有白雪和黑暗。他转身向后看：没有人；路上空空荡荡，那栋燃烧的房子在远处发光。他落单了。

他向前奔跑，弹囊带勒着他的脖子，两只手雷剧烈地上下跳动，撞击着他的肋骨。他不知道自己在往哪跑，但除了奔跑之外，他不知道自己还能做些什么。有一回他似乎被一块柔软的圆木绊了一下，几乎摔了个四脚朝天，他回过头去查看，才发现那是另一具尸体。接着他终于发现前面有了动静，就在马路对面，于是他朝那边跑去。那是一支疾行的纵队，大概四五个人——上帝呀，他们是德国人吗？不；是美国人——他追上打头的士兵，喘着粗气。

“这是——这是不是指挥排？”

那人没有回答，也没有放慢脚步。

“我说这是不是指挥排？”

就在这时，一阵尖锐的嗖嗖声和一声石破天惊的**轰隆！**撕裂了天空，路上迸发出黄光。所有人立即卧倒在路面上，普伦蒂斯也跟他们一起卧倒在地。接着又是一阵嗖嗖，**轰隆！**他们再次匆匆卧倒，躲在几码外一个巨大的不明掩体背后——那似乎是一辆侧翻的卡车。

“迫击炮……”有个人说，但这是普伦蒂斯捕捉到的唯一一句话，此外他只能听见反反复复的嗖嗖——**轰隆！**嗖嗖——**轰隆！**还有残片飞溅时稀里哗啦、劈劈啪啪的声音。随后，从不远处传来一个羞怯而颤抖的声音，音量逐渐提高，带着惊愕和痛苦，很快演变成一阵孩子气的狂哭乱号：“军医？军医？噢耶稣啊——军医？噢——耶稣啊，**军医！军医！**……”

就在普伦蒂斯跟那几个人一起躲在侧翻的卡车背后时，又有五六枚迫击炮弹落在路面上，他们发现其实那不是一辆卡车，而是一辆半履带装甲车；终于，他们迎来一阵突兀而清晰的沉默。那几个黑影般的士兵一个接一个地站起身，弓着腰奔跑起来，普伦蒂斯追上最前面那个人。

“指挥排在哪?”

但那人一言不发地撇下了他。

“你瞧，打扰一下，我——指挥排在哪?”

但第二个人也同样撇下了他，下一个也是，再下一个也是，到最后，只剩下一个人了。

“看在上帝的分上，**告诉**我。指挥排在哪?”说到“排”字时，他那可怕的尖声爆发出一种女里女气的哭腔，他知道自己听上去像是在哭，但这起码足以引得那人回头，而且距离近得足以让他认出对方：那是梅斯，货运列车上那个小丑。为了给自己带哭腔的声音找个台阶下，普伦蒂斯稍稍夸大了自己的蹒跚，想证明自己的确是病了。

“你想找谁?阿加特?”梅斯说，“那来吧。”

普伦蒂斯跟上他，对那个“排”字和他做作的蹒跚深感羞耻。那队士兵带着他沿路往回走了五十码的样子，随后骤然拐进两栋房子之间，害得他差点跟丢，接着他们又走下一段黑漆漆的地窖楼梯。他们推开一扇门，里面挂着一张遮光用的毯子，在毯子背后的地窖里，阿加特和其他指挥官挤在屋里唯一一支蜡烛微弱的黄光之中。

普伦蒂斯迅速回头扫了一眼梅斯和他那队人马，想看他们有没有嘲笑他或鄙视他，但他们根本没注意他。梅斯正飞快地跟阿加特说着什么，其他人都站在一旁；阿加特听罢点点头，草草下了几个指令，随即他们又像来时那样，迅速出了地窖。

地窖里全是发霉的家具，有几个人坐在椅子上；这么说坐下是可以的。他找到一把深深的软垫扶手椅，让身体整个陷进去，如同陷入一片自卑的沼泽，然后坐在上面悲切地盯着烛火。他彻底搞砸了，两次。他该当被责骂，谁要是打算斥责他，那现在正是时候。他会坐在这里忍受一切，不论它来得多么猛烈。

但没人看他一眼，过了一会儿，他发现他们似乎并不是因为厌恶而对他视而不见；他们只是没注意到他，而且他们很可能根本就不知道他之前不在。他偷偷瞄了一眼洛根，准备接受他任何形式的奚落，但洛根却一心扑在他的手持无线电对讲机上，语气紧张而单调，重复着一些话，普伦蒂斯模模糊糊地记起自打进地窖以来，自己耳边就一直萦绕着这个声音。

“驴子·南，”他说，“驴子·南，我是驴子·狗，驴子·狗。能听见我说话吗？完毕。”他停下来听了一会儿，接着又开始说：“驴子·南，驴子·南……”

对面墙下的阴影中传来一声轻微的呻吟，普伦蒂斯分辨出一位军医的身影，他正伏在地上一个一动不动的东西上方：想必是那个伤员，就是在路上哭喊的那个。

“……我是驴子·狗，驴子·狗。能听见我说话吗？完毕。”洛根随后转向中尉，“好像联系不上他们，长官。”

“见鬼。好吧，把传令兵找来。那谁在哪儿？那个小子？”

普伦蒂斯慌忙一跃而起。

“到你们排去，”阿加特对他说，“看看他们为什么不答复。要是他们的无线电坏了之类的，就把布鲁尔带回我这儿来。明白了吗？”

“是长官。”

“你知道他们现在在哪吗？”

“知道长官，”他回答，尽管他只记得一栋屋顶呈阶梯状的房子：而且完全不知道它的方位。就在他匆匆穿过地窖时，一声石破天惊的**轰隆！**响彻整栋房屋，接着是又一声、再一声。

“这回是火炮，”有人在说，“八十八毫米的。”

“不，两种都有，”另一个人说，“既有迫击炮也有八十八毫米炮。”

普伦蒂斯在门旁驻足片刻，回头瞧瞧阿加特。他无论如何得去吗？在这个当口？还是说他应该等炮击结束再去？但阿加特已经背过身去跟别人说话了。

无论如何，还是去吧。起码好过再回去问。一个名叫卢切克的人靠墙站在遮光帘旁边，他头发花白、面容苍老，眼睛瞪得大大的。“耶稣啊，小子，”他说，“你要**现在**出去？”

“我想我必须得去。”普伦蒂斯说道，感觉自己就像电影里的主角，他站在那里，抓着遮光帘，等待炮击暂停。他再次回头看看阿加特，但阿加特依然对着别处。于是他钻出遮光帘，上了楼梯。

他沿着小径奔向大路时，四周一片寂静，直到快上大路了，他才惊恐地发现自己不知该朝哪边拐。右边还是左边？

绝望中，他选择向左。可是他离那栋阶梯屋顶的房子究竟有多远呢，而且他怎么知道走多久才应该放弃，转到另一个方向呢？他刚向左拐上大路，就被一股迅疾的气流掀翻，重重摔在地上，胸膛着地，随后只听见**轰隆！**一声，那声音比迫击炮更加震耳欲聋：想必是火炮。接着又袭来一股气流，又传来**轰隆！**一声，一些坚硬但不沉重的细小物体落在他的臀部和大腿上。那肯定不是弹片；而是屋顶和墙壁的碎渣。

他爬起来，继续奔跑，紧张地盯着每栋一闪而过的房屋那黑洞洞的轮廓。嗖嗖——**轰隆！**嗖嗖——**轰隆！**这是迫击炮的炮弹——他带着一种麻木的骄傲发现，自己已经能听出一些区别了——而且它们听上去显然十分遥远，他根本懒得卧倒。但紧接着就是一阵来自八十八毫米火炮的射击，这一击短促得惊人，他还没来得及趴下就听见了剧烈的爆炸声：他感到大地在震颤，看见爆炸迸发出闪光，他头朝下摔在了自己的手雷上，听见碎片在咫尺之外飞散，发出嘶嘶的哀鸣。他依然伏在地上，不知该继续等待还是重新上路，他扶起遮挡视线的头盔，看见了那栋有阶梯状屋顶的房子，发现它离自己最多不过十码或十五码。他站起来撒腿就跑。

“谁？是普伦蒂斯吗？”屋里有黑压压一群人站在门边，布鲁尔中士的声音从人群中传来。

“是我，”普伦蒂斯跌跌撞撞地进屋，来到他们中间。过后他才意识到，他们本来应该说“米”和“老鼠”。

“中尉他，”他说着，又开始咳嗽，“中尉他想知道你们为什么不答复那个啥，无线电。他还说——还说要是机器坏了——”

但机器没坏：布鲁尔的无线电通讯员正弓着腰细心地调试

仪表盘，还没等普伦蒂斯把话说完，他就跟那边联系上了。“驴子·狗，”他说，“驴子·狗，我是驴子·南，驴子·南。我听得很清楚。完毕。”

布鲁尔接过无线电，开始对着它讲话，对方或许是阿加特；普伦蒂斯听不清他在说些什么，不过就算能听清，他也不关心。他靠在墙上，大口喘气，不再按捺心中的自得。他做到了。

他一路小跑着回到指挥部所在的地窖，路途很短，风平浪静；只有几颗迫击炮弹落在大路远端，落点或许就在那辆毁弃的半履带装甲车附近。回到地窖时，尽管他并不指望有人会走上前来握住他的手说：“干得漂亮，普伦蒂斯，”但当他发现真的没人这样做时，却又隐隐有些失望，更有甚者，在他艰难地坐回他的安乐椅时，地窖里甚至没有一个人注意到他回来了。

随后，突然间，阿加特和洛根两人同时把目光投向他，神色严峻。“他们有多远，小子？”阿加特说，普伦蒂斯感到胸口一紧，觉得自己就像一个上了证人席的嫌疑人。

“离这儿一百码的样子，长官。左边。”

“一百码？”

“一百英尺，我是说。三十码，差不多。也可能是五十码。”

他俩又背过身去，过了好几分钟，普伦蒂斯才明白他们并不是在盘问他：他们根本无意追究他到底是真去了还是装的，也不想知道他究竟有没有夸大这段距离。他们只想知道那地方有多远，他们有自己的理由；这着实让他松了口气，一天之中头一次感觉自己可以放松了。他甚至感觉自己可以摘下头盔，轻轻揉揉脑袋，因为他打结的头发在头盔里捂了太久，发根都有些疼了。

美军迫击炮咳嗽般的古怪声音从地窖附近传来：武器排的迫击炮组开始回敬敌人了。他一边聆听，一边想，这还是A连第一次开火呢——他还没听见任何机枪或步枪的声音。难道所谓的“进攻”就是这个意思？人坐在烛光中的软垫椅上，用迫击炮和火炮互相攻击？

他坐在那里，渐渐地，他意外地嗅到一股熟悉的、属于平民生活的气息——一股浑浊的薄荷味——还发现自己的衬衣从左侧到前胸都沾满了一种湿答答、黏糊糊的东西，那东西从一只手雷下渗出，一直渗进他的冬衣里层。是那管经济装的依帕纳牌牙膏，他伏倒在大路上时，把它压扁、挤爆了。

当晚，地窖里的人都夜不能寐，普伦蒂斯几乎彻夜未眠。他得跟别的士兵轮流在地窖门外执勤——有一回还多值了一轮，因为欧文斯来时痛苦地呻吟，说自己得了痢疾，必须躺下休息——不必执勤的时候，他就醒着躺在地上，发着烧，一边咳嗽，一边冒汗，一边聆听间或传来的炮声。有一次，在炮声中断时，洛根叫他起来，要他领着中尉到他们排去跟布鲁尔开个会；还有一次，一枚燃烧弹击穿了这栋房子的屋顶，他不得不来到一片混乱的楼上帮着灭火。

黎明前，他打了个盹，刚好够他做个转头就忘的怪梦，醒来时，他首先闻到的是煎蛋味。阿加特中尉在地窖里找到一台炉子和一只煎锅。他还找到三只新鲜鸡蛋，眼下正郑重其事地给自己煎鸡蛋吃，此外，他又找到一瓶红酒，趁着热气腾腾的鸡蛋在锅里嗞嗞作响，他就大口喝着红酒，优哉游哉，颇为享受。他已经摘下了头盔，卸下了所有装备：他看上去惬意、放纵，做起早餐来完全不像一位连队指挥官。

“驴子·双簧管，驴子·双簧管，”洛根对着他的无线电说，然后又是“驴子·南，驴子·南”、“驴子·钥匙”，还有“驴子·安乐”。他在呼叫所有的排，通知他们零六零零出发，而这，按照普伦蒂斯的表，意味着五分钟后。

中尉站起来，擦去下巴上的一抹蛋黄，抛开酒瓶，任它摔碎在角落里。他把头盔戴在肮脏的头发上，扣紧身上的装备说：“好了，出发。别穿大衣。把它们留在这儿，我们稍后会派人来取。”

普伦蒂斯实在不想留下大衣。他明白不穿大衣是为了最大限度地保证士兵们在战斗中的灵活性，但这对他似乎并不适用：他觉得自己穿不穿大衣都没有任何灵活性。

他们小心翼翼地步出地窖，向大路迈进，一路上，他对每个能停下来靠墙休息的机会都感激涕零。他用颤抖的手端着步枪，感觉它沉甸甸的，感觉那些坠在他肩上和腰间的装备有着令人难以承受的重量。难道仅仅在昨天夜里，他还在奔跑、摔倒，再起身继续奔跑吗？

清晨的阳光照亮了这条路，或者说街道，也照亮了意想不到的新景象：路旁所有的房屋都严重受损，窗户破碎，墙壁千疮百孔，三名死去的德国士兵就躺在指挥部所在的房前，尸体纹丝不动的样子令人触目惊心。他们显然已经死去多日：手和脸的质地仿如腻子，眼球像灰扑扑的玻璃珠。在前方不远处，大概两三栋房子之外，他们看见一个死去的美国人。他脸朝下扑倒在路边，身上覆盖着一些积雪，是过往车辆溅上去的，但从他暴露在外的部分依然可以看出，他有一头棕色的鬈发，鼻子上翘、嘴唇丰满。他的肤色跟德国士兵一样，简直不像有过生命。但最触动普伦蒂斯的，还是他的制服：一个人既然穿着这身熟悉得不能再熟悉的衣服和背带、右臀上还挂着那只熟悉得不能再熟悉的水壶，又怎么能死呢？

此时，从小城另一头传来手持武器间歇性的爆裂声和突突声，那想必是另一个连队的地盘；阿加特和别的指挥官开始蹑手蹑脚地行动，这表明他们认为有人随时可能开火。他们扶着每一堵墙，一个个匆匆跨过房屋之间的空隙。二排紧随他们身后，同样缓慢、小心。等他们来到那辆毁弃的半履带装甲车附近时，普伦蒂斯看出它属于法军，一具个子非常小的法国士兵的尸体就端端正正地躺在车后六英尺处，身上还穿着美军野战夹克，他显然是被爆炸的冲击力从车辆残骸里抛出来的。

他们来到一个十字路口的一处街角时，阿加特停住了，用动作示意手下也都停下，贴紧墙壁。随后他把二排叫到跟前：可想而知，二排会突进这条未知的街道，而指挥排成员得原地待命。布鲁尔中士也要原地待命，跟阿加特一起伏在墙头，同时，他的步枪手小队则会继续前进，绕过街角。直到他们的身影全都消失在街角——那队人马中有山姆·兰德臃肿的身影——布鲁尔才跟了上去，身后跟着他的无线电通讯员和军医，这让普伦蒂斯心里有些不是滋味。排里的指挥官不是应该身先士卒吗？不过这么说来，连里的指挥官也该身先士卒才对，营里的指挥官和将军们也都一样；这个问题只会越想越糊涂。他放下步枪，把枪托拄在地上，右手的肌肉顿时放松了些许，他用渴望的眼神低头看着被踏平的雪地，多希望自己能放松膝盖，顺着墙根往前一滑，躺下来。

街角另一侧传来一阵电影里才有的惊人声音：那是来自一把德国短冲锋枪的**啪哒哒哒哒！啪哒哒哒哒！**四下先是一片寂静，随后响起喊叫声，紧接着又传来一把美制勃朗宁自动步枪更加缓慢、更加响亮的嘎嚓枪声，还伴随着几支步枪散乱的噼啪声。那支短冲锋枪又开火了，或者说不定是另一支，顷刻间，人们已经很难再听出任何个别的声音：枪子和飞溅的、呜呜作响的流弹在整条街上响作一团。

普伦蒂斯抬起步枪，颤抖着做出持枪姿势，眼睛死死盯着中尉。他他妈的现在打算怎么办呢？就那样站在这里吗？他确实就那样站在这里，很快，嘈杂声停止了。他随即迈步转过街角，带着普伦蒂斯和余下的人进入那条未知的街道，一头扎进薄薄的烟雾和砖灰。步枪手们都伏在房屋门口或前后奔跑，彼此喊话，兴奋得红光满面；半个街区外，军医正跪在一个坐在墙根的人身旁，撕开了那人的裤腿，露出大腿上方的一块红斑。在近处，街对面，三名德军士兵正在靠近，被铐住的手举在赤裸的脑袋上，身后跟着一名用枪指着他们的勃朗宁自动步枪手。其中一名俘虏长长的金发垂到脸颊，脸上血流如注。

显然，尽管枪声四起，但这不过是一次小规模的交火，只是德国人投降前象征性的抵抗；那个腿部受伤的人——有人说那是“千金难买的挂彩”①——是全排唯一的伤者。

“驴子·双簧管，”洛根反复呼叫，“我是驴子·狗，驴子·狗……”

现在，步枪手开始两人一组突进房屋，用枪托砸开大门：看样子是要搜遍这个街区的每栋建筑，揪出藏身的敌军。但这就是普伦蒂斯那天早上清楚领会的最后一项行动了。阿加特和指挥部其他成员开始撤退并进入了另一个街区，显然是去查看另一个排的推进情况；普伦蒂斯摇摇晃晃地跟在他们后面，不住地停下来咳嗽，渐渐感觉周遭的声音和景象变得越来越难以理解。事件发生的次序似乎被打乱了，有如一部被人胡乱剪辑再随意拼凑的电影。唯一不变的是，他始终无法跟上队伍，很快，一切的关键就变成了盯紧阿加特那双在雪地里一起一落的套鞋，它们时而缓慢，时而飞奔，时而又会停下来，久久地、久久地等待。

有一回，他们在一个小院里稍作停留，普伦蒂斯把头靠在院墙上休息，丝毫没意识到自己站着就睡着了，直到远处一阵机枪声把他惊醒，他猛地睁开眼睛，恰好看见一名德国士兵径直向他走来，离他不足五码。一时间，他只顾躲避，手忙脚乱地摸索着自己的步枪，然后才发现那名德国士兵已经解除了武装：那是另

---

① A million-dollar wound，一句军中俗语，指那种足够将负伤者遣离战场，但并不致命，也不会留下永久后遗症的伤病。

一名俘虏，正被赶出一栋房子，身后还跟着另外四五个德国兵；一名步枪手押送着他们，经过普伦蒂斯面前时出人意料地呵呵一笑。

普伦蒂斯四处打转，寻找着阿加特，发现他还在院子里，但已经挪到了另一头，正跟几名手下说话。那里还停着一辆救护车，车门敞开着——想必是他睡着时开进来的——抬担架的救护人员正把一名伤员往车上送，阿加特和其他人都在一旁看着。普伦蒂斯过去跟他们站在一起，只见救护人员动作轻柔地把担架推上救护车。那人一动不动地躺在毯子里，双目圆睁，嘴唇苍白，脸上扑满砖灰。从身边嘀嘀咕咕的议论声中，普伦蒂斯得知那是一名军官，是营里的一位炮兵侦察员，伤势非常严重。但随后，他的咳嗽再次发作，结果那群围观的人又四散消失了；止住咳嗽之后，他发现阿加特正若有所思地望着他。

“要不你也上车吧，小子？”他说，“去吧，要是你愿意。”一名军医也暂时为他留着救护车门。

“不，长官，我没事。我要留下。”这句嘶哑的话刚一出口，他就后悔了。要是奎因特也在就好了，要是有他在一旁说没事，要是能跟他在一起，普伦蒂斯说不定就走了。

“好吧，随你，”阿加特说话间，救护车门啪的一声关上了，“咱们走吧。”

过了一会儿——还是在那之前？——他跟着小心翼翼的阿加特转过一个街角，来到一片类似市民广场的地方，随即眼看着阿加特直挺挺地扑倒在地。另一个人也随之卧倒，出于本能，普伦蒂斯也卧倒了，这才发现他们遭遇了袭击：流弹像黄蜂一样在他们中间飞舞。他稀里糊涂地爬起来，跟着其他人一起飞奔，迅速绕过街角，撤回安全地带。阿加特最后赶到，他似乎是唯一一个摸清了情况的人——在他们上方某处有狙击手——也是唯一一个反应迅速、开枪还击的人。他蜷着身子，倒退着撤了回来，手中的卡宾枪已经射出了两三发子弹。

“是那个操蛋的教堂尖顶，”他说，普伦蒂斯甚至不记得自己见过任何教堂尖顶，“上面有一帮疯疯癫癫的混蛋想干掉咱们。”

普伦蒂斯事后许久才弄明白中尉打算怎么解围——派几名步枪手去把狙击手的火力引到广场另一侧，再让火箭筒手从这里结果他们——但当时，他唯一能记住的就是那位名叫马吉尔的火箭筒手，还有他跪在角落里时那副肮脏、古怪的样子，以及他手中的武器开火时那种震耳欲聋的呼啸。之后普伦蒂斯又跟着其他人一起转过那个街角，看见那里确实有座教堂，上面的尖顶已经被惨烈地削去了：原本高耸的结构只剩一片裸露的灰泥和木梁，还翻卷着缕缕青烟。

想必也是在那座广场上，他看见两个抬担架的救护人员整齐划一地迈着有节奏的步伐小跑着穿过瓦砾，他们以舞者般的高超和灵巧迈开双腿，确保自己的身体不会碰到担架上的人：如果只看腰部以上，他们完全像是在自行车上骑行。担架上的人躺在那里，如同躺在医院的病床上一样平稳；普伦蒂斯羡慕地想，被人那样抬着，平躺着滑入憩息、安宁和照料之中，那感觉一定像做梦一样美好。来到广场中央时，抬担架的救护人员停住脚步，小心地把担架放到地上。他们休息片刻，叉开腿站在那里，手扶膝盖，像两个气喘吁吁的运动员。随后他们再次蹲下，重新抬起那副担架，动作同样整齐划一；然而，几乎就在抬起它的同时，他们又一次小心地放下它，两个人都俯身查看那名伤员，动作轻柔地掀开毯子，检查他的状况。紧接着，他们突如其来地扯下毯子，把担架一侧高高掀起，任由那名伤员滚入雪泥之中。他们转身跑开，向出发的地方跑去，甚至没再低头看那人一眼，其中一人把那副松弛的担架扛在肩上，另一个人在一旁帮忙抬着它。他们先前的一致与优雅荡然无存：他们跑起步来有疲惫的体力劳动者所特有的那种沉重和笨拙。

到了中午，天气不再寒冷，周围几乎有些暖和了。雪迅速融化，水不断从屋顶滴落，阿加特脏兮兮的脸上也有了汗湿的痕迹。街上开始出现小撮小撮的平民，全都奇怪地与周遭格格不入。他们羞涩地鼓起勇气走上人行道，跟士兵们搭话，显然是想说德国人已经完全撤出了这座小城，直到被军人们大声呼喊、打着手势赶回各自的地窖。

到了下午，正当阿加特的套鞋在另一条街上吃力地前移时，敌军用迫击炮发起了一轮短暂的袭击，大家或趴下或跌进了最近的地窖。普伦蒂斯奋力攀爬，几乎昏厥，然后听见有人喊了一声“嗷！”，他起初还以为那人中了枪，结果却发现那人是高兴得喊出了声：地窖远端的墙上，红酒瓶从地上一直堆到了天花板。接下来是一段漫长得近乎可耻的时间，在迫击炮袭击结束后许久，阿加特中尉和他的部下们开始坐在地上豪饮，像逃学的男孩们那样享受着偷偷摸摸的快乐。有人给普伦蒂斯递来一瓶酒，他一饮而尽，仿佛它是这世上唯一能治愈他的灵药。酒精令他颤抖，但也在他的胸中和背上留下了一种美妙的暖意，让他力量倍增，他很清楚，要是阿加特不及时把他从这里弄出去，他就会一直喝呀喝呀，直至倒在地上、不省人事为止。但就在他开始幻想这愿望说不定会实现时——他热切地企盼这一切说不定会鬼使神差地结束这次“出击”、让他们在这天余下的时间里都可以留在这里庆祝——阿加特已经再次起身，带着他们来到太阳底下，而洛根又开始重复起他那些驴子·狗、驴子·双簧管、驴子·南之类的胡言乱语。

应该就在那之后不久，普伦蒂斯酒还没醒，就被派去执行他当天的第一项传令任务了；谢天谢地，他不可靠的大脑竟然碰巧隐约记得布鲁尔的二排大致在什么位置。他小跑了很长一段路，中间穿插着快速的步行，沿着城郊的一条街道往下走，他估摸着要是迎来反击，那么这里就会是主要的防御阵线：连队的机枪位就架设在这里。消息带到后，他又虚弱地原路返回，直到突然想起奎因特应该就在这里。他经过的第一组机枪位由一批陌生人把守；但随后他看见了他，他正独自站在底楼的一扇窗户里，枪管架在窗台上，伸出窗外。他身上披着一床栗色的被子，像个印第安人，他在微笑。

“嘿你好啊，传令兵！”奎因特声音嘶哑地喊。

普伦蒂斯跑到窗边，停下脚步，抬头看他。“感觉怎么样啊？”他说。

“说不好；我想跟之前差不多吧。你呢？”

“可能稍微好点吧；我也说不好。”

“我看见你在外面狂奔了，”奎因特说，“不管怎么说，我真庆幸他们一直让我呆在这儿。”

“是啊。”

“听说炮兵侦察员牺牲了？”

“没，他还活着；我看见他了。”发现自己有资格说这话时，普伦蒂斯心头涌起一阵骄傲的震颤，“不过他伤得挺重的。”接着他顿了顿说：“听着，你怎么看？你觉得还会有反击吗，嗯？”话音刚落，他就意识到这个问题可能会惹恼奎因特（“我他妈的怎么知道啊，普伦蒂斯？能别那么多问题吗？”）但相反，奎因特却出人意料地作出了正面回答。

“不好说。不过我觉得不大会有。反正我要是他们，我肯定不会这么干。”

“我也这么想。好了；我该回去了。”

“你瞧，普伦蒂斯。”奎因特弯腰从窗台下拿上来一条干净的美军军毯，“我多领到一条毯子，把它裁成了三块，用来当围巾。你可以先把它这么折一下，看见了吗，再绕一圈，在胸前交叉。反正我是这么用的。或者你要是愿意，也可以把它包在头上。我知道现在天气没那么冷了，不过说不定还会再冷起来。”

“嗯，谢了。这——这真是太好了。”普伦蒂斯接过围巾，围在脖子上，“多谢了。”他说。

“然后我还打算把第三条给山姆，要是我能找着他的话。”

“好啊。好主意。太好了。”普伦蒂斯继续在窗下徘徊，盯着自己的脚。他心中有一股强烈的冲动，他想说：“你看，奎因特。我现在准备好了。要是你还想回救护站，我愿意跟你去。”但奎因特这份前所未有的尊重让他如获至宝，它是如此崭新、如此珍贵，他不敢冒失去它的风险。所以最终他只说了一句：“好吧。回头见。保重。”

“你也是。”奎因特说。

普伦蒂斯沿那条街道离开，走路时尽量让自己显得大摇大摆，摆出一副轻松随意、久经沙场的派头，同时明白奎因特会站在那里望着他，直到看不见为止。他回了一次头，想看是不是这样，事实的确如他所料。他挥挥手，奎因特也挥手回应，披在身上的栗色被子滑下一只肩膀。

但这却是普伦蒂斯一天之中唯一一次迸发活力、短暂清醒了。那个下午温暖湿润得有些反常，在那天余下的时间里，他始终能听见突突的机枪声，但却丝毫不想，也没兴趣知道它们来自何处；他会盯着阿加特说话的脸，但完全不知道他在说些什么，仿佛所有的语言都变得毫无意义，如同洛根口中那些与驴子有关的单调话语。有一回，在跟着阿加特穿过一条小巷、进入一座瓦砾遍地的空场时，他看出阿加特喝醉了。阿加特走在路上，手中攥着一瓶轩尼诗白兰地，用《一点钟跳跃》① 的曲调唱道：

---

① *One O'Clock Jump*，最初是贝西伯爵于一九三七年创作的爵士舞曲，后成为一支爵士标准曲，其风格轻松温馨，有淡淡的摇摆风。

“张开你的双腿
你会打碎我的酒杯，
宝贝儿，请你乖乖躺好……”

他唱了一遍又一遍，直到这首歌成为普伦蒂斯唯一能真正感知到的东西，成为一条仅有的线索，串起一幅幅流转变换的画面，其中满是残破的房屋、奔跑的军人、弥漫的砖灰和烟雾，还有滴滴答答的雪水。有一回，他看见洛根正对着他咆哮，那张脸纤毫毕现，宛如特写镜头——显然是在训斥他，跟头天夜里在大路上一样——但他不明白洛根在说些什么。

“张开你的双腿
你会打碎我的……”

骤然间，他如梦初醒，发现自己正背靠一堵齐胸高的灰泥墙站着，身旁是两名他从未见过的步枪手，面前是一片灰蒙蒙的田野和黑漆漆的树丛；他全然不知自己是怎么来的，也不知道自己该干什么。“张开你的双腿”依然在他脑中回荡，但他却没看见阿加特和其他人，也没听见他们的声音。他慢慢腾腾、稀里糊涂地思索了一阵，合计这里应该是防区外围：一定是有人派他跟那两个人一起驻守在这里，不是想让他歇歇脚，就是因为其他人全都得上前线去。但他们有没有让他在某个指定的时间回到传令兵的岗位上呢？还是说会有人来这里替他？而且，现在连队指挥部又在哪里了？他应当知道吗？

他瞟了瞟两侧的人，他们都在眺望地平线，其中一个在嚼口香糖。他应当知道他们是谁吗？他也竭力将注意力集中在地平线上，但却不可抑制地不停眨眼，想让眼前的景象停止荡漾。

他想自己一定是靠在墙边睡着了，因为他做了一个梦，梦见他和连队全体指挥官一同坐在课堂上，在一间布满粉笔灰的棕黄教室里，像他小时候那种。阿加特坐在教师椅上，把所有的书本和纸张都扫到地上，给自己的头盔、卡宾枪，还有白兰地腾出位置。普伦蒂斯自己挤在一张儿童课桌前，上面刻着一些桃心和大写字母，马吉尔蜷缩在他旁边那张桌前，把他那支又大又丑的火箭筒支在桌面上。洛根坐在另一张桌子上，跟他隔了一条过道，对着无线电喊驴子·双簧管什么的。

“全班请安静！”阿加特用女人般尖细的假声喊道，“全班请安静！今天的第一堂课是——哦，咱们瞧瞧，好。是拼写。”他向后靠在被抹花的黑板上，从黑板槽里拾起一截粉笔头，用它打中了马吉尔的脑袋。“你够了，比利·马吉尔，”他大喝一声，“放学后留下！”然后他咯咯地大笑起来。

普伦蒂斯随即看见两个人正往窗户上挂遮光用的毯子，于是渐渐明白这不是梦：这所学校将是连部当晚的驻地。

阿加特似乎厌倦了假扮老师的把戏。他喝下一大口白兰地，开始闷闷不乐地在教室里踱起方步，研究他的作战地图，终于，他开始谈正经事，脚下只是稍微有些不稳。他坐在洛根的课桌上，条理清晰地用无线电与营部联络，随后又联络了其他人，普伦蒂斯在他单调的声音中睡着了，似乎一睡就是好几个小时。

“……嘿，**小子**！”

他睁开眼，看见是阿加特，中尉还弓着身子坐在洛根的课桌上，转身背对着无线电向屋子另一头的他喊话。

“威尔逊准备去把铺盖卷运上来。你要搭他的车吗？让他把你放在救护站？”

他想说点什么，但没发出声音，于是只得摇头拒绝，阿加特又转身摆弄起无线电来。

“好吧，普伦蒂斯，”说话的是洛根，他在座位上转过身来，轻蔑地瞧着他，俨然班上的尖子生在跟差生说话，“随你的便。不过你要是打算留下来，那就他妈的给我长点儿心。”

接下来他又睡着了，梦见自己的弹囊带缠在了一架什么机器上，被它痛苦地推拉、推拉、推拉……

“**普伦蒂斯**，他妈的。**醒醒**。”

原来是洛根在来回摇晃他的肩膀。

“好啦，”他轻声说，“我醒了。”他从嘴角抹去睡着时流下的口水，竭力跟上洛根的话语。对方在说什么“回去找沿海山脉”之类的话。直到他艰难地从课桌上站起来，跟着洛根出了教室的门，他才听出那不是“沿海山脉”，而是“大衣和口粮”①——也就是他们早上留在地窖里的东西。

他们这支小分队一共三人——有洛根、普伦蒂斯和另一名传

---

① 原文中的“沿海山脉”（costal ranges）与“大衣和口粮”（coats and rations）读音相近。

令兵，名字不是康恩就是卡恩。一开始，他们三人并排前进，普伦蒂斯发现那两人竟能毫不费力地在一片瓦砾的小城中穿行，隐隐有些吃惊。不过更令他吃惊的是他们竟走得这么快。他踉踉跄跄，不断咳嗽，几乎一开始就跟不上了；他与他们之间先是拉开了一段将近十码的距离，然后又超过了十码。

“快啊，普伦蒂斯。”

普伦蒂斯一边步履蹒跚地前进，一边全心全意地憎恨着洛根，同时眼看那两人不由分说地走在他前面，走在日落前昏黄的光线里，身影越变越小。他们转过一个街角，消失了，他好不容易看见他们时，他们又消失在另一个街角。他知道这次要是再找不到他们，自己就会迷路，就会再也找不到那间地窖或那所学校：他将独自在一堆堆废墟间磕绊一整夜，最终倒在死人堆里。只有一回，他感觉周遭似曾相识——这是那座广场，就是被削去尖顶的教堂所在的地方，也是抬担架的救护人员抛下那具尸体的地方——他瞥见洛根和另外那个人消失在广场尽头的一条街上。他使出浑身的力气，拖着沉重的步子跑过大半个广场；不过随后他又只得步行起来，而且有好几秒钟，一片红雾始终弥漫在他眼前，随着他的心跳一紧一松、一紧一松。

终于，在另一条长得难以置信的街道尽头，他看见了那辆侧翻的法国半履带装甲车。他对地窖的方位有了概念；现在，他只要能站立不倒，再把一双脚不停地抬起放下，像踏水车那样，就能走完这段路程。

在阴暗的地窖里，他看见洛根蹲在一堆大衣旁清点数目。康恩或卡恩已经把所有的K口粮一股脑倒在了一条毯子上，此刻正把毯子的四角系起来，此外还有另一堆东西要搬：那是他们从地窖架子上薅下来的半打红酒和好几只装满水果蜜饯的梅森密封罐。普伦蒂斯贪婪地盯着他昨晚坐过的那把扶手椅——坐一会儿应该不成问题吧，就一会儿——他蹑手蹑脚地穿过阴影向它走去，结果差点被地上的两个人绊倒。他们都在垫子上酣睡——是欧文斯和那个头发花白的人，卢切克——他这才想起自己一整天都没看见他俩。他们昨晚都抱怨肠胃不适：他们会不会从早上起就直接留在这儿了？那他自己为什么他妈的没像他们一样呢？另一块垫子空在他们近旁，普伦蒂斯坐在他的扶手椅上，低头盯着它。

“欧文斯，”洛根在说，“**欧文斯**。该死的，能挪挪你的脚吗？”他拉扯着一件缠在欧文斯腿上的大衣，“你都在这儿开了一整天小差了，”洛根对他说，用力拽出大衣，“现在挪挪你该死的脚总可以吧。”

欧文斯睁开眼睛。“少屁话，洛根，”他说，“别跟**我**扯什么小差不小差的，你个蠢货。”接着，他以同样的语调理直气壮地说：“听着。你能不能去问问医疗队是怎么回事？他们早该派人来看我们了，好几个小时之前就该来了。”

普伦蒂斯以为洛根会说“他们没准儿还有更要紧的事呢”或者“活该”——但他只是萎靡地说：“好吧。我会再呼叫一次。嘿**普伦蒂斯**。**接着**这个。”

普伦蒂斯挣扎着从扶手椅上站起来，把步枪甩到身后；但还没等他站直身子，洛根就把一捧大衣扔到他胳膊上，那堆衣服足有六七件，砸得他一屁股跌在椅子上。他抱着那些衣服，十分缓慢地勉强从椅子上站起来，朝洛根迈出三步，步枪背带从他肩头滑落。

“还有这儿的，”洛根说，“这些也拿上，还有这些……”他把梅森密封罐稳稳当当地搁在那摞大衣上，堆柴禾似的把它们堆在普伦蒂斯胸前。康恩或卡恩已经拖着巨大的包袱开始往门口走了，洛根轻巧地扛起自己的担子，一只肩头扛着一叠大衣，另一只手上拎着个鼓鼓囊囊的袋子，里面满是食物和酒。“好了，”他说着，转过身去，“咱们走。”

就在那一刻，普伦蒂斯放弃了。他迈了迈腿，却没往前走，反而后退了——踉踉跄跄地倒退三步——再次瘫坐在扶手椅上，那堆东西落在他腿上，头盔滑落下来，重重砸中了他的鼻梁。一只梅森密封罐也滑下来，滚过地板，发出刺耳的闷响。

“洛根，”他想喊，却没发出任何声音，“洛根……”

“噢，看在上帝的分上。”洛根的声音听上去十分遥远，“又怎么啦？”

“对不起，我——听着。告诉中尉我——我回不去了。我——”

“那这一大堆该死的东西谁来搬呢？”

“对不起。告诉中尉我——”

“见鬼。”洛根放下身上的东西，随后传来一阵朦胧的叮叮当当、乒乒乓乓，普伦蒂斯感觉身上一下子轻了，罐子和大衣被人怒气冲冲地夺走了。手上一空，他就抬起颤抖的胳膊，掀掉头盔，听凭它滚落在地，发出可怕的撞击声。他从椅子上跌落下来，单膝跪地，垂着头，用枪托支撑着身体，跪着走过摇摆不定的地板，够到垫子边缘，爬上去，扭动身子，彻底瘫倒在上面。

洛根还没离开，依然在他上方徘徊，兴许还在数落他，但他已经听不清了。不过，他清楚自己还得再说最后一句话，即使这会耗尽他最后一口气。

“我知道——”他哑着嗓子说，“我知道你觉得我这是开小差，洛根。但你得——你得搞清楚。我要是想开小差，那一周之前我就——我就开了。”

他无从知道洛根有没有答复，或者有没有听见，或者是不是还在屋里。

然后他就失去了知觉，只感觉一片死寂的黑暗在眼前旋转；很快，他进入了梦乡，他妈妈出现在梦中，说着：“你现在只管休息，鲍比。只管休息。”

第二部

第一章

有时，往日的情景会在梦中重现。因此，爱丽丝·普伦蒂斯总愿意多睡一会儿，但作为一名失眠患者，她惧怕临睡前的时光，惧怕入睡的过程，惧怕半梦半醒间那危机四伏的迷离，那时，意识会竭力保持清醒，街上的一声汽笛、一记呼喊都是如此令人惊惧，而时钟持续的滴答声，则有如死亡的倒计时。

如今，在鲍比参军离家之后，威士忌给她带来了莫大的安慰。在它的庇护下，她可以任回忆信马由缰，心无芥蒂地在自己一生中最脆弱、最伤痛的时光里流连，深信一切从不曾像表面上那么糟糕——深信每件事，无论如何，最终总是圆满收场——以此安慰自己。

她甚至还会想起康涅狄格州的贝塞尔市——她在那里度过了从巴黎回来之后那段漫长而苍白的时光、那些孤独到无以复加的日日夜夜。她对那栋漂亮的殖民时期住宅倒是相当满意——起码，要是有个男人能陪她住在里面的话，她会十分享受——还把后面那座谷仓改造成了工作室，在那儿完成了不少作品。但她总不能时刻都干活吧。傍晚，鲍比睡着后，她会听听收音机——听的是那台高大的“崇高牌”落地式收音机，是她从法国回来后仅剩的一件奢侈品——但即便最有意思的节目也无法转移她的注意力，实际上，她很清楚自己真正的目的：她在等待电话响起。

但电话响起的次数越来越少，即使响了，大多数时候也是她姐姐伊娃打来的，因为她知道爱丽丝有多孤独。伊娃是位老姑娘，大爱丽丝六岁，永远颐指气使、多管闲事、趾高气扬，永远好心好意，她也是全家除爱丽丝以外唯一走出中西部的人：她在纽约一家医院当护士，业余时间似乎无事可做，只会用善意的反对来惹爱丽丝烦心。她反对爱丽丝与乔治结婚，后来又反对他们离婚；现在，她则无法赞同爱丽丝的新生活。

“但你住得那么远，”她会说，“你在那儿肯定不大有机会——呃，社交吧。说真的，亲爱的，我没法不担心啊。”

于是爱丽丝就会徒劳地劝她不必担心。正是在这样一通令人沮丧的电话之后，爱丽丝开始玩味起一个想法，盘算着要不要给她和乔治当时在新罗谢尔的熟人去几个电话。问题在于，他们在那儿认识的人全都——或者说几乎全都婚姻美满。起初，她一想到哈维·斯潘格勒就立刻知道这不是个好主意。哈维·斯潘格勒已婚，但这并不妨碍他的女人缘享誉整个新罗谢尔——而这样的声誉也并不妨碍爱丽丝不止一次向他吐露心声。事实上，她第一次上气不接下气地说出自己打算离开乔治、前往巴黎的计划，就是在哈维·斯潘格勒房门紧闭的办公室门里；当时，哈维表现得冷静而关切，似乎完全能够理解。

即便如此，现在给他打电话也是很不审慎的，所以她并没那么做。几天后，她才给他的办公室去了个电话，竭力以一种不带任何感情色彩的语调请他推荐一位贝塞尔地区的全科医生。

“哇，**爱丽丝**，”他说，“别来无恙啊。”

他第二天傍晚就给她回了电话，问自己能不能开车去看她，他听上去有些亢奋，她疑心他喝了不少。

她明知答应他是个错误，结果却一错再错。她在房子里忙前忙后，为他的到来做准备，她洗了澡，换了衣服，蹑手蹑脚地走进鲍比的房间，确认他已经睡着，还把一瓶威士忌和两只酒杯摆在托盘上，同时留心听着他汽车的声音——噢，她这是咎由自取，完全是咎由自取。

他几乎一进来就将她揽入怀中，接着就把她带上了床，急躁得近乎粗暴，这些，她都怨不得别人。而这仅仅是开始：他还留下来过夜，也就是说，到了早上，她还得想个说得过去的办法应付他。

给鲍比做早餐时，她没叫醒他，还特意叮嘱鲍比把动作放轻，免得吵醒他。尽管如此，她依然十分清楚，他下楼之后场面会非常尴尬，而事实也的确如她所料。他走进厨房，穿着他那身起皱的华达呢西装，背心没有系扣，而是用表带穿在了一起。他的头发倒是梳过，但衬衫却不再挺括，胡子也没刮；他看上去虚弱不堪，宿醉未消，而且十分困惑。

“早上好。”她说，同时注意到鲍比已经从那碗麦乳粥上抬起头来，恶狠狠地盯着他。

“哇，”哈维说，“**这个**大小伙子是谁呀？”

“跟斯潘格勒医生道早安，亲爱的，”她说，然后是，“我想他不记得你了。”

“他看上去不错，爱丽丝。”哈维显然想抓住这个给出专业评价的机会，“有点偏瘦，不过总的来说不错。”

“你早餐想吃什么，哈维?”

“哦，来点咖啡就行了。”

于是三个人围坐在早餐桌旁，场面虽谈不上温馨，却也勉强算得上相安无事。

“介意我抽支雪茄吗?”哈维一边问，一边从他背心口袋里抽出一支“白猫头鹰牌”雪茄，厨房里顿时充满刺鼻的烟味，鲍比看着他点烟，眼中半是着迷，半是厌恶。

“今天天气是不是好极了?”爱丽丝说，“他们说会下雨，结果却这么晴朗——天湛蓝湛蓝的。鲍比，你吃完饭干吗不到户外去活动活动呢?”

“我不想去。”

“但今天天气这么好，窝在家里可惜了。你不想去外面看看别的孩子都在做什么吗?”

“不想。”

不过他最终还是从椅子上滑下来，默默走出厨房，中途还停下来回过头，向斯潘格勒投来狐疑的一瞥。

“他看上去真是不错，爱丽丝，”他走后，哈维说，“看样子你把他照顾得很好。”

“他好极了。没他我真不知道会怎么样。”

哈维若有所思地搅动着他那杯咖啡，大着胆子问了个敏感问题："乔治常见到他吗？"

"当然啦。他想什么时候见儿子都行。他上周末还跟鲍比在一块儿呢——去大西洋城[①]呆了整整三天。"

"大西洋城？那肯定花了不少钱吧。"

"我觉得应该不少。是他要带他去的，不是我。"

他们没再提乔治，虽然两人又坐在那儿说了二十来分钟的话。或者毋宁说是爱丽丝在说话，哈维·斯潘格勒则边听边点头，似乎只想伺机脱身。她为什么会说个没完？这是不是孤独者的通病？她跟他谈起巴黎，尽量将那段经历讲得激动人心，但她心里明白，她说起那些法语名字时笨拙而迟疑的发音出卖了自己，暴露了她在那里的生活是多么迷惘、多么糟糕。

"……而且你知道，那儿的两座火车站名字听上去都差不多，"她说，"一座是里昂火车站，另一座是奥尔良火车站，分别位于城市两端；只是我并不**知道**。要不是那个出租车司机，我真不知道自己会置身何处了。"

哈维·斯潘格勒适时地笑笑，审视着雪茄的烟灰。

她松了口气，不再谈论巴黎，转而请他欣赏她家木地板不同寻常的板条宽度：她想指出房间里那些昨晚没来得及向他介绍的细节。"只有真正的革命[②]前建筑才有这样的地板，"她说，"看

① Atlantic City，位于美国新泽西州，是美国东海岸最大的赌城。

② 美国革命（The American Revolution）指一七六五年至一七八三年之间的一系列事件和思潮，其中包括美国独立战争。

到这种旧式的木钉头了吗？而不是钉子？我有没有带你看我那个很棒的荷兰烤炉？壁炉里那个？过来瞧瞧吧。噢，小心头。”

他压低身子，因为他是个高个子男人，而所有的门都显得太低，他跟着她走进客厅，恭恭敬敬地和她一起查看了那只荷兰烤炉。

“是个好地方，”他说，“你租它花了多少钱，爱丽丝？”

她如实相告，他惊讶道：“你能**付得起**这么高的租金？”

她局促地笑笑：“呃，勉勉强强吧。不过这地方真的很划算，而且现在殖民时期的老建筑已经不多了。韦斯特波特那边的老房子可比这儿的贵多了。”

“唔，但那毕竟是韦斯特波特啊，”他说，“地段时髦。这儿简直就是荒郊野外嘛。”

“呃，”她说，“不管怎么说，我们喜欢这儿。”

“这里当然也很——迷人；姑且这么说吧。”

“这里最大的好处，”她说着，又活跃起来，“就是有一间工作室。它实际上是座旧谷仓，不过我把它改造了一下，开了扇天窗。来看看吧。”

他于是跟着她来到阳光下，穿过一片疏于修剪的草坪，进入谷仓。

“是不是很棒？”她问，“瞧这**空间**。”

“不赖嘛，”他说，在朽烂的木地板上踱步，“真不赖；你确实把这地方收拾得有模有样。工作量一定不小吧。”

“哦，没有啦；主要就是天窗，我为此雇了个木匠。我实际上只需要把它打扫出来，刷刷墙，再加固一下地板。我从房子那边拉过来一条电线，所以偶尔也可以晚上工作。”

雕塑大都用细棉纱布罩着，这样她就不必向他展示它们了。唯一摆在外面的，是两尊真人大小的雕塑，一尊是她最近才浇筑成石膏像的牧鹅姑娘，另一尊是她目前正在创作的农牧神泥稿。

“牧鹅姑娘恐怕还没达到最佳状态，”她说，“按理说上色之前我不该给人看的。她会是绿色的，你知道，看起来像青铜那样。”

“我看已经很不错了。”

“哎，可它们刚脱模时总是这么俗气、这么掉渣。不管怎么说，我觉得这还算一件不错的作品。不过真正让我兴奋的是新的这尊，这个农牧神。我做过不少园林雕塑，题材无一例外都是女孩子，因为我觉得从传统上讲女性在园林雕塑中更常见一些，不过后来我也想尝试一下男孩的题材。突然间，我灵机一动，想到自己身边就有个绝好的小男孩可以做模特，而我之前一直浑然不觉。”

“唔。看得出来。我是说，看得出你为它赋予了许多鲍比的特征。”

“嗯，我并不打算追求五官上的相似。我希望它的脸可以更加——呃，古灵精怪，你知道，更像农牧神的样子。不过那是鲍比的身体。是鲍比的小胳膊、小脊背和小肚皮。当然啦，它还有待加工——瞧这儿，你可以从这些素描中看出我想达到的效果。”她把自己的素描板拿给他看，上面完整地呈现出她对农牧神的设想：他在大腿以上都是个与鲍比年纪相仿的男孩，一只手提着几串葡萄，同时在啃另一只手上的苹果；但大腿以下却有着动物的肢体，长着丛毛和分趾的蹄。

“喜欢吗？”

“呃，我的艺术眼光你是知道的，爱丽丝，”他说，“我是说，我哪有资格评判啊。我看挺好的。非常的——奇幻。”

“哦，太好了。我就想听你这么说。我对下一件作品也有个绝妙的设想：下次我要做潘神。你看。”她翻过几页，停在一张素描上，上面画的是一个小男孩跪在灌木丛中，吹着潘神的笛子。

“嗯，”哈维·斯潘格勒说，“看着不错，爱丽丝。”一只黄蜂被困在天窗上，疯狂地撞击明亮的玻璃板，发出响亮的嗡鸣，哈维抬头盯着它，仿佛指望这能让他免于参观雕塑或给出评价。随后，他说：“好啦，我觉得我最好还是动身吧，爱丽丝；还有好长一段车程呢。”

回到厨房，他给了她一个亲昵却局促的拥抱，亲吻了她的头发和鼻尖，她在他的胸膛上靠了一会儿；随后他离开她，整了整衣服。“那么，你自己多保重，”他说。

“我会的，哈维。你也是。”

她陪他走到车旁，站着看他发动汽车，倒进街上。一小群住在附近的孩子也站在一旁观看，他们全都圆睁着眼睛，面无表情，较小的那几个当中有鲍比。

他回新罗谢尔去了，他走后，爱丽丝无事可做，只得坐在工作室里，双手捧脸，紧紧闭上双眼。哈维·斯潘格勒！新罗谢尔一名乏味无趣的中年医生；一个女人的丈夫和四个孩子的父亲！而且，就跟她昨晚的表现还不够糟似的，她还为自己今天早上的所作所为害臊：像蜜月中的新娘子那样在厨房里忙活，冲他微笑，任由他把雪茄可怕的烟雾吐到鲍比脸上。还带他去参观工作室！给他看自己的作品，询问他的意见，每当他说喜欢什么，就心花怒放——是的，心花怒放。哈维·斯潘格勒！不过她很快就站起来，四处走动，抽起一支香烟，设法让自己振作。差不多该回屋准备午餐了。

“斯潘克勒医生呢？”她在炉灶前干活时，鲍比问。

“是斯潘格勒医生，”她纠正道，“他回家了，亲爱的。他只是来用早餐的。”

“哦。他住哪儿？”

“新罗谢尔，亲爱的。咱们以前也住在那儿。”

“我在那儿住过吗？”

“当然住过。那是你出生的地方呀。”

“爸爸也在那儿住过吗？”

“当然。赶紧去洗手吧，快。汤快好了。”

午餐过后，她又回到工作室试图创作，但却举步维艰，她坚持了将近一个小时才发现问题之所在：孩子们就在谷仓门口玩耍，叽叽喳喳的打闹声吵得她完全无法集中精力。她深吸几口气，好让自己的声音不至于太过尖厉；随后，她走过去打开门。“孩子们，你们能去别处玩儿吗？”她说。

那帮孩子一共四五个。其中要数鲍比和曼西尼家的一个男孩年纪最小，最大的是曼西尼家的大女儿，那女孩今年九岁，长得像根竹竿，面相狡诈、蛮横。

“我们没吵闹啊，普伦蒂斯太太，”她说。

“唔，你们在这儿我没法工作。请原谅，孩子们；我有重要的工作要做。请你们去别处玩儿吧。”

“我们可以看你工作吗，普伦蒂斯太太？”

“改天吧。现在不行。”

“我们不吵不闹也不行吗？”

“不行。请原谅，孩子们，快走吧。照我说的做。”

终于，他们慢吞吞地挪到院子另一头去了。她看着他们走远，想到曼西尼家那个女孩，心中掠过一丝厌恶的震颤。那孩子太像她母亲了，而那女人，爱丽丝疑心她是个恶毒的长舌妇，不过那家的父亲倒是个好人，真是可惜——他是个粗糙、快活的意大利人，在丹柏里的一家制帽厂工作，爱丽丝刚搬进来时，他还曾专程过来尽邻里之谊。

她清清静静地工作了将近两小时，成效不错。或者起码她自认成效不错，直到她停下来，从屋子另一头审视它。然后，她猛然发现农牧神的左臂，也就是提葡萄的那只胳膊，有些异样。她在那个部位用力过猛了，过多的修饰让它变得僵硬、死板，而且左臂也是。不过它还不至于无可救药：只要天黑得不是太早，只要不为别的事分心，她就还有拯救它的希望。她走出房门，飞快地穿过院子，来到孩子们所在的地方。

“鲍比，”她喊道，“请你过来一下好吗？”他撇下小伙伴们向她走来。见他一副不情不愿的样子，她只得在两人独处时对他格外和蔼。“亲爱的，今天下午你能不能给我当当模特呢？个把小时就好？”

他表示愿意。

“这次还跟前几次一样，”她说，他们已经回到工作室，她正在帮他脱衣服，“只是咱们这次不用苹果和葡萄了。不过要是你姿势摆得好，能保持不动，你之后想吃多少苹果和葡萄都可以。怎么样？”

她把他带到日光下，一前一后摆好他的脚。接着她又摆弄起他的胳膊，一只胳膊弯曲着，仿佛托着一串葡萄，另一只手举到嘴前。“好了，”她说，“很好。噢，要是你能一直保持这个姿势，那就真是帮了我大忙了。你真是个绝好的模特。”

光线正好，不一会儿，她就感觉那条胳臂已经走上了正轨。“很棒，亲爱的，”她不时会心不在焉地说一句，目光在他阳光下的身体和泥稿之间来回切换，还有“你做得很好”和“稳住，好——别动”。

工作顺利时，干活儿是何等愉悦啊！这种愉悦能让她抛开创作之外的一切，让那些都变得微不足道，它总能把她带回辛辛那提，回到她在学院的第二年——那一年，她放弃了绘画，转而发现了雕塑。

“看看你喜不喜欢吧。”威拉德·斯莱德！有时她已经可以好几个星期不想到他了，可每到这种时候，他就总是挥之不去。而且他过去总爱说那句话——“看看你喜不喜欢吧，”语气随意，漫不经心——同时向她介绍着某件必将永远丰富她生活的事物。

可笑的是，她一开始甚至都不喜欢他：他是个刻薄、邋遢、几乎有些粗鲁的年轻人，一双手随时都脏兮兮的，因为他总爱摆弄他那辆骇人的摩托车——绝对不是她父母会欣赏的那种男孩。她不明白为什么别的男孩不是鄙视他就是崇拜他，也不明白为什么最讨她喜欢的男孩都是他最忠实的崇拜者。他上课好像从不专心，还取笑大多数老师。她觉得他既无礼又任性，也不想离他太近，生怕他会说出什么难听的话来；不过很快，她就渐渐明白了那个谁都能看出的事实：威拉德·斯莱德是个天才。

这并不意味着他时刻都才华横溢。有时，他会在一件作品上耗费大量的时间和精力，结果它却跟所有人的作品一样乏味又造作，于是他就会把它扔掉。但在另一些时候，在越来越多的时候——也就是像他说的，感觉对了的时候——他创作起来显然不费吹灰之力，水准远在优秀之上，老师们都会公然向他投来艳羡的目光。

他棒极了。“看看你喜不喜欢这个吧。”他有一回对她说，同时递来一本济慈诗集，她把那本书带回家，研读了好几天，还背下几首相对晦涩的诗，想让他眼前一亮；最终，当她与他一同坐在莱特尔公园里，一丝不苟地背诵那些诗行时，他说：“是啊，那首不错，不过那首有些女气。我更喜欢他后期的作品。这首你读读看。”说罢他把书翻到《希腊古瓮颂》那一页，递还给她，这首诗她跳过了，因为觉得它太有名了，不值得费神。“大声朗读，”他说，她照做了，有生以来第一次真正把它读了出来：

> “你委身‘寂静’的、完美的处子，
> 受过了‘沉默’和‘悠久’的抚育……”①

读到最后，在结尾那两句势不可挡的诗行上，她开始落泪。

噢，为了威拉德·斯莱德，她什么都愿意做。他要她嫁给他，她的人生不可思议地丰富起来，直到一九一四年十月八日，威拉德·斯莱德驾驶摩托车与一辆有轨电车相撞，当场死亡。

她过了许多年才释怀——那些年间，她起初是回到了普莱恩维尔，继而在克利夫兰进入广告业，随后又来到威拉德·斯莱德一直向往的纽约工作——而有些时候，譬如今天下午，她会感觉自己仿佛从未释怀，也不会释怀。

“妈咪？”

“怎么啦，亲爱的？”

“我鼻子痒。”

“那你就挠挠嘛，傻孩子。我等你挠完。”

他挠挠鼻子，随即又一丝不苟地恢复了他的造型。

“把手再稍稍举高一点，亲爱的——不，那只手；对了。很好。你真帮了妈咪大忙了。想在摆姿势的时候聊聊天吗？”

“好啊。”

---

① 译文参考查良铮译本。

“行。那跟我讲讲你在大西洋城都做了什么吧。”

“我都跟你讲过了啊。”

“你根本没讲什么嘛。你只讲了滔天巨浪和海水味的太妃糖，没别的了。”

“我还给你讲了带轮子的椅子。”

“噢，没错，你是说过。”

“我还讲了我跟爸爸还有比尔叔叔玩叠罗汉。”

“没错。”她心里略微有些窝火，不满乔治带他弟弟一起旅行：比尔·普伦蒂斯吵闹、粗俗，还酗酒，她厌恶他。

“比尔叔叔好玩极了，总是笑个不停。艾琳说比尔叔叔是她这辈子见过的最好玩的人。然后我跟爸爸还有布伦达就用沙子把他埋了起来，只露个脑袋。”

“那一定很好玩。布伦达和艾琳是谁？是你在沙滩上认识的小伙伴吗？”

“不，妈咪，她们是两位**女士**。是跟我们一**起**去的女士。”

“哦。知道了。”她在塑造一个不大好处理的部位，胳膊和肩膀的连接处，阳光在上面投下一块淡淡的光斑，她努力让自己心无旁骛，一心想着它。

“我们不停往比尔叔叔身上堆沙子，他不停地说：‘嘿！让我**出来**！’但我们还是不停地堆呀堆呀。”

“现在别动，亲爱的。最好稍微安静一会儿。这个部分很难。”

跟他们一起去的女士！她竭力不让自己去想这件事，好把注意力完全集中在雕塑刀的刀尖和黏土上，但她做不到。

“那两位女士人好吗？”她问。

“难的部分结束了吗？”

“什么？哦，是的，难的部分结束了。那两位女士人好吗？”

“好。我最喜欢艾琳，因为她身上香香的，而且总跟我玩。布伦达也不错，不过她老是想抱我亲我。”

“知道了。”

她放下工具，抽出香烟，刚想说“咱们休息一会儿吧，鲍比”，就听见身后的墙上传来一阵骇人的声音——一种突然爆发的咕噜声，她过了一会儿才听出，那是孩子们淫邪的咯咯笑声。她一时间有些疑惑，回头盯着那面墙，这才看见了他们：三四双眼睛正透过墙板上一道一英寸宽的缝隙向里窥视——她一发现他们，那几双眼睛就倏地消失了，缝隙里只剩阳光。他们跑远时，笑声变得更加响亮，她回头一看鲍比，发现他眼睛瞪得大大的，眼中写满耻辱，同时还弯着腰，双手挡着生殖器。

她想把曼西尼家那个女孩捉来痛打一顿——扇她耳光——但等她走到门口，那帮孩子早已无影无踪。她站在门口，盯着明晃晃的草坪尽头看了好一会儿，这才意识到自己已经无能为力了。她要是给曼西尼太太打电话，就不能不告诉她孩子们都干了些什么，那就意味着她必须说明自己和鲍比在做什么。

“他们走了，亲爱的，”她说着，向他转过身来，“咱们别理那些蠢孩子。”

她说服他继续摆姿势，但他明显有些不情愿了；于是她不久就让他穿上衣服，自己留在那里继续工作，直到天色渐暗。快五点时，她回到屋子里，感觉筋疲力尽。

她先是回到客厅，拧开收音机听五点钟的新闻。收音机播报着关于胡弗总统和财政赤字的消息，声音难以辨认，但她依然听着，因为她一直很喜欢洛厄尔·托马斯[①]——他磁性的嗓音有种令人安心的平稳，那句“明天见”也说得十分动听。她调高音量，这样就可以一边准备晚餐一边在厨房里听；她开始削胡萝卜时，洛厄尔·托马斯换成了凯特·史密斯[②]：

“当明月升起在山间……”

荒唐的是，这首歌竟听得她潸然泪下。“每道月光都是一个梦，亲爱的，你就在梦中……”她不得不放下手中的胡萝卜和小刀，站起来，前额贴着厨房窗户，直到抽泣平息，哭完之后，她神清气爽，心情也舒畅了许多，但又感觉有点害臊。济慈可以让她流泪，凯特·史密斯也可以。

她和鲍比都不太饿，晚餐很快就结束了。她洗过碗碟，早早哄鲍比上了床，然后就无事可做了。

---

① Lowell Jackson Thomas（1892—1981），美国作家、播音员和旅行家，曾撰写关于托马斯·爱德华·劳伦斯的报告文学，令“阿拉伯的劳伦斯”名噪一时。

② Kathryn Elizabeth Smith（1907—1986），也称凯特·史密斯，是美国著名女低音歌唱家。《当明月升起在山间》（*When the Moon Comes Over the Mountain*）发表于一九三一年，由凯特·史密斯参与撰写并演唱。

她听着收音机，试着读书，但关于哈维·斯潘格勒的思绪却不断跳到书页上。过了一会儿，她起身在房间里踱步，开始一支接一支地抽烟。要是能设法躲过傍晚这几个小时该多好啊！

这时，电话响了，她兴奋至极，以至于等它响了三四声才接。虽然她知道那很可能是伊娃，但依然很高兴还有人会给自己打电话。结果是乔治。

“我吵醒你了吗？”他问。

“没有。我还没睡。”

“听着，爱丽丝，”他开始使出那种预示着不快的语气，“我有件重要的事得跟你商量。”

“说吧。”

“下个月他们又要削减薪水和佣金了，也就是说我的收入要大大减少了，实际上，我能保住工作就不错了。”

“知道了。”

“所以这样一来，咱们只能节约点了，爱丽丝。恐怕你得放弃乡下那处房子了。”

“可这儿比城里便宜呀。”

“爱丽丝，我知道那地方光租金就得花多少钱。你知道别人付多少房租吗？你知道**我**得付多少房租吗？”

“那你花了多少——”她开始颤抖，不得不双手握住话筒，“那你花了多少钱请你的女性朋友去大西洋城玩呢？”

“我——你看，爱丽丝。那跟你好像没什么关——能不能请你讲点道理。”

于是她尽量摆出讲道理的样子。她静静听着，听他介绍皇后区那些价廉物美的公寓，听他主动提出要替她找到这样一处地方；她知道沉默就表示赞同，或者起码表示她愿意放弃贝塞尔的房子。

但随后，轮到她说话了，于是她再次双手握住话筒。起初她几乎没意识到自己在说些什么；她只知道自己想尽可能地伤害他，只知道自己激烈的、连珠炮似的话语正不可避免地走向高潮。

“……我不管你请**多少**个律师；我从今往后**决**不会再把孩子交给你和你的——你的那些小贱人，听明白了吗？决不！”

她挂断了电话，它很快又响了，但她没接；她任它响了十声，铃声停止了。

她以为听见了鲍比的哭声，于是立即上楼查看，但他似乎睡得很香。无论如何，她还是帮他把被子掖紧，又把泰迪熊凑到他脑袋旁。

她又下了楼，穿过客厅，一边绞扭着双手，一边一遍遍在心里默念她后悔刚才没跟乔治说的话；随后，等呼吸和血流速度都放慢下来，她才安静地坐到一把椅子上。

过了一会儿，她又思考起农牧神来，想知道它现在看上去怎么样。在人造光下查看自己一整天都在创作的雕塑，有时能给人带来新的发现。

屋外满月当空，她借着月光毫不费力地来到谷仓，天窗在室内投下灰蓝的光线，恰好照亮农牧神的轮廓。它看上去相当不错。然后她打开灯，明亮的光线让她为之一惊，适应之后，她有整整一分钟都站在那里，咬着嘴唇，难以承认自己的失望：她当天完成的部分看上去全都粗糙极了。

不过她又后撤几步，半眯起眼睛，总算看出一些可圈可点之处，呼吸恢复了正常。她知道现在不能再去动它了，不过要是明天一切顺利，她就还有成功的希望。

她又查看了其他一些部位，发现它们全都有改进空间，不过她不得不立刻离开工作室，因为她总会想到哈维·斯潘格勒站在那儿的样子，身上穿着他那身华达呢西装，夹着一支讨厌的雪茄说："呃，我的艺术眼光你是知道的，爱丽丝。"

她没有回屋，而是去了谷仓背后的那片田野——她想尽量远离一切，不再去想哈维·斯潘格勒、曼西尼家那个女孩、乔治，甚至鲍比。

山坡上满是被风压弯的高草，她一走进去就再度落泪，但这次不带任何快意。她唯一能想到的，是威拉德·斯莱德钟爱的另一首诗：

> 或许这同样的歌也曾激荡
> 露丝忧郁的心，使她不禁落泪
> 站在异邦的谷田里想着家……①

① 出自济慈诗歌《夜莺颂》，译文参考查良铮译本。

哦，没错，她是想家了；她想念的不是新罗谢尔，或纽约，或克利夫兰，或辛辛那提，当然更不是巴黎。她想念的，是印第安纳州的普莱恩维尔，是她死去的父母和所有的姐妹——甚至包括伊娃——她想念那逝去的纯真年代，那时人人都知道，她是家中的宝贝。

第二章

离开贝塞尔之后，他们在格林尼治村度过了艰难却充满希望的三年。他们每年都会换一处公寓，搬进另一个开间，每次搬家，爱丽丝都期待能找到平静，期待自己能无畏地开启全新的艺术生涯，直到第三年末，斯特林·尼尔森从天而降，消融了她所有的寂寞。

即使在她最不着边际的渴望中，她也从不敢奢望像斯特林·尼尔森这样的男人会出现在她的生命里。实际上她早就认命了，认定自己的生命中不会再有男人出现，起码不会再有认真而持久的关系；也接受了自己的余生很可能会在娜塔莉·克劳福德所谓“美好的孤独”中度过。

娜塔莉·克劳福德是她在查尔斯街上的邻居，离过两次婚，没有孩子，在一家广告公司工作，她会在自己的公寓里焚香，虔信她的通灵板[①]，喜欢说“讨人喜欢”之类的词，而且，她还惯于利用任何能搞到手的男人来排遣自己那份“美好的孤独”。爱丽丝并不怎么喜欢她，或者起码不完全认可她，不过由于缺少其他朋友，她只得仰赖她了——也就是说，她只得没完没了地跟她呆在一起，参加她那些疯狂的派对，甚至偶尔，在某些捉襟见肘的月份，还向她借一小笔钱。

讽刺的是，她跟斯特林·尼尔森正是在娜塔莉·克劳福德的一场派对上认识的。他跟娜塔莉认识的男人都不一样——那些人酗酒，为自己的粗鲁而得意，时常陷入刺耳的争执。而他却身材高大，举止优雅，颇有贵族风范，蓄着银灰色的鬓角和一撮银灰色的小胡子；他跟几位一表人才的宾客站在一起低声交谈，那些人她过去从未见过，对派对的主要参与者都显得不屑一顾，自打看见他的那一刻起，她就迫不及待想穿越一切声音和烟雾的屏障来到他身边，想伸手抚摸他笔挺西装的衣袖（因为他那身帅气的花呢西装只可能来自英国），还想让他知道，自己也同样与众不同。

但一个讨厌的男人却把她堵在墙角，询问她对产业工会联合会②的看法，他叫麦克·德里斯科尔，最近刚被一家出版社解雇，而她好不容易摆脱了他，却又立即卷入了保罗和玛丽·恩斯特龙醉醺醺的争执。“你知道你这副样子像什么不？”保罗质问妻子，他丢掉纽约《太阳报》的工作这一年来，都是她在负担他的生活，“说真的，你知道你像什么不？那我就来告诉你。”

“我不该忍受这种对待，对不，爱丽丝？”玛丽说，“我凭什

---

① Ouija board，刻有字母和其他符号的板牌，用于向亡灵提问，起源于欧洲古代巫术。

② Congress of Industrial Organization，成立于一九三六年，是美国主要工会组织之一。

么要忍受他这种对待？”

“听着，该死。你知道你像什么不？你他妈就像个鼻子朝天的犹太小贱人，那就是你。”

就在这时，她听见娜塔莉的声音在他们身后响起。“到这儿来，”娜塔莉说，“我想介绍些不错的朋友给你认识。这是保罗和玛丽·恩斯特龙；还有爱丽丝·普伦蒂斯。这位是斯特林·尼尔森。”

他对她说的第一句话完全出乎她的意料，却又如此贴心，几乎是她能想到的最鼓舞人心的一句话了：“听说你是位艺术家。”

这天傍晚余下的时间里，她再没跟别人说过一句话，而斯特林·尼尔森也只有她这一个谈话对象。他的确是英国人，为人少言寡语，不过她依然从他的只言片语中了解到一些关于他的事：他是一家英国外贸公司的代表，在纽约工作——作为一名商人，他实在太过老到，不会太把那份工作当真——他还热爱艺术，而且显然，他的足迹遍布世界上每一个角落。（后来她才得知了更多细节，不仅更加具体，而且更加令人惊叹：战争期间[1]，他曾被授予潜艇指挥官头衔，此后还曾在缅甸等地的殖民地机构担任要职。）

问题在于，她无法停止说话，更无法控制自己的声音。她无助地听自己冒出一句又一句空洞、矫饰的话，而他却始终彬彬有礼，脸上渗出细小的汗珠，不住地点头，与此同时，房间里的人

---

① 指第一次世界大战。

群在他们周围飞速涌动，变得面目模糊。她只知道自己一旦停止说话，他就有可能离开，随后，她又担心自己一旦闭嘴，他就会轻易看穿她身上所有的缺憾：她的裙子既不够新，也不怎么干净，而且她几乎可以确信自己腋下已经湿了一大片，她的头发急需梳理，口红涂得太多，而且过于潦草。她想逃进娜塔莉·克劳福德的洗手间，对着镜子好好整理仪容，让自己平静下来，但这样做的话，等她回来，他很可能已经走了；因此她别无办法，只得站在那里，紧握着自己那杯温热黏稠的饮料，嘴里说个不停。随后，忽然间，跟他一起来的那些人开始取下大衣准备离开，于是他也诚挚地向她告辞离开。他刚走出大门，娜塔莉·克劳福德就穿过烟雾凑到她身旁。“他很棒吧？”娜塔莉问，“真不知道他们是在哪儿找到他的，不过他简直不可思议，不是吗？”

爱丽丝开始设法抽身，想在娜塔莉用“讨人喜欢”形容他之前溜掉；她一心只想取回自己的大衣，离开这里独自回家，先确认鲍比是否还好，再躺到床上哭泣，而她也的确是这么做的。

因此，第二天，当她接起电话，听到“普伦蒂斯太太吗？我是斯特林·尼尔森”这句话时，可想而知她是多么、多么喜出望外。

他来参观她工作室的那天，她有些焦躁不安，生怕他会不喜欢自己的雕塑，但面对她鼓起勇气给他看的那几件作品，他都表现得十分和善、十分尊重，于是她很快就彻底放松下来。她清楚自己比上次好看——为了今天，她专门买了条裙子，而且化了很久的妆——所以信心倍增，甚至放心大胆地让他承担了大部分的谈话。她也知道自己话虽不多，但都说得极其得体——波澜不兴，但很有水平——甚至，他似乎认为她有一两个短语用得堪称风趣。

他带她去了布莱沃特餐馆的露天咖啡座，她已经很多年没被人带去那里了，她当即断定，那是自己这辈子去过的最好的餐馆。此时，落日余晖正让位于黑夜，他们坐在那张优雅的餐桌旁，盆栽灌木挡住了他们的身体，只勉强留给路人一个头顶，但她却不住地希望某个认识的人会经过这里、看见他们：甚至希望陌生人会留意他们，羡慕地猜测他们的身份。

随后，他带她去了他的住处，那是格拉梅西公园附近一座宽敞的公寓，其中处处是令人惊叹的细节。公寓墙上摆满书籍，挂着深暗的绘画，全都属于她平素并不醉心的风格和年代，但眼下，这里的每件作品都如同自成一派的珍宝，被镶嵌在镀金的画框里，由一盏小小的博物馆灯照着。“这是一幅普桑①，”他说，“这边这幅是牟利罗②，他的早期作品之一。我一直很喜欢这个画派的西班牙画家；当然了，我想你对这些的了解肯定远在我之上。”但那些绘画还只是开始：这里的每件家具看上去也都是昂贵的古董——摩尔风格、意大利风格、法式风格——有两只魅力十足的粗凿三脚椅来自伊丽莎白时期的英格兰，是真正的原件。

---

① Nicolas Poussin（1594—1665），十七世纪法国巴洛克时期的重要画家，属于古典主义画派。

② B.E. Murillo（1617—1682），十七世纪下半叶西班牙著名画家，是“塞维利亚派”的代表画家之一。

他的东方岁月留给他的纪念品，是一把沉甸甸的象牙柄宝剑，他称之为“缅甸的馈赠”，此外，在他卧室的一面长墙上还挂着一张明艳的大型挂毯，他说那是一幅“帷幔”。“你瞧，要是顺着里面的角色一一看过去，你就会发现它在用图画讲述一个故事：它表现的是从骨灰中拾捡佛骨舍利重新安葬的仪式。以我们的标准，这个场面未免有些花哨，像是色彩之类的；所以我才把它放在卧室里。”说这话时，他正站在卧室门边往两只白兰地杯里倒酒，趁她仔细打量帷幔的当儿，他抬起头，飞快地向她投去羞涩的一瞥。“不过我又实在舍不得丢弃它。那是我离开殖民地时当地人在一个盛大的仪式上送给我的，是一种象征。”

“噢，我一点也不觉得它花哨，”她说着，接过一只白兰地杯，“我觉得它很美。”然后她灵巧地从他身旁闪过，去看别的房间，他紧随在她身后。“真的，”她说，“真的，斯特林，整座公寓都美极了。你的每件东西都迥然不同，而你却把它们安排得如此和谐。噢，这个词真不恰当；都快把你说成一个搞室内装饰的了。我想说的是，你让这一切——让这一切成为了一个**整体**。你达到了——达到了——”但斯特林·尼尔森没让她说出他达到了什么。他拿走她手中的酒杯，把它放在一张桌子上；他扶着她的肩膀，把她转过来，用力在她嘴唇上印下深深一吻。

不出几个星期，他的公寓就成了她温暖的世界中心。阻碍依然存在——要是一点困难都没有，那也太不现实了——但有时，她仿佛觉得，只要她能始终拥有这份幸运，只要她能继续跟这个睿智、沉稳、美好的男人在一起，那世间的一切阻碍就都不在话下。

最大的阻碍，是斯特林·尼尔森在英格兰有个妻子，从法律上讲，他跟她还没彻底离婚，有时他会说起自己打算明年秋天很快地回去一趟，把一切办妥。他每次提起这件事，她都无言以对，但他总能向她表明，这一切不过是个无聊的法律程序问题，他会尽快把它处理完毕，解决妥当。

另一个阻碍是鲍比，起码一开始是这样。她明白鲍比不喜欢她总不在家，这再自然不过了，她也理解斯特林没有子嗣，在孩子面前难免拘束。尽管如此，见他们在彼此面前如此尴尬，她还是困扰不已。鲍比其实一直表现不错，他会说“你好，尼尔森先生”和“晚安，尼尔森先生”，她也乐于看到他们郑重其事地握手，像男人与男人那样；但一天傍晚，鲍比却可怕地大闹一场。那天，他整个下午都神经紧张，暴躁易怒，宣称自己肚子疼，在她换衣服时不停地打扰她；最后，他一屁股坐在地上，开始哭喊着说：“我不**想**让你出去！”

她不知是该责骂他还是安抚他；她两样都试了，结果却只让他闹得更凶。“我**讨厌**尼尔森先生！”他哭喊着，打掉她试图揽住他的胳膊，斯特林进来时他还在兴头上，于是斯特林就站在那里看着他，一脸错愕。

“斯特林，我很抱歉。他只是——他难过是因为我——因为我们——”

但鲍比却爬起来，伤心地跑回自己的房间，在身后重重摔上房门，一路上羞愧地捂着脸，不愿让他们看见自己的眼泪。

斯特林不安地坐下。“他是不是病了？”

“没，我想没有。他说他肚子疼，但我觉得他多半是在使性子。”她无助地看了一眼那扇紧闭的门。

“他都这么大了，不该再这样无理取闹了，不是吗？”斯特林说。

“我想是的；我不知道。不过问题是，我的确总不在他身边，所以他会觉得——我想他感觉受了忽视。”

“唔，”斯特林说着，变换了一下双脚，握起手放在腿上，“好吧。不管怎么说，我想那位什么太太今晚还是可以照看他一下的吧，嗯？就是平常照管他那个？”

“我想可以。”但她依然热切地望着那扇毫无动静的卧室门。她可以想象鲍比正脸朝下横在床上，置身于在渐浓的黑暗中，感觉精疲力尽，羞愧难当，孑然一身，沮丧得甚至已经哭不出来，她也知道他在等她。“斯特林，”她说，“你先给自己倒杯酒吧，我进去跟他谈谈。要不了多久。”

“跟他‘谈谈’？我得说，我看不出那能有什么用，爱丽丝。你这一去不是又会搅得鸡犬不宁吗？”

接着，她的声音带了哭腔：“噢，斯特林，请你试着理解一下吧。”这是他们之间最接近争执的一次对话，而就在她对着他那张不耐烦的脸提高声量时，她被一阵恐惧攫住了：要是他理解不了呢？“你难道不明白吗，我不能就这样把他扔在那里？噢，要是他有个父亲，那一切就另当别论了，可我是他在这世上唯一的亲人啊——你难道不明白吗？”

最终，他们决定带他一起去吃晚餐，去布莱沃特。他洗了把脸，换上自己最好的衣服，先是为自己刚才的歇斯底里羞愧，然后又兴奋得过了头。起初他们完全撬不开他的嘴巴：他垂着头，一直躲避着斯特林耐心而友善的目光；随后，他忽然间打开了话匣，就像永远也停不下来似的。他把餐盘弄得一片狼藉，用叉子把各种食物混在一起，捣成一摊不堪入目的浆糊，还配以尖声尖气、没完没了的解说。

“你知道，我其实不怎么爱吃豆子，”他说，“也不爱吃这种做法的土豆和肉汤，所以你看，我的办法就是把它们全都混在一起，这样味道就不会那么糟了。我每次碰到一大堆不爱吃的东西就会这么干，每样东西都会比原来好吃得多。混在一起的话，你甚至都尝不出你讨厌的那些味道。我是说这样它们就会变得很**好吃**……”他说啊说啊，斯特林坚忍地耐着性子听他自言自语，爱丽丝徒劳地想让他安静下来，邻桌的食客纷纷侧目，盯着这个粗野得令人瞠目结舌的小男孩，毫不掩饰脸上的愤怒。

回家路上，他依然滔滔不绝，偶尔中断也只是为了挣脱他们的手，在人行道上给他们表演跳消火栓的绝技；直到爱丽丝把他哄上床，为他熄了灯、关上门，他才闭嘴。

随后，她说：“噢，斯特林，真是太谢谢你了。我知道这一切对你来说是种折磨，但你却——真的，你却是这么地好。”

自那之后，他们跟鲍比呆在一起的时间越来越多。他们没再带他去布莱沃特，不过他们自己去那儿的次数也少了。多数时候都是由爱丽丝在家为他们三个做一顿晚餐，他俩通常会等鲍比歇息后再到斯特林那儿去。斯特林似乎并不介意；他始终都十分和蔼、慈爱，严厉却不凶悍，而且他似乎很享受鲍比对他与日俱增的依赖。一天傍晚，他带来一本男孩子看的绘本，书名是《大战中的不列颠潜艇舰队》，鲍比坐在那里，出神地翻动书页，斯特林为他解说图片，用引人入胜的军中行话讲述自己在潜艇舰队服役时的那些轶事。爱丽丝在厨房门口看着他们，做着美好的白日梦，幻想他们三个能永远生活在一起，幻想有朝一日，高大、懂事的鲍比会叫斯特林“爸爸”。

那年夏天，在天气变得酷热难耐时，斯特林把他俩送到新泽西一处凉爽的湖畔避了一个星期的暑，在那里，他们学会了——或者说差点就学会了——用斯特林给他们的鱼竿鱼线钓鲈鱼和翻车鱼，他们还会久久地坐在在大树的凉荫下，听爱丽丝朗读斯特林收藏的那本《远大前程》中的片段。那个假期结束后，她感到自己和鲍比都无法再忍受城里恶劣的生活了，结果，在一个难忘的夜晚，还是斯特林在他自己的卧室里提议她可以考虑搬到郊区的斯卡尔斯代尔去。他熟知斯卡尔斯代尔，因为铝制平开窗是他们公司进口的货品之一，大萧条前，这种窗户曾在那座小镇上那些相对奢华的都铎风格住宅中风靡一时。“事实上，我们至今在那儿还有不少生意，”他说，“那是一小片繁荣兴盛的世外桃源。而且不管怎么说，那儿的学校是一流的；这对鲍比有好处。当然了，那座小镇也很有魅力——绿草成茵，空气清新之类的；能让你忘记城里的一切烦恼。”

“听上去很不错啊，”她说，“不过我恐怕负担不起。乔治总说我现在这样都已经是‘入不敷出’了。”

“好吧，可是爱丽丝，有些地方的租金或许并不像你想象的那么高；这点还蛮奇怪的。邮政路上有些老房子其实已经有些旧了，还都空着——它们每闲置一天，房东就得多承受一天的损失，所以他们会愿意低价把它们租出去。你完全可以考虑这个方案。”

“被你这么一说好像很容易的样子。”但那正是斯特林·尼尔森的一大优点：经他一说，任何困难重重的事都仿佛不在话下，这样的人她还认识一个，也仅止一个，那就是威拉德·斯莱德。其他所有人，例如乔治，都会把简单的事情说得十分复杂。

“很可能比你想象的还容易，”他说着，在床边坐起，伸手去够他的晨衣，“价钱不贵，还能享受一切便利。”他穿过房间去取香烟，又给两只酒杯添上白兰地，她看着他走过来，心头涌起一阵少女般的悸动与欢欣，心想他穿晨衣的样子是多么英俊。任何别的男人都会把那件衣服穿成一件浴袍，但斯特林却把它穿得像一件地地道道的晨衣。他坐回床边，转头看着她，依然在无声地询问她是否认为搬到斯卡尔斯代尔是个好主意。见他的眼神是如此善解人意，她决定鼓起勇气告诉他这个方案对她缺乏吸引力的原因。她伸出手，抚平覆盖在他胸前毛发上的绸翻领。

“但斯卡尔斯代尔很远啊，”她说，“离你这么远，我想我会受不了的。”

面对她的直言不讳，他并未流露出丝毫不悦，而是把她揽入怀中，亲吻着她，仿佛早料到她会这么说。“事实上，”他凑近她的耳朵，“这就引出了我的下一项提议。重点是，咱们实在没必要分居两地呀。”

随后他放她重新陷进枕头里，开始阐述他的计划。他在格拉梅西公园的这间公寓租约就要到期了，他此前就意识到续约是不明智的——这地方实在太贵，而且他回英国还会花一大笔钱，再租这套公寓就更吃力了；换句话说，对他而言，换个地方住再合适不过了，而且他想知道——“注意了，这只是个建议；我只觉得咱们应该商量商量这事”——他想知道她愿不愿意跟他一起搬到斯卡尔斯代尔去。对他们两个人，或者说三个人而言，那样岂不很好？而且，当然了，在经济上，这样做的好处也显而易见——费用什么的可以两人分担。哦，反正他就这么一说，不过她觉得怎么样呢？

“斯特林，”她说，“噢，你**以为**我会怎么想？你难道不知道这是我听过的最棒、最妙的主意吗？你怎么会以为——你怎么可能认为我会拒绝呢？”

他看上去十分开心，同时也十分严肃。“嗯，”他说，“这并不意味着我就能正式向你求婚了。关键是我不能；起码——”说到这儿，他捏了捏她的手，“起码现在还不能。我得先把英格兰这档子事彻底解决了。我现在唯一能给你的——嗯，就是我自己，还有我的爱。”

接下来，她整个晚上都在安抚他，让他相信自己绝不会要求更多。

不出几个星期，房子就找好租下了，他们请冥王星搬家仓储公司来把他俩公寓里的东西搬到斯卡尔斯代尔去。搬家那天，爱丽丝和鲍比于下午早些时候乘火车前往住地，打算在货车抵达前多留些时间。站在屋前的门廊上、看着那辆卡车穿过邮政路两旁的行道树向自己驶来，她竟难以抑制心中的狂喜，险些晕倒。

最先到的是一批瓷器和厨具，她领着那些工人，循着地板上细小而精细的刨花走向里屋。随后他们开始卸她的家具——那些丑陋且一度十分昂贵的沙发和软垫椅，那张被拆散的大餐桌笨重的配件，还有那只坏了抽屉的红木衣柜——都是普普通通的中产阶级货色，是她和乔治当时为新罗谢尔添置的，经过贝塞尔和纽约那些孤独岁月的洗礼，它们已是破旧不堪，而现在，这些家具在斯卡尔斯代尔的阳光下被人重重地拖来拽去，更平添了一份凄凉。在搬运那台崇高牌收音机时，工人倒是扭扭捏捏地做出小心翼翼的样子，但面对她的雕塑，他们却显得不知所措，她让他们把那些作品都摆进车库，那里将是她的工作室。随后他们又搬下来好几只箱子和无数只乱糟糟的纸盒，里面塞满了各种什物和鲍比的玩具；她和鲍比的东西就是这些了，但搬家车带衬垫的大货箱却远远没有搬空：余下的货物全是斯特林·尼尔森的宝贝。

“噢，请当心！”见一位工人把一张黄檀木桌脆弱的桌腿擦在了门框上，她喊道；她匆匆忙忙地跑来跑去，紧张地监督他们搬运一件又一件价值连城的物品。

“您想把这个放哪儿，女士？”他们会一边这样问，一边在重担之下摇晃、喘息，还有：“您想把那个放哪儿？”她挖空心思为那些重要的物件安排位置。可是，在这一片凌乱之中，在这些宽敞而陌生的房间里，斯特林·尼尔森过去完美的布置又怎么可能得到重现呢？而且鲍比还跑进来缠着她，这更加重了她的苦恼。他表现得无助、愚蠢，八岁的孩子倒像四岁一样，而她直到抬头望出前窗才明白原因。几个跟他差不多大的男孩正聚在车道上，在货车附近晃悠。他们从附近的街道上来围观卸货，也围观鲍比，鲍比被看得不好意思，这才跑进屋里。

“我想帮工人们搬东西，”他说。

“工人们不需要帮忙。求你了，亲爱的；你看不出我很忙吗？”

“您想把这个放在哪儿，女士？”

“那边——不，等等；这边吧，放这间屋里，那只大储物柜旁边。鲍比，请你待在外面。”

“我不想待在外面。”

“是因为那些男孩子吗？嗯？”

“不是。”

她叹了口气，把一缕汗湿的头发从自己发烫的脸上拨开。“亲爱的，他们只是想跟你示好而已。你干吗不出去跟他们交个朋友呢？”

“我不想去。我肚子疼。”

“噢，鲍比，拜托。我得在尼尔森先生回来之前打点好一切，你难道看不出这有多重要吗？”

因为她所做的一切都是为了这个。斯特林乘坐的那班通勤列车会在黄昏之前抵达，她想为他营造一种回家的感觉。她不止打算尽快把屋子归置出来；她还想提前洗好澡，浑身清爽地换上干净衣服，去迎候他的出租车，看他大步流星地走上门廊，还想准备一顿不折不扣的晚餐，有烛光和红酒的那种。

但在工人们和货车离开许久之后，她依然在慌慌张张地铺地毯和跟纸盒搏斗，整座房子仍是一片混乱。她刚在先前看好的某个位置组装起桌子或柜子，就发现这么放完全不对。最后，眼看时间已经不多了，她终于找到一个壁龛，正好为那对伊丽莎白时期的椅子提供了绝佳的背景。随后，她同样灵机一动，把“缅甸的馈赠”放在了壁炉架上，忽然间，客厅余下的部分都变得好办了，或者起码看似不会太难：一切都会顺理成章，前提是她得先把那张长长的帷幔挂到壁炉对面的墙上。她发现它被卷成一卷放在一只纸箱里，却没料到它比想象中重得多。随后，她在另一只纸箱底部找到几只托架，要是用得够多，它们应该能够承受它的重量，于是她找到一只榔头和一把厨房椅，打算站在上面干活。但她需要帮助。

“鲍比，请你再搬一把椅子过来帮我干点活好吗？咱们得在尼尔森先生回来之前把这个挂上去，我一个人搞不定。你站在那边，把另一头举起来，我来钉托架。好不好？”

“好。不过那是什么啊？”

“那是一张挂毯，亲爱的。缅甸产的。是尼尔森先生的，而且非常非常珍贵。所以咱们得特别当心。”他们站在椅子上，分别位于帷幔两端，鲍比用尽全力把这幅沉重的挂毯举高，爱丽丝则用榔头把一只只托架敲进墙里，尽量排成一条直线，再把托架一个个串进挂毯背面的粗麻布，把椅子一点点往鲍比那边挪。

“很好，亲爱的；你真帮了我大忙了。举着你那边就可以了，咱们很快就能大功告成。”

“他们在干什么啊？”

“谁，亲爱的？”

“挂毯上那些人啊。”

“呃，你知道，这些都是缅甸人，他们信仰一个叫佛陀的神，这是他们在举行一个宗教仪式。能再举高点吗？好，就这样。”

“那是什么意思啊，宗教仪式？我是说，他们到底在干吗？”

“嗯，其实这很有意思。他们在移植佛陀的指骨。”

“他们在**什么**？”

“移植——哦，这个词儿不对。你看，他们要把佛陀的指骨从一座墓穴里取出来，再放进另一座墓穴。”

“哦。那咱们怎么看不见那些玩意儿呢？”

“哪些玩意儿？”

“指骨啊。”

“好吧，那都是象征性的。我是说他们并不是真的要——你知道，那只是个仪式。尼尔森先生会解释给你听的。”

她每钉进一只托架，墙面就会留下一个掉渣的小孔，她把麻布挂上去的时候托架还有些摇晃，但她觉得只要足够走运，它们的合力就足以承受挂毯的重量。完工时，她把椅子挪到鲍比的椅子旁，把挂毯串进最后一只托架，心中充满了胜利的喜悦。挂好了。

但等他俩下来，走开去看帷幔挂得怎么样时，她一眼就看出它好像有点歪了。她还听见一种细小而模糊的噼啪声，那是托架一个个脱落的声音，接着它就掉了下来，整张帷幔落在地上，成了一堆难看的布，托架散落一地，在裸露的墙面上留下一排丑陋的小孔。

她哭了起来，与此同时，前廊上传来咚咚的敲门声，还伴随着“你们好啊！你们好啊！”的呼喊。

“噢，斯特林！斯特林，真对不起。我想在你回来之前把一切准备就绪，我们真的很**努力**了，可你**瞧瞧**这地方。你**瞧瞧**！”

他竭力安慰她，但他自己也像她一样沮丧不安：他的衬衫和西服在火车上挤皱了，他的眼神焦虑而惶惑。

“我想在你回来之前起码先把帷幔挂起来，于是我们就弄啊弄啊，但我们却没法把它固定在**墙上**。**瞧瞧**它吧。”

“它需要一根撑杆，”他说。

“一根什么？”

“撑杆。基本上就是一根沉甸甸的窗帘杆，上面有沉甸甸的螺丝；肯定在打包的东西里了。你看，那些小钩子承受不了这个重量的。”

“瞧瞧现在墙上那些难看的**小孔**吧。噢，斯特林，我真抱歉。”

“咱们可以晚点儿再处理那些小洞；抹点腻子堵上。咱们有的是时间。看我带了什么。”

她这才注意到他拎回来好几只包装袋。他买了一瓶苏格兰威士忌和一瓶香槟，还带了鲍比梦寐以求的礼物：一只斯伯丁外野手手套和一只标准棒球。

他们当即物尽其用。爱丽丝和斯特林举着酒杯、聊着天，信步徜徉在各个房间，偶尔驻足，在椅子上小坐，或在窗前看院子里鲍比的滑稽表演。他笨手笨脚、偷偷摸摸地掷球，再拼命奔跑，想在它落地之前接住。他一次也没接住，每次把球捡回来，他都会用力把它往手套里按，叉开腿站在那里，摆出一个威风又矫健的姿势；然后他会再次投掷，再次奔跑，再次失手。

“好像有点不得要领啊，”斯特林说。

“噢，他会好的。他可以学。”

“在这方面我恐怕帮不上他什么了；我对棒球一窍不通。”

“别的男孩子会教他的。他会好的。你要不要拿着酒到前廊上去，我来做晚饭。”

她决心，最起码，他们的第一顿晚餐必须成功。厨房里有股前任房客留下的垃圾味，电冰箱烦人地嗡嗡直响，但她做饭时却重拾了这一整天都无处可寻的麻利。她透过厨房门冲鲍比喊：“进来洗手了，亲爱的；快，就现在。”然后她不慌不忙地穿过餐厅和客厅，迈着骄傲的步伐来到门廊上，在斯特林后颈印上一个吻，柔声说：“晚餐好了。”

“妙极了。”他说。

他帮她拉开椅子，又站在那里娴熟地拆开缠绕在香槟木塞上的钢丝，用大拇指拨开木塞。它发出“砰！”的一声，完全是香槟塞子应有的声音，他们三个人欢声笑语，给房子注入了生气。

“敬斯卡尔斯代尔，”爱丽丝说着，高举酒杯，“敬未来。敬一切。”

“没错，”斯特林一边坐下一边说，“我得说，你干得非常漂亮，爱丽丝——这张桌子、这些美食——看上去全都令人垂涎欲滴。”

结果不出一秒，他就不得不站起来，连忙用餐巾揩他的裤子：鲍比把自己的牛奶碰洒了，白色的洪流喷涌而出，泼到了斯特林腿上。

“噢，**鲍比**，”她惊呼，已经准备扇他耳光了，“你就不能当心点吗？瞧你干的好事。”

“没事，”斯特林说，“反正西装也该洗了。”

但这顿饭余下的时间里，他们几乎没再交谈。

不过饭后，等洗好碗、哄睡了鲍比，他俩还是得以安享片刻宁静，坐在夜空下的前廊上看萤火虫忽闪，看车灯扫过邮政路。

“空气是不是好极了？”她说。

“嗯。”

“真不敢相信。咱们已经在这儿了，而且一切都会是那么的——我有没有告诉你鲍比星期一就开学了？”

“没。”

“好吧，他星期一就开学。三年级。三年级下学期。”

接下来是一段长长的沉默，只听见往返白原市的汽车呼呼驶过，爱丽丝打定主意一言不发。要是斯特林想静静坐在这里，那他们就静静坐在这里。

他终于发话了。单是听着他那英国式的沙哑嗓音，她就感到安心；她甚至不在乎他谈论的是他即将前往英格兰的事。他说话时，她就蜷在自己那张藤椅上，感觉受到了呵护。

“来杯酒吗，斯特林？”

“好的，来点吧。要点苏格兰威士忌。”

于是她去倒酒，当她穿过陌生的房间，摆弄着那台陌生冰箱里的冰盒时，一种预感令她不寒而栗，她不敢想象自己和鲍比单独待在这里会是什么样子。他说他要在英格兰待多久来着？六个星期？不过那她还是可以忍受的，而且不管怎么说，他一时半会儿还不会走。她端着那杯叮当作响的冰威士忌苏打回到门廊上。

“我想这个社区不会特别活跃，爱丽丝，”他说，“你在城里住惯了，这对你恐怕是个很大的改变。”

“噢，可我不在乎。你呢？”

“我想你会想念你的朋友们吧。”

“其实我没什么朋友；真朋友不多。不管怎么说，咱们会有新朋友的。”

“恐怕不容易。我想这里大都是些了无生趣的商务人士。有房一族之类的；都是些对罗斯福怀恨在心的家伙。有钱、无趣，而且恐怕对咱们这种安排会有些——好奇。”

“‘咱们这种安排’，你说得跟演戏似的。”

斯特林沉默片刻，那神情让她咬起了嘴唇，她真希望自己能看清他黑暗中的面庞。然后，他说：“被人称作‘尼尔森太太’，你不会觉得尴尬吗？”

“你不会我就不会。”

他轻声笑笑，越过椅子扶手捏了捏她的手。“我想咱们会没事的。”

她也这么想。

她是否介意被称作“尼尔森太太”这个问题始终没有答案；因为在斯卡尔斯代尔，没人跟她打过招呼。

每天早上，电气列车会把男人们拉到城里去，孩子们则消失在学校里。女人们独守着各自宽敞而无可挑剔的房子，日子在无尽的琐碎中流逝——或者起码，在爱丽丝想象中，她们的生活就是如此。她在脑海中描绘她们做轻松的家务活儿打发时间或对女仆发号施令的样子，她想象她们涂指甲、做头发，互相煲好几个小时电话粥，聊着桥牌俱乐部、午餐会，还有家长教师协会的活动，却只加深了彼此的倦怠。就算她们的生活中还有什么更有趣的内容，她也无从知道，因为她们没人给她打过电话，也没人顺便上门尽邻里之谊——而且，显然，那些丈夫们中也没有一位在火车上结识斯特林。斯卡尔斯代尔似乎当爱丽丝和斯特林不存在。

她不在乎。她可以毫无顾忌地把整个上午和半个下午花在车库里的雕塑上，而且她还开始了一项激动人心的新工作：她放弃了园林雕塑，开始从事纯粹的艺术雕塑了——那些扭曲的躯体和半抽象的动物会是绝佳的展品，一旦攒够一定数量，她就可以举办个人展览了。

每天下午三点刚过，她都会到邮政路对面去等鲍比回家。学校很近，走几步就到了，但它却在马路对面，她不想让他独自穿过那条宽阔繁忙的公路：她每天早上送他过去，每天下午再去对面等他。他一个人回来的时候似乎并不介意，而且大多数时候他也都是一个人回来的——实际上，在第一个星期左右，他走到最后几码还会飞奔着投入她的怀抱，向她表明自己这一天有多想她——但后来，他开始跟一群男孩一起回家，这就让他有些难堪了。

“我自己能过马路。”他说。

“不，你不能。”

一天早上，斯特林错过了平时那班去城里的火车，发现了这件事，差点对她动怒。“你是说你每天都这么干？”等她送完鲍比回来，他坐在早餐桌旁抬头盯着她问，“牵着他的手过街？”

“那哪是一条街，那可是**公路**啊。路上的车都快得吓人，我自己过起来都害怕。”

“噢，无稽之谈，爱丽丝。那孩子都八岁了。要是你老把他当小孩子，他将来怎么学会照顾自己呢？”

“我没把他当小孩子，斯特林。”

“你有。对不起，爱丽丝，不过我早就想跟你谈谈这个了。”他神色严峻地盯着自己那杯咖啡，“哎，”他说，“我想我不该插手这事。”

她最终勉强同意让鲍比自己过马路，尽管这意味着她每天早上和下午都得站在窗前，心焦地看着他左右张望，然后惊险地跑到对面。现在她几乎什么都愿意听斯特林的，因为他出发的日子就快到了，想到会发生任何不快，她都无法忍受。

同时，到了这个节骨眼上，她发觉鲍比似乎也变得像她一样处处小心，一心想讨尼尔森先生欢心。他再也没有怨声载道或幼稚地大吵大闹，或试图霸占所有话题；他无须任何督促就能迅速完成作业，要是睡前还有空余时间，他就会趴在客厅的地毯上，全神贯注地——或者，她疑心是假装全神贯注地——研究那本《大战中的不列颠潜艇舰队》。一天傍晚，他踌躇了半天，终于拿出一只弹弓给斯特林看，那是学校里一个男生教他做的：一根仔细削过的分叉短枝上绷着几条从内胎上剪下来的粉色胶绳，绳上装了一只旧鞋舌做的皮制弹弓兜。

“噢，要我说，”斯特林一边审视那东西，一边说，“这个真是不错。做工一流。”鲍比两只大拇指勾着裤兜，骤然低下头，羞涩地接受了这份赞赏。“想不想试试？”斯特林问他，“来练练射击怎么样？”于是，爱丽丝就站在窗前，愉快地看着他俩来到屋外渐浓的暮色中。斯特林把一张小纸片固定在树上当靶子，鲍比捡来石头做子弹；他们一起数着步子走出一段距离，然后轮流用弹弓打靶。

但游戏几乎还没开始就结束了，他俩回来时，鲍比看上去满脸通红，就快哭了。“它坏了，”他对她说，“尼尔森先生拉得太用力，把它拉坏了。”

“你瞧，那根胶绳已经烂透了，”斯特林解释说，“只要再找一条好点的内胎就行了。”

“可那是我唯一能找到的内胎啊。内胎碎片很难找的。”

“不会啊，”斯特林说，“我看没那么难；我想我就能找到一条。”但他听上去却不怎么笃定，一瞬间，爱丽丝产生了一种危险的感觉，仿佛她得照顾两个孩子。

“好啦，”她说，“说不定还能修好呢，而且不管怎么说，它没坏之前也带来了不少欢乐嘛。快去洗手吧，鲍比，晚餐好了。”

他照她说的做了，洗手前只是小小耍了一下脾气，扔掉了那只坏掉的弹弓。他并没有耿耿于怀，而且她骄傲地注意到，接下来那几天里，这件事他一次也没提，尽管斯特林显然忘了找一条好点的内胎。

离斯特林出发还有一星期时，她羞涩地提出自己可以去城里送他——她满心欢喜地想象自己会微笑着挥手，在欢呼声、飘带和五彩纸屑中眼含热泪，听着雄壮的汽笛声，目送巨大的轮船庄严地驶离码头——但他却说他觉得那样很傻。“启航的时候永远是人挤人，烦死人；到处是感情泛滥的瞎胡闹。我想咱们的告别应该越简单越好，不是吗？”

出发的日子转眼就到了，他们的告别的确简单至极。早餐还像往常一样，只是除了他平日那只公文包，走廊上还多了两只沉重的行李箱。此外唯一不同的是，在他们起身离席时，他轻轻抱了抱她，吻了吻她的面颊——平时他们从不当着鲍比的面亲吻——接着，他一只手还放在她腰间，就伸出另一只握了握鲍比的手。

“好了，老伙计，”他说，“我走之后，希望你能照顾好你妈妈。”

鲍比说：“好。”

她知道自己起码有两个星期不会收到他的信，尽管如此，在第二个星期行将结束时，她还是每天上午十点就丢下工作室，转而去守候邮差。他会拖着步子沿邮政路走来，同时，她会在心里暗暗向他许愿——噢，拜托了，拜托了——而他通常会径直从她房前经过；仅有极少几次，他停下来向她的邮箱里投放信件，但投的也都是账单或广告——还有一回，他送来了那只熟悉的、来自工具模具综合制造公司的丑陋商务信封，里面装着她的离婚赡养费支票。到了第三个星期，邮差给她送来一封真正的信，但却不是她所祈祷的那封，上面并没有航空信封、英国邮票和邮戳。那不过是她姐姐伊娃的一封信，她失望至极，以至于根本没有当即拆阅，直到下午实在闲得发慌才把它打开。这一读，她才发现信中有个惊人的消息：伊娃要结婚了。五十岁的伊娃，她一贯平庸而霸道的姐姐、她家那个爱管闲事的老姑娘在信中宣布，自己跟得克萨斯州奥斯汀市的一个名叫欧文·福布斯的人订婚了。可笑又令人感动的是，伊娃在谈起自己的婚事时，竟显得如此羞涩、如此正式。

“……欧文自然十分渴望与我的家人见面，所以在定居奥斯汀之前，我们计划把蜜月中的大部分时间留给印第安纳。不过我依然想知道我们出发前会否有机会与你小叙。下个星期你可否抽个傍晚赴城里一趟，我们可以到某间不错的酒店共进晚餐，譬如海军准将酒店？……”

于是她当天晚上就拿起电话给伊娃拨了过去，其中有关爱的成分，但更多是出于怜悯和好奇。

“……这真是个好消息，伊娃，”她说，“真的，我开心极了，真为你高兴。”

“嗯，我非常——呃，谢谢你，亲爱的。你能打电话来真是太好了。”伊娃在电话里跟信中一样羞涩，仿佛生怕爱丽丝会觉得她结婚这件事荒唐可笑。爱丽丝察觉到这一点，并为此感到羞愧（因为在某种程度上，她**的确**曾觉得这件事荒唐可笑），于是变本加厉地殷勤起来，比她预先设想的要热情得多。

“我很乐意见见他，”她听见自己在说，“不过你看：与其去城里见面，你倒不如考虑考虑带他到这儿来？那样岂不更好？而且要是你们想留下来过夜的话，我们也有的是房间。欢迎之至。真的。”

欢迎之至。当她收拾房间、准备迎接他俩时，这个词就一直在她脑中回荡。这栋房子里全是斯特林的物品，他一不在就空荡得可怕，对此她已是不堪忍受；所以，对伊娃和来自得克萨斯州奥斯汀市的欧文·福布斯——或者随便哪个人——她当然欢迎之至。

“你猜怎么着，”早餐时，她对鲍比说，“还记得伊娃姨妈吗？嗯，伊娃姨妈要结婚了，她今晚会带着她的未婚夫来见咱们，咱们会跟他们一起吃晚饭，他们说不定还会住上一晚。你不觉得那会很有意思吗？”

“那是什么意思?”

“什么什么意思，亲爱的?”

“未婚夫。”

“呃，就是她要嫁的男人。他是欧文·福布斯先生，来自得克萨斯。等他们结了婚，他就是你姨父了。”

“哦。”鲍比若有所思地用勺子搅动他碗里剩下的麦乳粥，她能从他躲躲闪闪、近乎狡黠的眼神中看出，他接下来要说的话绝不单纯。“妈咪?”他说，“尼尔森先生是你的未婚夫吗?”

“不，亲爱的；别净问蠢问题。我以前跟你解释过的。尼尔森先生和我是非常亲密的朋友。我们非常关心彼此，也都非常关心你。”

“你的意思是你们并不相爱，还是怎么的?”

“我的意思非常清楚。现在请你赶快把麦片吃完，别再问愚蠢的——”

“我**没**问问题。我只想说，如果你跟尼尔森先生是相爱的，如果他从英格兰回来之后你们就会结婚，那他会变成什么呢？我爸爸还是啥?”

“噢，鲍比，你平时不这样啊。那样他会是你的继父。”

“你是说他甚至都不能成为我真正的父亲，因为爸爸才是我真正的父亲。对吗?”

她叹了口气。“对，亲爱的，是这么回事。”

“那伊娃姨妈的丈夫又怎么会变成我的姨父呢？难道不应该是继姨父吗?”

“他会是你的姨父，属于姻亲。现在，动作快点，你上学要迟到了。”

那天早上邮差又经过她门前，但她竭力让自己不去在意；傍晚，当伊娃他们乘坐的出租车拐上车道时，她已经完全镇定下来了。屋子已经收拾得干干净净，她和鲍比也都穿上了各自最好的衣服，脸上挂着僵硬而脆弱的笑容，准备迎接他们欢迎之至的客人。

欧文·福布斯是个高大、红润、精力充沛的男人，他是如此迷人地孔武有力，整个人是如此富有男子气概，以至于爱丽丝竟惊讶地想，伊娃究竟是怎么把他搞到手的？伊娃还像过去一样普普通通，梨形身材，不过却焕发出一种全新的女人味，而且她似乎也对此心知肚明，并且引以为傲，因而更让人眼前一亮。

“我可听过你不少好话呢，小女人。”欧文·福布斯握住爱丽丝的手说，随后在她脸颊上吻了两下以示问候。接着他转向鲍比，但没跟他握手，而是握起拳头，轻轻顶了顶鲍比的下巴。“我也听过你不少好话，伙计，”他说，“你好吗？”

他洪亮的声音和粗重的身躯在房间里显得威严十足：一开始，当大家刚刚落座、还处在寻找话题那段短暂的尴尬中时，他就像在自己家请客一样迅速掌控了全局，让所有人都放松下来。

“我不用，”爱丽丝端来鸡尾酒时，他坚定地对她说，“不过你们两个姑娘尽管喝。”不一会儿他又对鲍比说：“嘿，听着，你有橄榄球吗？我想咱们说不定可以趁天黑前去外面接几个球？”

鲍比回答说他没有橄榄球，不过倒有棒球和一副手套，行吗？

“太行了，”欧文·福布斯说着，站起来脱下外套，准备运动，“要是你只有一副手套，那就你来戴吧。你可以把球抛给我，然后我会狠狠朝你投过去。好吗？”

“这个房间真漂亮呀，爱丽丝，”屋里只剩她俩时，伊娃说，“你租的时候是带家具的吗？”

爱丽丝对这个问题早有准备；她已经演练过自己精心编织的谎言，而且很庆幸鲍比不在跟前。“嗯，不是；这里的东西大都价值连城。全是我几位朋友的东西，他们得上欧洲待一阵子。”

“对了，那是什么？”伊娃问的是那块帷幔，“是波斯的吗？”

“是缅甸的。这些朋友是英国人，你知道，还在东方待过一段时间。”

“唔，它相当的——抢眼，”伊娃说，“的确很有装饰性。”

聊完这些不痛不痒的话题之后，她们终于可以一边给自己倒第二杯酒，一边进入讨论欧文·福布斯的正题了。他曾是伊娃她们医院的病人——他们就是在那儿认识的。“他并不像看上去那么强壮，你知道，”伊娃解释说，“实际上，他的身子还很虚弱。”正因为这个，他才不得不放弃纽约大学历史系教授的繁重工作，同样也是因此，他们才打算定居奥斯汀。那里的气候比较宜人，生活节奏也相对缓慢，在那儿，在半退休的状态下，他会有足够的时间去完成那本他筹划多年的书：一篇关于美国远征军在战争中所起作用的学术论文。他本人曾是美国远征军的荣誉军人，一名少校；他负过伤，被毒气严重地伤害过，这些都给他落下了病根。他曾娶过一个从来无法理解他的女人，她跟他离了婚，还要求他在她再婚之前支付一笔高额的赡养费；现在他终于解脱了，于是他选择与伊娃·格伦鲍尔共赴全新的生活。“他需要我，爱丽丝，”伊娃说着，一双窘迫而散发着老姑娘气息的眼睛顿时盈满热泪，“这真是一件最美好的事。我还从没遇见过一个真正——真正需要我的人。”

爱丽丝觉得自己都快抹眼泪了——不仅是替伊娃高兴，不仅因为杜松子酒和苦艾酒，更因为她被嫉妒刺痛了。被人需要：那**的确**是一件最美好的事。她自问，就算自己能对伊娃谈起斯特林·尼尔森，但她真的能说斯特林·尼尔森需要她吗？

不过感伤到此为止，因为鲍比和欧文·福布斯乒乒乓乓、哐哐当当地回屋了——这两个放声大笑、气喘吁吁的运动健将正准备大吃一顿。

欧文·福布斯全面掌控了餐桌，把气氛带得十分欢乐，不过他拒绝喝红酒。他不断让鲍比多吃肉、土豆和牛奶——“你要是想让胳膊粗壮起来，就得多长点肌肉”——早在那天傍晚结束前，鲍比就开始管他叫“欧文姨父”了。

“好啦，冠军，”他在鲍比睡前说，“好好睡一觉，咱们早上见。”

“你知道吗，妈咪？”她上楼给他盖被子时，鲍比说，“欧文姨父教我投球了。那很**容易**；诀窍就是你得用上整个身体。你应该用身体发力，而不是只用胳膊。我是说，我还没怎么学会，不过真的很**容易**。”

“嗯，”她说，“真好。”

但他们第二天中午就离开了，当天早上，邮差再次对她视而不见；告别的时候，他们彼此热烈地亲吻，不断承诺会互相写信，然后客人们就启程前往印第安纳，随后是得克萨斯，他们走后，房子也变得比过去更加空寂。

第四个星期快结束时，她开始考虑要不要给斯特林在纽约的办公室去个电话，谨慎地询问他们是否有他的消息，再看看他们会不会有他在英国的联络地址。但在思忖了一整天，又三四次拿起电话准备拨号之后，她还是打消了这个念头。

直到第五个星期，在一个阴雨的日子，她认定自己已经无法忍受了。看到邮差冒雨沿路返回，又没给她的邮箱留下任何东西，她终于在电话旁坐定，抄起一包未开封的香烟放在身旁，给自己鼓劲。

她之前也给他的办公室去过不少次电话，每次都只需简单地对接线员说一句“请接尼尔森先生”，随即就会听见他的秘书说“尼尔森先生办公室”，然后就是斯特林了。而现在，她有点不知道该怎么开口。

“我想——我想跟尼尔森先生的秘书通话，”她对女接线员说。

“尼尔森先生已经不在我们这里了。”

“不，我是指他的秘书。我知道他在国外，不过我想跟他的秘书说几句话，拜托了。”

“噢；您是说布林小姐。她现在为哈丁先生工作了。请稍等。”

听筒里传出一阵嗡嗡声，接着是咔嗒一声，然后另一个声音说：“哈丁先生办公室。”还是过去替斯特林接电话的那个兴高采烈、操布鲁克林口音的声音。

“布林小姐吗？”

“是的。”

“我打电话来是想询问尼尔森先生的情况。”

“尼尔森先生目前人在伦敦。哈丁先生已经接管了他所有的客户；或许他可以——”

“不，不；这是私人事务。我只想知道尼尔森先生什么时候会回来。”

对方沉吟片刻。“嗯，据我所知，他不会回来了。我是说，我想他是被调往伦敦常驻了。”

爱丽丝耐着性子。“不，”她说，“我想肯定是哪里搞错了。他应该四到六周就会回来的。”

“噢。可是据我所知——或许您会愿意跟我们的董事总经理卡梅伦先生说几句话？”

“好的，好的，拜托了。”

又是一阵嗡嗡和一声咔嗒，又得应付另一位秘书；终于，电话里传来一个英国男人洪钟般的声音：“我是卡梅伦。”

“我——我打电话来是想询问斯特林·尼尔森先生的情况。不知您能否告诉我他什么时候——”

"如果您是格莱梅西地产，那么我无可奉告。我已经跟你们说得很清楚了，我们没有任何理由承担——"

"不，"她说，"我不是——这并不是——拜托，我——"

"呃，如果您是另一家债权方，那么我的回答也一样。我们没有理由承担他可能欠下的任何——"

"不，您看，拜托。我打电话是为了私事。我是——我是尼尔森先生私下的一位朋友，我只想知道您能不能告诉我他什么时候会回来。"

卡梅伦先生在电话中重重地叹了口气，再开口时声音也没那么刺耳了，似乎开始相信这或许的确是私事——说不定还是一件非常微妙的私事。"明白了，"他说，"嗯，保守地说，尼尔森先生的行为十分令人费解。实际上您说不定能帮帮我们。您知道他目前人在哪里吗？"

"他人在哪里？"

"您有没有他在英格兰的联络地址？"

"没有。没有，我没有——"

"您还说他曾向您表示——根据您的理解——他曾打算回到美国？"

"是的——对，我是这么理解的。"

"呃，那您的消息恐怕有误了。尼尔森先生的美国签证此前已经到期，我们选择不再为他续期。他走后，债权人那边麻烦不断，于是我就给伦敦去了封电报。伦敦公司回复说，他在去公司报到之后就立即切断了与公司的一切联系，一走了之，没留下任何转寄地址，所以我们无法得知他的行踪。这对公司十分不利，但我们却没有任何……”

后来，爱丽丝怎么也记不起自己是如何结束这场对话的；她只记得自己挂断电话之后曾久久地瘫坐在电话桌旁。然后她开始穿过一个个房间，查看斯特林的物品，抚摸它们，她没有哭，甚至都不想哭，在阵阵痛楚中，她明白，留下这些物品，就是斯特林的告别。“我想咱们的告别应该越简单越好，不是吗？”——甚至早在那时，他就知道他们不会再相见了。他早就知道——甚至早在搬到斯卡尔斯代尔之前就知道，天晓得会不会比那还早——他早就知道她有一天会穿行在他的馈赠之间，形影相吊，凄凄楚楚，或许也曾在心中默默期待她能理解自己。

但她不能——这就是她为什么哭不出来。她唯一能做的，就是走几步，坐一会儿，起来再走几步，脑中不停回响着卡梅伦先生的话；她就是不能理解，不能，不能，不能啊。

三点刚过，她走着走着，渐渐意识到自己能做什么了。她要到门口去等鲍比——不，还要更好，她要穿上她的雨衣，到邮政路对面去等他，他回来时会说：“你怎么在这儿？”而她则会回答：“没别的，只是想来等你。”他们会一同穿过马路回家。然后鲍比会圆睁着眼睛说：“怎么啦，妈咪？出事了还是怎么的？”

可她不会立刻就把一切和盘托出。她会把两件雨衣用衣架仔细挂起来晾好，再问他今天在学校怎么样。但等到他第二次问她是不是出了什么事的时候，她就会崩溃：她会跪在地上，用胳膊搂住他。她会把他拥在怀里，紧贴着自己，然后——她知道那时，她应该已经哭出来了——然后她会说：“噢，鲍比，他走了。他离开我们，再也不回来了……”

她就是这样打算的，一切也正是这样发生的。

第三章

如果说斯卡尔斯代尔正像斯特林·尼尔森许诺的那样，是一片繁荣兴盛的世外桃源，那么距离哈得孙河谷仅数英里之遥的河滨区域则是一片金碧辉煌的世外桃源。爱丽丝过去从没见过这样的地方，而且她立刻就知道自己想住在这里。这里会改变她的生活。

它其实根本不是一个市镇，甚至算不上一个村落，只是一片建筑群，由一批紧依一道高墙而建的精美住宅构成，高墙是一道边界，圈起一大片名为“黄杨木”的私人领地。这份产业，外加它周边精致的环境，全都出自一位白手起家的华尔街大亨之手，此人名叫沃尔特·J. 范德·米尔——出身于密苏里州一座不起眼的农场，为了尽快抹去这个事实，他不惜投入全部精力，在这里，即荷兰殖民者长眠的地方建立起一个崭新的王朝，他凭借聊胜于无的依据相信，那些荷兰人正是自己的祖先。

为了缔造河滨乡镇，他可谓不遗余力：他为这里兴建了两座雅致的教堂，一座圣公会的，一座长老会的；他为河滨乡村俱乐部兴建了全威斯彻斯特县最好的高尔夫球场；还颇费了一番功夫，开办了河滨乡走读学校；在这所学校礼堂高高的大理石天花板上，刻着这样一行字：

德行成就君子

但他最呕心沥血的作品，还是非黄杨木莫属。这片土地上的景观都经过专业打造，令人叹服，目之所及的一切无不教人赏心悦目——这里有宽阔绵延的草坪，高大的树木，浓密的树篱，幽深的花园。除去数座用人房及客人厢房之外，这里还有四栋真正的住宅，都是主人为他的四个儿子及其家眷建造的，领地上每条蜿蜒曲折的道路和小径都通向同一座高坡，上面矗立着他为自己修建的宅第，他本打算将它命名为"黄杨木庄园"，但人们却习惯称之为"大宅"。从大宅西面那些高大的窗前或窗下那片铺着大理石的楼前广场上望出去，哈得孙河壮丽的胜景尽收眼底，这片景致中唯一稍显不足的，是上游不足两英里处一栋更为知名的"大宅"，沃尔特 · J. 范德 · 米尔的不少生意伙伴都在那里度过了一生中最后的时光：那栋低矮、丑陋的建筑就是兴格监狱[①]。

华尔街股灾[②]后不久，年事已高的范德 · 米尔在震惊中去世，但他余下的财富依然足以保证他那位贵族遗孀、他的子孙后

---

① Sing Sing Penitentiary，纽约著名监狱，位于纽约哈得孙河畔，设立于一八二四年。

② 华尔街股灾发生在一九二九年，就牵连层面和持续时间而言，是美国历史上最严重的一次股灾。

代、他的黄杨木，还有他的河滨乡村长治久安，高枕无忧。

“这里是不是很了不起？”莫德·拉金问道，此刻她正漫步在夏日凉风习习的楼前广场上，迈着领路人骄傲而庄重的步伐，而爱丽丝则不得不带着某种近乎膜拜的情感同意，它的确很了不起。

她们停下来凭栏休息，这时，莫德·拉金说：“看见吗？那边那几栋叫‘绝壁’。那一栋大的是‘高岩’，就是马克斯·安德森①剧中写到的那栋。还有，看这儿——”她示意爱丽丝收回目光，后者正注视着横亘在山峦间的、庞大的兴格监狱；她指着她们小臂之下的栏杆，“这些大理石全是意大利进口的，每一块都是。你能想象那得花多少钱吗？而且你瞧，他始终没能完成它。他整个二十年代都在修建这个美丽的地方，这座楼前广场本该是点睛之笔；你看，它其实应该延伸得更远，越过草坪，一直到那边那几棵白杨树那儿。可你知道它却迎来了什么吗？”她拉起爱丽丝的手，带她来到广场突兀的边缘，动作浮夸地指了指五根像尸体一样横陈在草地里的意式大理石柱。“一九二九，”她以一种舞台剧式的耳语说道，“是不是很了不起？说真的，爱丽丝；这是不是很了不起？”

在斯特林·尼尔森离开之后那段漫长而孤寂的日子里——迄今已近三年——爱丽丝为自己找到一个小小的慰藉，她会一周两次到艺术与手工同业协会去教雕塑课，这个社区机构就开设在白

---

① 指马克斯韦尔·安德森（Maxwell Andersen，1888—1959），美国戏剧家、电影剧作家。

原市威斯彻斯特县政务中心地下室。她的薪水完全不值一提，别的教师也大都是志愿者——但她认为这段经历会很有价值，也希望借此认识一些人。事实上：她所有的学生都是与她年龄相仿或比她年长的女性，大都婚姻幸福，不过生活中又好像缺少点什么，于是就像她们中好几个人所说的那样，来“寻找一些东西”，而且她们都喜欢宠着她。她们都住在斯卡尔斯代尔或附近一些类似的城镇，会把她带回自己家中，见见她们那些彬彬有礼却一脸莫名其妙的丈夫；不过在这样的傍晚结束时，她时常会坐丈夫们的车回家，一路尴尬无话，她会感觉口干舌燥，因为之前聊了太多的“艺术”、“形式”、“巴黎”还有“格林尼治村”(她什么时候才能学会不要独霸整晚的对话?)，同时，那位丈夫则会一边换挡一边搜肠刮肚，想说上几句关于今晚是多么“有趣”的漂亮话。

到第三年末，莫德·拉金成了她班上的学生，打一开始，她就知道莫德·拉金会很不一样。她不仅比别的学生更有天赋，或者起码更能虚心接受意见，而且，她身上的一切也都表明，她属于爱丽丝一直就渴望认识、渴望与之成为朋友的那种人。一天，莫德腼腆地邀请她下课后去喝一杯，于是她们就在白原市的一家鸡尾酒廊坐了好几个小时。这一次，负责谈话的终于不再是爱丽丝了，而莫德所说的一切无不越来越清晰地证实了爱丽丝先前对她的判断：莫德·拉金的确有趣。她并不住在斯卡尔斯代尔或附近任何一座令人窒息的市镇；她住河滨，一个爱丽丝从未听说过的地方。她丈夫也不像其他丈夫那样，不是保险业者就是律师或企业经理，而是一名作家：他为三档晚间广播剧撰写脚本，都是爱丽丝早就听得上瘾的节目。

“你是说你真心喜欢那些广播剧吗?”莫德问道,像个兴高采烈的孩子那样两眼放光,“噢,我简直**等不及**要把这话告诉吉姆;他都**恨死**它们了;他听了一定高兴。”一杯又一杯的曼哈顿令人倍感轻松,期间莫德睿智、渊博的话语从未间断,还坚持要埋单;爱丽丝不得不两次离席去给鲍比打电话,每次都许诺马上回家,最后,等莫德终于开车把她送回斯卡尔斯代尔时,她俩又在停泊的汽车里互诉了一会儿衷肠:

“噢,今天真是太开心了,莫德。请务必进屋跟我们共进晚餐。”

“亲爱的,我也想去,但我得赶紧回家,否则吉姆和孩子们会杀了我的。不过听着:你得答应我一件事,不然我就不让你下车。答应我你很快就会过来看我们。带上你的小儿子一起来住上一个周末。就下个周末。”

“呃,我很乐意,莫德,不过我真的——”

“答应我。你一定得答应。我来接你,好吗?我明天会给你打电话。哦,还有一件事,爱丽丝——我知道这听上去一定像喝多了,而且很傻,但我**必须**在你走之前对你说这句话。我简直没法告诉你这堂雕塑课对我是多么重要。千真万确。我感觉——它就是我一直以来——好啦,我感觉你为我开启了一个崭新的世界,我想谢谢你,仅此而已。”

而现在,莫德带她来到河滨,领着她参观气派的“黄杨木”,反而像是为爱丽丝开启了一个崭新的世界。

“莫德，你确定咱们进来没问题吗？”在她们离开广场、沿一条曲折的小径往回走时，她问。

“当然没问题。我跟那位老夫人很熟，可以直呼其名那种。呃——”说到这儿，她坦诚而自谦地轻轻一笑，这正是她最迷人的特质之一——“我想这么说并不**完全**准确。她叫我‘莫德’，而我叫她‘范德·米尔夫人’。我想这世上大概没人会对**她**直呼其名。总之呢，她似乎对我印象不错，我想她也会喜欢你的。你唯一要小心的人是小沃尔特，这家的长子。他有时候也挺和善的，不过基本上就是个自恋的混蛋。吉姆管他叫资本主义猪仔，因为他个子太小，还算不上资本主义猪猡①。他是他家所有产业的那啥，你知道——掌门人？是这么叫的吗？我说不好。总之他是管事儿的，对那些事可一本正经了。不过听着：我等不及要给你看一样东西了。过来。”

爱丽丝带着愉悦的疑惑跟在她身后。她们绕到一栋房子背后，那是莫德刚才在途中向她指出的奢华宅邸之一——那栋房子是为主人的二儿子霍华德·范德·米尔修建的，在霍华德离婚之后已闲置多年——莫德大着胆子走近一道后门，打开它。“看了这个再走。”她说。

“你是说你要进去？你觉得咱们真的——”

“房子的主体咱进不去，都上了锁。这只是地下室。跟我来。”

---

① Capitalist Pig，特指那些一心赚钱，对社会问题和其他阶层毫不关心的商业大亨。

就连地下室都显得那么阔气：干干净净的水泥走廊上，靠墙堆放着这个破碎家庭的弃物（昂贵的衣柜抽屉，破旧的滑雪板，印有波道夫·古德曼、布克兄弟、阿贝克隆比与费奇[①]字样的纸箱）——但爱丽丝还来不及注意这些东西，就被莫德拉到一扇低矮的门前，门框高度不超过五英尺。“你得低头钻进去，”她说，“不过等着看它里面的样子吧。”

穿过这道小门，她们进入一个宽敞而空无一物的白色房间，屋里洒满阳光。墙壁是刷过白漆的木料，上面布满无数黑灰色斑点，跟上过甘草剂似的，而且房间里没有窗户：光线全部来自高高的天花板，整个屋顶都是用夹丝玻璃做的。“这是什么呀？”爱丽丝轻声问。

“是个壁球场。霍华德对壁球很狂热，你知道，于是他爸爸就挨着房子修了这么一个大家伙。他们就是有钱到**这种**程度。不过爱丽丝，你还不明白我的意思吗？瞧瞧这光线；瞧瞧这墙壁。你难道看不出它**能**变成什么吗？”她眼中迸发出喜悦的光芒，“雕塑工作室啊。**你的**工作室。你可以在这儿上小班课——我的天呐，这个空间能容纳的人数是你现在学生数的三倍，而且还有很多空间可以供你自己创作。是不是千载难逢？”

的确。爱丽丝立刻就想象出自己在这里工作的样子了——教着一群像莫德一样志同道合的人，创作出自己过去想都不敢想的

---

① 波道夫·古德曼（Bergdorf Goodman）是纽约著名的时尚传统百货公司之一。布克兄弟（Brooks Brothers）和阿贝克隆比与费奇（Abercrombie & Fitch）均为美国著名成衣品牌。

佳作。“嗯，但我怎么可能——我是说我可能永远也——”

“打住。”莫德说，竖起一根手指按在嘴唇上，“什么都别说了。我只是想让你看看这地方，现在我还想带你再看一个地方，然后咱们就回家喝一杯。我跟你**说过**，我主意多着呢，是不是？来吧。”

“你要在这里工作，就得住在这儿，”她说，“我已经为你挑了一处好房子。驻场艺术家的完美居所。”

那是一栋优雅的小房子，外墙抹着白色的灰泥，位置绝佳，处在这片地界的东北角，四周环绕着绿树和一丛丛杜鹃，门前有一条石板小径。“他们管它叫门房，”莫德解释道，“它是他们为范德·米尔夫人一位亲戚建造的，但从来没人住过；实际上里面还没有家具，但我碰巧得知小沃尔特今年一直打算修缮它，用来出租。所以，那位房客为什么不能是你呢？”

房子上了锁，但她们绕着房子透过各扇窗户窥视，得以一览它内部的全貌：堂屋很宽敞，有座令人叹为观止的壁炉，然后是厨房和餐厅，还有两间宽大的卧室，后部有个连通的卫生间。“你难道看不出来吗？”莫德问，“这不正是最适合你和鲍比的完美家园吗？”

下午，她们走出那道沉重的铁门，踱回拉金家去喝一杯。等到她们把这件事告诉吉姆时，爱丽丝已经完全对莫德的计划深信不疑。它已经变成了她自己的计划，无可辩驳，不容更改，像她过去所有的决定一样。她要和鲍比住进门房；鲍比会进入河滨乡走读学校；他们会与像拉金一家这样的益友为邻，离开斯卡尔斯代尔令人窒息的平庸，她将以“驻场艺术家”的身份开启崭新的美好生活。在壁球场给人上小课会为她增添一笔可观的收入，即使那还不足以完全解决财务问题，她也可以从别的渠道筹钱：她可以卖掉她过去的一些园林雕塑——甚至可以考虑卖给范德·米尔家的人——一旦在这片美妙的新天地里安顿下来，她就完全有可能创作出更多新作，足够她在纽约每年举办一场利润可观的个人展览。河滨似乎蕴含着无限可能。

吉姆·拉金有些质疑。“呃，我不知道，爱丽丝，”他说，“我可不希望看到你入不敷出。”

“但她**不可能**入不敷出啊，吉姆，”莫德说，“这才是重点。她是位优秀的女性。她是一流的艺术家、给人带来启迪的老师，而且她韬光养晦已经够久了。这地方就是为她**度身定制**的。她在这儿只会**蒸蒸日上**。”

“这我当然不怀疑，”他说，“但姑娘们，在你们忘乎所以之前，还有一两个现实因素是你们应该考虑的。”

爱丽丝十分乐意听他说完。他机敏、风趣，有种可爱的鲁莽；对自己从广播剧中赚了这么多钱似乎有些于心不安，不过也不会无聊地心怀歉意，而且他显然很有学术修养。他书房里堆着成百上千册书籍，几乎溢出书架，客厅里也到处是书，造成一种迷人的混乱；他跟马克斯韦尔·安德森熟到可以直呼其名，有一回，他还暗示自己可以管托马斯·沃尔夫[①]叫汤姆。爱丽丝猜自

① Thomas Clayton Wolfe（1900—1938），美国作家，代表作品有长篇小说《天使，望故乡》。

己应该很喜欢他，喜欢到可以耐着性子听他道出她们应该考虑的两个因素。

“首先，”他说，“你们怎么知道小沃尔特不会介意你在壁球场里上雕塑课呢？”

“噢，你的想象力到哪里去了，吉姆？”莫德说，“我们才不会跟小沃尔特**打交道**呢。我们会直接去找老夫人，我知道她会同意的。我知道她一定会喜欢爱丽丝，这肯定没得说。我还知道她现在唯一的写作，就只剩给医院写写支票了，所以她一定很想换一种方式表达自己——我敢打赌，成为艺术家的女房东一定会让她喜出望外。”

吉姆笑笑说：“好吧，或许你说得没错。她会喜出望外。一切为了艺术；为了艺术而艺术。说不定她确实会很好搞定。天知道要是有谁能说服她，那个人一定是你。不过话说回来，就算咱们姑且认为这点没有问题，但对爱丽丝而言，搞定接下来的一切不会有点吃力吗？可以肯定，他们会把那栋房子租个好价钱，这是其一，更别说河滨乡走读学校的学费了。对一个收入有限的女人而言，这是个相当昂贵的小城。”

“她的收入不会一直有限，”莫德向他保证，“而且不管怎么说，我们还不知道他们会要多少房租呢——他们或许会为她酌情减免。至于河滨乡走读学校嘛，你明知道那里有一半孩子都是拿奖学金的。”她又向爱丽丝解释了这点，“规模较小的私立学校通常就是这么运作的，你知道：他们会收到巨额的捐款，同时为了达到足以开办学校的规模，他们必须保证一定的入学率，所以很多孩子都可以免费上学。我们家孩子没有，那是因为吉姆挣得多。我想鲍比肯定有资格拿奖学金。”

“不过总得有人来告诉你，那是座挺愚蠢的小学校。”吉姆说，话音刚落，莫德立即开始反驳。

“不是那样的，吉姆。那是所**不错**的学校。”

“噢，别扯淡了，甜心。河滨乡走读有什么‘不错’的啊？你说它‘不错’，就因为咱们家孩子可以跟那帮乡绅混在一起吗？那所学校简直可笑。”

“别听他的，爱丽丝。他这样的时候，**请你**千万别听他的。”

“我哪样了？”他反问，“那所学校确实很可笑嘛。大家都知道。”

“吉姆，亲爱的，能不能拜托你小声点？你想让孩子们听见吗？”接着她又转向爱丽丝，语带迫切的恳求，“爱丽丝，我只能说，我们家孩子都可喜欢那儿了。”但这时，吉姆·拉金却大笑起来，胡乱抚弄妻子的头发，表明他们刚才根本不是在争吵，甚至不是起了争执，那只是这不同寻常的一家人身上又一个出人意料的侧面，只体现出他们这类人生活中那种美好的自由与轻松。“他们当然喜欢那儿啦！”他说，“他们当然喜欢那儿！但这并不表示他们会笨到不知道它可笑啊，是吧？谁说人不能喜欢可笑的事物呢？天知道我有多爱你，而你就是我认识的最可笑的女人！”

拉金家有两个孩子，一男一女，都是十四五岁的样子，此前他们一度让爱丽丝感到迷惑不解，因为他们看上去都很高傲，而且毫不注重基本的礼貌。他们并没有公然对她和鲍比无礼；只是显得有些沉默寡言，跟人打交道时自有一套隐秘而不苟言笑的方式。他们举止随意慵懒，像工人那样穿宽大的法兰绒上衣和蓝色牛仔裤，爱丽丝不禁好奇，在他们木然的眼中，她和鲍比的着装会不会显得有些太过刻意整洁、太过中产阶级。但眼下，到了第二天晚上，她觉得自己已经稍微能够理解他们了，就像她也开始理解吉姆了一样。在晚餐桌上，他们开自己父亲的玩笑，然后跟父亲一起开母亲的玩笑，两个人都带着一种充满爱意的风趣，却又十分懂事地不冒犯任何人。饭后，他俩即兴表演了一段音乐剧，丝毫不带炫耀的痕迹。吉姆起了个头，他站在钢琴旁，低头敲出一首流行歌中一段欢快、活泼的旋律；接着，女孩拿出吉他，男孩取出单簧管，两人一边演奏，一边愉快地唱了一小时的歌。他们都是有天分的孩子；也是有趣的孩子；他们是那种可以既热爱自己的学校，又认为它可笑的孩子；她认定，他们就是她一直指望鲍比能成为的那种孩子。

“噢，莫德，”那天夜里晚些时候，她在乘车回斯卡尔斯代尔的路上说，“我实在说不出我们有多开心。这是我们好几年来最开心的一个周末。”

“所以就这么定了，好吗，”莫德说，“我明天就去跟范德·米尔太太说——或者我想还是不要一口咬定明天了；进‘大宅’一趟就跟觐见教皇什么的一样——不过反正我会在这星期内跟她说，然后设法安排你下个周末跟她见见面。她说不定会邀请咱俩过去喝茶，到时候你就可以自己搞定后续的事了。我敢说一切都会进展顺利的。”

事实也的确如她所愿。

“你要加奶还是柠檬？”接下来那个星期六，沃尔特·J.范德·米尔夫人问道，此刻她们所在的房间毫无疑问是爱丽丝这辈子见过的最华丽的房间。

“请来点柠檬。”爱丽丝感觉腋下渗出的一滴汗珠正顺着肋骨往下滑，而且眼看着自己那支香烟长长的烟灰落在大腿上。跷二郎腿能遮住它吗，或者用餐巾盖住会不会更好？但不管怎么说，站起来时又该怎么掩饰它呢？“谢谢您，”她说，从范德·米尔夫人手中接过滚烫、精致的茶杯茶碟，尽量不让它们在自己手中咯咯作响。要不是身旁坐着令人安心的莫德，她敢说自己一定会手忙脚乱，把茶具全部打翻在地。之前都是莫德在负责谈话，她还没有直接介入，但眼下，交谈停止了，她抬起眼睛，发现自己完全处在老夫人威严的审视之下。

范德·米尔夫人高挑、瘦削，以一种令人瞩目的姿态笔直地坐在下午茶桌旁的椅子上，说起话来仿佛与人相距遥远：“莫德告诉我你是一位非常勇敢的女性，普伦蒂斯太太。”

这种话她到底该怎么接啊？“嗯，”她说，“莫德真是太客气了。”从范德·米尔夫人脸上那一抹不易察觉、有所保留的微笑看，她应该通过了第一项测试。但她并不打算转头去看身旁的莫德，怕她会对自己眨眼，或者抓过自己攥紧拳头的手举过头顶，仿佛她是个获胜的拳击手。

“请原谅，”范德·米尔夫人说，“恐怕我忘给你拿烟灰缸了。

莫德，你能把那边那只递给她吗？就在那张桌上？”

她只能把烟灰缸放在膝上，但那里已经放了颤抖的茶杯茶碟；经过一番痛苦的犹豫，她把它放到地毯上，在里面掐灭了香烟，随后，她被恐惧攫住了。在范德·米尔宅第里，过去是否曾有人把烟灰缸放在地上？

范德·米尔夫人的目光也的确一路随烟灰缸来到地上，眼下她正盯着它微微皱眉；但结果那只是因为她想集中精神、艰难地组织起自己的下一句话。“我始终认为，”她终于说，“成为艺术家需要莫大的勇气，我之所以会这么想，完全是因为创作是一个十分孤独的过程。这条路对女人而言想必更是艰难。”

爱丽丝稍稍放松了紧绷的脊柱和肩膀，微微靠向椅背。她一开始只知道范德·米尔夫人崇高庄严，雍容美丽，能体现“贵族”一词中所有令人倾慕的内涵；而现在，她大大地松了口气，第一次开始相信，范德·米尔夫人也是和蔼可亲的。

“告诉我，普伦蒂斯太太。你会乐意在这儿工作吗？还有在这儿生活？”

“会的，我相信我一定会，”她说，“我想我会十分乐意。”

“我明天早上会去跟我儿子谈，”她说，“我想我们肯定可以作些安排。”

“噢，你真是太棒了！”她俩终于离开“大宅”单独在一起时，莫德·拉金说，“你表现得再好不过了。看得出她已经喜欢上你了。”

但爱丽丝并不需要谁来向她指出这一点：她感觉老夫人赞许

的目光还笼罩着自己，像一件温暖的斗篷。

范德·米尔夫人想必第二天早上就跟儿子说了，她儿子看来也认可这个方案。就在那个星期，她去他的办公室跟他见了一面，莫德也同样在场，为她提供道义上的支持，虽然爱丽丝并不怎么喜欢他——这个男人体态浑圆，眼睛极小，嗓音高亢，似乎没有继承他母亲的任何优秀品质——但她在他那儿显然也，按照莫德的说法，“过关了”。

此外，她还有两个人的关要过：一位是地产经纪人弗兰克·加勒特先生，另一位是河滨乡走读学校的校长尤金·库尔先生。而他们两个，据莫德说，都不构成任何障碍。“对加勒特要拿出对待雇员的态度，”莫德向她建议，“毕竟他本来就是个雇员。他只是个来自扬克斯的爱尔兰人而已，应该知道自己能维持生计就不错了；他会受范德·米尔家的人之命干点累活儿。至于老库尔嘛，只要一直管他叫‘博士’或者‘先生’就行了，你要是再花半个小时听他讲进步主义教育的好处，他就会对你俯首帖耳。”

但这两次会面都不大顺利。坐在办公桌背后的加勒特先生看上去根本不像干得动累活儿的样子，他告诉她说，门房的租金总额会超过她过去租过的所有住房。

“房租会包含水电费什么的对吗？像暖气之类的？”

“不，不包含，普伦蒂斯太太。水电费之类都是另算的。”

“明白了。”

几天后，听到尤金·库尔博士说河滨乡走读学校无法为鲍比提供奖学金时，她同样只能说“明白了”。他唯一能安排的，只有一种他称为“部分奖学金”的资助，那意味着她几乎得全额支付学费。

现在，一切都得仰赖她在壁球场教课的收入了；但她班上的不少学生却拒绝离开艺术与手工同业协会，人数多得出乎她的意料。有些人觉得河滨离家太远了，另一些人则表示无法负担学费。最终，只有八个人答应去河滨上课，而她本指望招到十五个学生。

“好吧，不管怎么说，这些人都是核心学员，”莫德·拉金说，不算她的话，爱丽丝就只剩七名核心学员了。“咱们可以在这儿附近再招些人——反正这儿肯定有的是学生，而且肯定比斯卡尔斯代尔那帮无聊的女人有趣得多。真的，亲爱的，我敢肯定等你安顿下来，一切都会好的。”

但吉姆却不像她那么有把握：“每个月都有那么大一笔支出，她要怎么**才能**安顿下来啊？我要是你，爱丽丝，我就会在承担这一切之前想想清楚。你在斯卡尔斯代尔会过得更好。”

他似乎还不明白，她已经无法回头了。新生活无论如何都要开始了。它必须开始：爱丽丝现在已经对它深信不疑，她心怀一种铤而走险的乐观，已经容不得任何异议。她坚信这个决定正确无比。

她还有一个问题需要解决，那就是让乔治相信这个方案切实可行。她之前只跟他说县政务中心的工作给她带来一个机会，让她可以在自己的工作室里开办一个新的小班，有了它，她或许很快就可以自食其力了，为此他们必须搬到河滨去，而在她的描述中，那里不过是个“小而美的社区，有所不错的学校可供鲍比就读”。现在，她不得不坦言，那里的租金会远远高于斯卡尔斯代尔，而那所不错的学校也不是公立的；他很快就在电话里爆发了，连珠炮似的抛来一大堆问题。

私立学校？私人**产业**？她这话是什么意思啊，私人产业？范德·米尔？沃尔特·J. 范德·米尔？好家伙啊，她难道不知道这些人是百万富翁吗？最后，谈话陷入了僵局。

“爱丽丝，我这么一听，怎么觉得你完全是不自量力啊。我一点都不喜欢这种作派。”

“我不**要**你喜欢。我不要你插手我的任何事，而且我当然也不需要你点头。这些都与你无关。”

她直接挂了电话，从自己斩钉截铁的最后一句话里找到了勇气。这件事**的确**与他无关。这纯属她的私事，她和鲍比的私事。要是乔治·普伦蒂斯无法理解这种一往无前，那只能进一步证实他对她是何等地缺乏理解。现在已经没有什么能阻止她了。

一九三七年九月，他们搬了家。他们把斯特林·尼尔森的帷幔挂在壁炉上方，也为他那些画找到了合适的位置，很快，他们的家就远不止富丽和舒适了——它还很有腔调，超过了他们此前所有的住处。

莫德和吉姆·拉金来她家做客，他们赞赏她的房子，又带来一批同样对这里大加赞赏的朋友，鲍比也很快开始带学校里的男生到家里来玩——他们的举止都像拉金家的孩子一样，既冷淡又古怪，而且莫德很快就说起了他们父母的好话。

“詹宁斯家的小男孩？哦，那就是R.菲利普·詹宁斯家的；他在《时代》和《生活》都很有地位。”或者：“弗格森家的儿子？哦，他们一家人都棒极了。霍勒斯·弗格森曾是老范德·米尔多年的私人秘书，后来成了公司的合伙人；现在差不多是他在指挥小沃尔特。他妻子挺无聊的，不过霍勒斯确实贴心；吉姆挺喜欢他的，虽说他们整天都在争论政治问题。”

不久，她就开始在这些人家里度过傍晚时光——作为拉金一家的朋友、雕塑家爱丽丝·普伦蒂斯，她立刻得到了这些人的接纳；男人们都嘴甜又殷勤，女人们都表示有意成为她雕塑班的学生。

她一住进来，就立即给一大堆个人文具印上——

爱丽丝·普伦蒂斯

纽约，河滨

黄杨木

——她还给每个可能为她的好运高兴的人写了热情洋溢的信：包括她在纽约的朋友、几个住在斯卡尔斯代尔的人，还有她所有的姐妹：其中最长、最热情的那封是写给伊娃的——得克萨斯州奥斯汀市的欧文·福布斯太太——伊娃也很快回了信：

“……我无法向你表达我对你这种精神有多钦佩，亲爱的。你真是百折不挠。我想你和鲍比一定会过上幸福的新生活。欧文也和我一起，为你送上……”

她在壁球场上度过了一个又一个漫长的上午，“百折不挠”这个词无数次回荡在她脑际，因为她现在相当高产，正像职业艺术家那样创作。艺术创作的确需要适宜的环境。壁球场和“黄杨木”的新生活，还有这里优渥、闲适的氛围似乎释放了她的才能，让她摆脱了某种桎梏。此前在斯卡尔斯代尔那间临时工作室里难以施展的点子，现在她分分钟就能轻松实现。她过去那组园林雕塑铸件都被摆放在工作室深处，这些可敬的旧物来自一个她业已超越的阶段；但在斯卡尔斯代尔创作的实验性作品现在却被她用细棉纱布罩了起来，因为她不再喜欢它们了。她开始尝试新的载体：石雕。她过去曾尝试过几次，作为业余爱好，但现在，她开始感到这种艺术形式大有可为。石材有种更鲜活、更原初的特质；与它相比，铸模显得过于人工。她并没有放弃泥塑——有些作品必须得铸模——但她在两种介质上都逐渐实现了一种大胆的、全新的自由表达。有生以来，她还是第一次感觉自己完全掌握了雕塑。威拉德·斯莱德一定会为她骄傲。现在，就连她那些相对一般的作品看上去也都有模有样；她正在创作的一些作品水准很高，完全可以进入惠特尼年度展或另一些规格稍低的展览，她相信到了春天，她完成的作品数量或许能支撑她在纽约举办一次个人展览。

一周三次的教学也从未妨碍她的创作：授课让她深受启发，她带着一种镇定的威严在学生当中踱步，而在白原市那会儿，她可从未达到过这样的状态。

“雕塑的本质，是形与形之间的关联，”她会这样说，然后在某位学员未完成的作品前驻足，将之作为范例，“现在，你们看，这个形状就无法与**这个**形状产生关联——至少不是一种动态的关联。或许，要是你能把这个形状塑造得更有力些，我们就能得到一种更令人满意的表达。”然后她会一边往前走，一边说，“我们必须在创作中培养一种‘整体观’；绝不能以平面的眼光来看待我们的创作……”

她过去从不知道教学还能如此愉快，也从未像现在这样享受学生们全神贯注的目光。

有一次，在一个学生到得特别齐的下午，她作完一番点评后抬起头，发现范德·米尔夫人已经悄然走进了那道小门，正在看她上课。

“千万别被我打断，普伦蒂斯太太，”她说，“我只想进来看看。我得说，这实在是引人入胜。”

到了初冬，她开始欠债了：课程只招到三名新生，账单却滚滚而来。

不过到了圣诞节，她却收到一封正式的信函，邀请她赏光莅临沃尔特·J. 范德·米尔夫人舍下，她兴奋地跟同样收到请帖的莫德谈起此事，确信这是一次社交上的胜利：极少有人能被请去参加“大宅”的圣诞派对，据说“每年镇上那些没被请到的人都恨不得自杀”。

为了这场派对，莫德和爱丽丝买了新的晚礼服，而派对本身更是无可挑剔。圣诞柴在高大的壁炉里熊熊燃烧，火光映在水晶器和银器上，化作千百簇微小的火苗；身着白色制服的侍从举着托盘，上面摆着热点心和潘趣酒，范德·米尔夫人在客人中款款走动，仪态万千。吉姆·拉金穿了一身礼服，显得有些不修边幅，与周遭格格不入——他不停地说“吃的他妈的在哪儿?”和“他们干吗不准备点像样的烈酒?”之类的话——所以，当范德·米尔夫人向爱丽丝走来，优雅地伸出一只手时，她很庆幸他和莫德不在自己身旁。

“自从你搬进来之后我就很少见到你，普伦蒂斯太太，”她说，“希望你对一切都还满意?”

“噢，是的，谢谢您。一切都非常好。”

“你看壁球场还够用吗?”

“噢，岂止够用；那是一间非常棒的工作室。”

“我很高兴。你见过哈蒙德博士吗?”

她身旁有位高大、清瘦、漂亮的年长男人，他就是三一教堂，也就是那座圣公会教堂的教区长。范德·米尔夫人走开了，爱丽丝留下来跟哈蒙德博士聊了将近一个小时，时不时会注意到范德·米尔夫人正以赞许的目光观察他俩谈话。她听见自己在说，“我对圣公会的礼拜一直很着迷”(这并不全是假话：她小时候在镇上最崇敬的就是圣公会的信徒了，而且最近几年，她还不止一次在星期天早上眼含热泪地出现在纽约圣路加堂那幽暗、凉爽的中堂里)，在他诚挚地告辞之前，她向他保证，自己一定会成为他教区的一员。

“看来你跟老哈蒙德真是一拍即合嘛，”莫德在他们回家的路上说，“那真是一步好棋。他跟老夫人可是密友——她管他叫她的‘灵魂顾问’。要不是他俩都上了年纪，我想全镇都会往最坏的地方想。”

“他看上去很和善。”爱丽丝正色说，她可不在乎莫德会不会哈哈大笑。这是她第一次——以后还会有很多次——有理由怀疑，莫德会不会，在某些方面，是个浅薄的人。

自那之后，她和鲍比每个星期天都坚持去三一教堂。范德·米尔夫人每次都在，坐在前排她专属的长椅上，有时是跟小沃尔特和他妻子一起，有时是独自一人；爱丽丝和鲍比会沿着走道往前走走再坐下，礼貌地与她隔开一段距离，他们上方是红紫相间的彩色玻璃窗，管风琴低沉的琴声在四周回荡。哈蒙德博士的礼拜节奏缓慢，场面盛大。她感觉自己有点跟不上他的布道——她会走神，去注意圣坛、窗户、唱经台的形状和色彩，或在脑海中构思某件宗教雕塑——但到了唱圣歌和赞美诗时，她就会全身心地投入，在例行祷告时也是如此，每当听到哈蒙德博士用他那低沉悦耳的嗓音念诵祷词，她总会流下热泪。

> “上帝啊，主为敬爱主的人，预备出人意外的福分。求主将敬爱主的盛德浇灌在我们心里，使我们爱主，超过万有之上，就可得着主的应许，过于我们所想所求。”①

---

① 出自圣公会《公祷书》三位一体后第六主日祝文。《公祷书》（*The Book of Common Prayer*）是圣公会的祈祷用书。译文据圣公会新加坡教区中文版，以下皆同。

退场赞美诗结束后，哈蒙德博士总会站在大门口的阳光里与信众握手，轮到她时，她会说："真是太棒了，博士；太感谢您了。"要是在纷纷退场的教区居民中碰巧遇上范德·米尔夫人的目光，她就会有礼有节地点头微笑，而范德·米尔夫人也总会还礼。

她把鲍比送进了小沃尔特的妻子主持的坚振礼[①]班，这年春天她印象最深、感觉最崇高的一个星期天，就是见证鲍比跪在圣餐台前开圣餐的那天，而且当时为他行按手礼的，还是一位不亚于纽约曼宁大主教[②]的人物。很快，她就得知哈蒙德博士的一位祭坛侍者请辞了，于是她设法让鲍比补上空缺。

他当上了执十字架者。他会穿一身飘逸的白色法衣，身子笔挺，神情肃穆，擎着青铜十字架的长柄，在礼拜开始前带领唱诗班从法衣室走进教堂，礼拜结束后再带领他们离开，队末是一脸虔诚的哈蒙德博士。日后每次想到这个场面，她总会感觉骄傲而充满希望。从不曾有任何别的事物让她感觉如此适得其所，就连壁球场上那些美好时光也是。

到了六月，她给叫到小沃尔特的办公室，照他的说法，是去"谈谈你对未来的打算，我是说，"他有些不自在地说，"你打算

---

① 坚振礼（Confirmation）或称按手礼，是基督教的宗教仪式，象征通过洗礼，人与上帝的关系得到巩固。

② Bishop Manning，本名威廉·托马斯·曼宁，于一九二一年至一九四六年间担任纽约圣公会主教。

在这里长住吗？”

“是的，我有这个打算。我的工作室盈利不如预期，不过我相信很快就会有起色的。”

“明白了。好吧，我不想给你施压，但我们自然是有些担忧的。一方面是房租问题，听加勒特先生说租金已经逾期三个月了，所以自然……”

另一方面是鲍比的学费问题，这笔钱同样也已经逾期，让她在尤金·库尔博士办公室又经历了一场小小的煎熬。

“……呃，但重点是，博士，我其实很希望——换句话说，我想知道他明年有没有机会获得全额奖学金。”

“唔。明白了。那么咱们就来看一看他的——他的——”

库尔博士用手指划过档案柜抽屉里的文件，抽出一只马尼拉纸信封，然后拆开它，一边把里面的内容摊在面前，一边扶正自己的玳瑁眼镜。档案显示，经测试，罗伯特·普伦蒂斯的智商略高于平均水平，并且在社会适应能力和个性发展方面表现不错。但他的自律能力被评为“差”，这一学年的六门学科他挂了两门，余下四门中有一门未修完，三门得了及格分 C。档案里还有一段简短的话，标题是“评语”，库尔博士决定高声朗读：“罗伯特似乎自认十分早慧，当然他或许终有一天能证明自己所言非虚，但如果他想向我证明这一点，他就得先让自己踏实下来。”

“所以你瞧，普伦蒂斯太太，”他说着，合上文件夹，摘下眼镜，“鉴于这种情况，说真的，要提高他的奖学金根本就是——不可能的。”

两次谈话都令人沮丧，于是她来到拉金家寻求鸡尾酒和同情，同时隐约希望拉金一家会设法帮她摆脱困境。但她发现，他俩对事情的严重程度都颇感意外：莫德显然以为雕塑课的收入足以支付一切，而吉姆，尽管一开始曾警告她别搬到河滨，但之后却再没想过这件事情。

“好吧，但就算是这样，”莫德说，“他们这么**逼债**也太过分了。你不觉得吗，吉姆？”

吉姆·拉金吃力地点燃一支雪茄。爱丽丝来时他就解释说自己“感觉糟透了”，因为他“加班加了个通宵”，眼下，他胡子没刮，穿一身运动衫，整个人显得十分暴躁。“我看那没什么过分的，”他说，“她毕竟欠钱了啊。”

“但吉姆，这不公平啊。对这个地方而言，爱丽丝是一笔**财富**，他们应该看清这一点。他们应该为她选择这里而**骄傲**。”

“噢，我同意啊，”他说，“我百分之百同意。问题是，这儿跟别处一样，人必须得付账。我猜你恐怕看不清这点，因为你这辈子从没挣过一美元，可要是你也得应付我那些令人头疼的问题，那你肯定立马就能明白。你得原谅我妻子，爱丽丝；我想我是把她宠坏了。她对生活的真相一无所知，”他伸手往爱丽丝的杯子里倒上马提尼酒，“所以他们开始联手对付你了，是吗？你没办法筹点钱吗？”

爱丽丝盯着亮晶晶的酒杯，掂量着一个近来时常浮现在她心里的想法。吉姆·拉金本人为什么就不能——既然他对依靠广播剧致富心怀愧疚——那为什么**他**就不能借钱给她呢？

“爱丽丝，还有个办法，”莫德说，爱丽丝希望她想说的是我们来帮你。但相反，她却说：“卖掉一些你的作品。哦，我指的不是你眼下在创作的那些——那些都是博物馆级别的——我指的是你的园林雕塑。农牧神、潘神、牧鹅姑娘——那些作品都各有可爱之处。况且干吗不让范德·米尔一家成为你首选的主顾呢？你有没有注意到‘黄杨木’有多少小山谷和林间空地都急需园林雕塑？”

“听起来不错，”吉姆说，“不过从个人角度，我要是小沃尔特这老伙计，我现在可不会去买什么潘神、牧鹅姑娘之类的。”

爱丽丝也知道他说的或许没错。现在她显然应该直截了当地向他借钱了——再没有比这更好的时机了——但即使她知道提出这种请求该如何措辞，她也怎么都想不起来。她唯一能做的，就是坐在那里喝拉金家的杜松子酒，渐渐开始讨厌起他俩来。

最终，她像往常一样，从乔治那里弄到了钱——足够她支付房租和燃油费，并象征性地偿付了部分学费。但他警告她说自己“绝对是最后一次”支付超出离婚协议的费用了。“爱丽丝，我完全想不出这一切会怎么收场。现在我对你唯一的建议就是，最好趁他们赶你走之前搬出那个地方。”

“没人会赶我走的，乔治。”

“怎么没有？要是你再欠下这种天价债务，他们还会起诉你呢。你知道的，他们做得出来。他们可以告你，从你的收入里扣钱。”

“乔治，我知道你从来都不懂，但我很清楚自己在做什么。

明年情况就会大不一样。首先，我的课一定会招到更多人，而且我恰好正在完成一些很棒、很重要的作品，肯定能赚到钱。我敢说困难不会持续太久。”

“最好不会。这不能持续。”

那年夏天余下的时间里她都没再拖欠房租，这让她对自己的偿付能力产生了错觉，直到新学年到来。开学后，这种错觉就很难维持了，但她希望学费问题在二月之前都不要演变成危机，而令人欣慰的是，现在离二月似乎还很遥远。

秋天她没招到一个新生，不过她自己的创作倒是进行得十分顺利，前途仿佛一片光明：她设想自己会在春天举办一场个人展览，它会拯救她于穷困潦倒之中，让她声名鹊起。即使在那些诸事不顺的日子里，她还有信仰的慰藉：上帝，正像哈蒙德博士每个星期天用浑厚的嗓音祈祷的那样，是绝不会停止供养她的。

莫德的热情在减退——“我不知道该给你什么建议，亲爱的；老实说，如果我是你，我也不知道该**怎么办**”——而到了这个地步，吉姆开始毫不掩饰地鼓动她离开这里。“你改变不了数字，爱丽丝，”他说，“我想莫德和我或多或少造成了你眼下的困境，对此我很抱歉，但对你而言，趁还来得及，现在离开的确是最合理的选择。”他这么一说，她就比任何时候都更难开口问他借钱了；她恨透他了。

尽管相隔遥远，但唯一对她表示理解的人，是伊娃，她开始从伊娃信上的字句中汲取力量：

“如果你相信自己做得对，那就坚持下去。没有付出就没有收获——你一向如此，像所有勇敢、率直的人一样。请你记住，亲爱的，欧文和我随时都准备为你提供一切力所能及的帮助。虽然经济资助恐怕不大现实，但真到迫不得已时，我们可以为你和鲍比提供一个临时的家……”

到了十二月，她又拖欠了三个月的房租，还欠燃料商一大笔钱。“门铃响了咱们可别开，鲍比。”每当他们看见加勒特先生或燃料商催款员的车出现在车道上时，她就会这样说，然后他们会做贼似的躲起来，直到车子开走。鲍比欣然配合：他在学校里的表现跟她的财务状况一样糟糕，于是，凭借十二岁孩子对正义的理解，他似乎并不介意他俩成为逃避权威的流亡者，面临被驱逐的威胁。

“要是咱们必须走，我无所谓。”他告诉她。

“嗯，不过呢，”她说，“咱们还不用走。”

圣诞节前夕，她又给叫到小沃尔特的办公室去进行了一番更不愉快的谈话。“我们必须敦促你履行承诺，普伦蒂斯太太，”他说，“这种状况不能再持续下去了。我有义务提醒你，我们可能不得不诉诸法律。”

而且很显然，他已经把情况告知了他母亲，因为在教堂里，老夫人对爱丽丝明显冷淡下来，也没有邀请她——一个重大打击——参加今年的圣诞派对。

一月，她设法让拉金家的一位摄影师朋友为她最出色的几件新作拍了些光线夸张的照片，她带着它们去了纽约，摆在五十七街的各家画廊供人传阅。这项工作花去她四天时间，但却收效甚微——一名画廊经理请她留下名字，但也仅此而已。

在一个飘着雨夹雪的下午，跟鲍比一起躲过加勒特先生的探访之后，她想到一个迫不得已的办法：他们可以变卖几件斯特林·尼尔森的物品。她从曼哈顿黄页上找到一家古董商和一家艺术评鉴商，安排他们明后天来河滨一趟。

先来的是古董商，一个故作笑容的壮硕青年。他宣称有几件家具“很有意思，不过状况不佳。要是在城里，我就会出一百块买下这几样，就当碰碰运气，不过在这么远的地方可就不现实了：把它们搬回去都得花我这么多钱”。

那么那条帷幔呢？

“我不知道那种东西该怎么处理。它的确是一件不同寻常的古玩，但我不知道能把它卖给谁。”

那位艺术评鉴商更不客气。这个流着鼻涕的老头用一张肮脏的手帕把鼻子抹得脏兮兮的，他仔细查看了牟利罗、普桑和所有那些深暗、沉重的绘画，然后宣称它们是“赝品。而且是比较拙劣的赝品”。于是，多年后，斯特林·尼尔森又卷土重来，再一次欺骗和抛弃了她。

这一切在三月初结束——结束的原因并非加勒特先生的最后一次登门、库尔博士的最后通牒，或小沃尔特办公室里那些难听的话，而是因为一切骤然完全失控，突然得令人头晕目眩。一天，一个男人出现在门口，自称副警长，还递给她一份文件，标题是：“威斯彻斯特县最高法院关于对你采取行动的原始通知”。

她从没被人起诉过，完全手足无措。她的第一反应是给乔治打电话，但她没这么做，而是逃到了拉金家。

拉金家的女儿给她开了门，嘴里啃着一只苹果。

“你父亲在家吗？”

“呃，在，普伦蒂斯太太，不过他在工作。”

“你母亲在家吗？”

“在，不过她在休息。”

“噢，**拜托！**”

女孩怔住了，后撤几步，苹果汁在她嘴唇上闪闪发光。

“抱歉，不过这真的**非常**重要，”爱丽丝说，“我**必须**见他们。**拜托了**。”

“呃，我——我不知道该怎么——”

但吉姆·拉金眨着眼睛从书房里出来了，穿的还是他那件运动衫。

她对他怒目而视。“你！”她原本并不打算爆发，却无法控制自己，“你本可以帮我的！你本来好几个**月**之前就可以帮我的，但现在一切都太晚了！**看看**这个吧！**看看**这个吧！”

他接过那份文件，戴上眼镜，边读边皱眉头。

“太晚了！”她喊道，“噢，太晚了，太晚了。”

莫德火速从楼上下来，穿着一件家居服，头上缀着发卷。“爱丽丝，”她说，“这是怎么——”

“还有**你**！我的**朋友**！**哈**！你真是我的好朋友啊，是不是？”

随后是一阵沉默，吉姆把那张纸递给莫德，这时传来一声潮湿而清脆的咀嚼声：女孩又啃了一口苹果。

爱丽丝坐到沙发上，双手掩面。“噢上帝呀，”她说，“噢，噢，噢上帝呀。”

“爱丽丝，”吉姆·拉金说，“我真不明白你为什么会攻击我们。坦白讲，我认为你实在很过分。”

“噢，噢，噢上帝呀。”

“哎，可她还能怎么办呢，吉姆？”莫德问。

“我看最好的办法就是消失，”吉姆说，“我看范德·米尔也只打算达到这个目的而已——他们肯定知道钱是收不回来了。你有地方去的吧，爱丽丝？外州的某个地方？一个他们鞭长莫及的好地方？”

而她在这世上唯一能想到的地方，就是得克萨斯州的奥斯汀市。

第四章

欧文·福布斯先生和太太居住在一栋褐色的平房里，房子位于奥斯汀以西五英里处，坐落在一条公路旁。房子离公路很有一段距离，附近也没什么邻居——实际上，那里几乎什么都没有，只有成片干裂的农田，一座废弃的小谷仓，还有一个用来养鸡的院子，十来只母鸡和两只公鸡在阳光下一边啄食，一边咯咯叫唤。

如果欧文有份工作，那这里兴许还会是个不错的住处：要是他整天都不在，伊娃就能好好料理家务，在他傍晚回来之前把这里收拾得时髦、诱人、赏心悦目。但事实上，他们的角色是颠倒的：伊娃出门去医院工作，欧文则留在家里写他的书。鉴于这种安排，这所房子显然不够宽敞：白天它无法容纳他强烈的阴郁和没完没了的踱步，到了晚上，房间里又充斥着他挥之不去的烟味，还有他被压抑的精力。

理论上，他们这里的确能够容纳两位客人——他们有个空房间可以给爱丽丝住，欧文的书房里还有一张沙发可以给鲍比当床——不过这却很不实际。伊娃提议时——“我们可以为你和鲍比提供一个临时的家”——并没想到爱丽丝真会接受她的慷慨；所以爱丽丝从纽约打来电话时，她别无选择，只好答应下来，于是，爱丽丝和鲍比来到奥斯汀之后，他们四个就只能尽量因陋就简了。

爱丽丝一见这房子就知道它太小了，虽然他们拐上车道时她一直在热情洋溢地跟伊娃和欧文说话，以掩饰自己的失望——“噢，我觉得这真是栋迷人的小房子”。他们三个并肩坐在欧文那辆有八年车龄的双门小轿车里，鲍比跟行李一起坐在后厢座上，爱丽丝从下火车起就说个不停：那样子就好像她眼下尴尬的处境——一个无家可归、身无分文的难民，完全仰赖他们接济——只能用她自己的声音化解。“而且你们家的**景观**可真好啊，”她下车时说，“这儿的天空好像比城里开阔得多——我想人们说的广阔天地就是这个意思吧。”

欧文和鲍比从后厢卸下行李——四只硬纸板箱，里面是他们的全部家当，寄存在纽约的那些除外——与此同时，她跟着伊娃进屋参观房间，室内布置得十分朴素，贴着深棕色和深绿色的墙纸。“噢，真是**非常**不错。”她说。

“可能紧凑了点，”欧文说，“不过我想我们能应付。来吧，伙计；把你妈妈的行李放进她屋里，然后咱们再把你的东西收进这里。”

“你俩要不去洗把脸吧，”伊娃说，“愿意的话可以再整理整理东西，然后咱们就全体去前廊上喝点凉的。”

独自一人在房间里时，爱丽丝竭力为自己营造安全的感觉，想让自己感觉得了救、有了希望。为了逃离自己的噩运，她辗转数千英里，找到一个栖身之处；在这儿，她得到了姐姐爱的荫蔽和保护，她明白自己应该心存感激。但她却无法忘记自己之所以来到这里，只是因为无处可去。有那么一分钟，她对着梳妆台上那面脏兮兮的镜子，望着镜中的自己，一种恐慌油然而生。她怎么可能住在这里呢，住在这栋拥挤的平房里，住在得克萨斯陌生的太阳下，与她的生活、她的工作，与所有她视为家园的东西相隔半个大陆？

但她迫使自己镇定下来。毕竟，她只打算在这里待几个月而已——三四个月，最多六个。只要每个月按时有支票进来，又不用花钱，那她要不了那么久就能存下足够的钱回到纽约，找个住处，再把寄存的东西取出来。与此同时，她只能接受眼前的新生活，过一天是一天，过一小时是一小时；而现在，她该去前廊上喝点凉的了。

“噢，这真好啊，”她说着，在前廊坐定。伊娃、欧文和鲍比都已经坐在藤椅上了。那里有一罐冰茶，而且，她骤然如释重负地注意到，还有一瓶威士忌。

“每天这个时候，欧文和我都会彻底放松，”伊娃说，“我们会就这样坐在这里，看太阳落山，感念我们美好的生活。你想来点冰茶吗，亲爱的，还是你想跟欧文一起喝一杯酒？”

“我想来一杯酒，谢谢。”第一口兑水的威士忌下肚，她的身体立刻变得暖洋洋的，她很快重拾了那种冒险的感觉，那种在火车卧铺上支撑她熬过漫漫旅途的感觉。谁也说不清未来会怎样。

雕塑家爱丽丝·普伦蒂斯或许暂时没有接到活儿，但作为一个自由的灵魂、一个杰出的人，爱丽丝·普伦蒂斯仍在工作。未来充满可能。

屋外的景致**的确**壮美，或者起码相当空旷：微微起伏的平原绵延数英里，在绯红与金色交织的天穹下跟微茫闪烁的地平线相接。她凝望着远方，啜饮着威士忌，心中隐约燃起对雕塑的渴望，她差点就说："**噢**，在这儿我能创作出多好的作品啊，"但很快又记起自己在这儿根本没法工作，于是改成，"噢，真希望我手头有些水彩；多美的日落啊。"

"需要的话，我可以到城里给你买些颜料。"伊娃说。

"不用；我也不是什么画家。我真正想要的是一点黏土，不过当然，搞雕塑的话我需要一间工作室。不过我真的无所谓；我想彻底放个假。"她根本不知道自己这话是什么意思——所以她**本来**打算怎么度过在这儿的时光呢？——不过那似乎是她该说的话。

"上次见面之后**你**又在忙些什么呢？"欧文问鲍比，"经常练球吗？"

"没，没怎么练，"他回答，"我打得不怎么好。"

"不好吗？怎么会呢？不喜欢？"

"不知道。可能是我的协调性不怎么好吧，我猜。"

欧文毫不掩饰地投去失望的一瞥，鲍比在椅子上局促地变换姿势，把杯子里的冰块晃得叮当响。

五年来，欧文老了不少：她在火车站都差点没认出他。他白了头，变得大腹便便，眼中有种憔悴。她问起他的书，试图跟他打开话题——她依稀记得伊娃说过，那本书是关于世界大战的——他只说进展缓慢。工作量很大；说不定几年都写不完。

“听上去很有意思就是了。”她说。

“对喜欢大屠杀题材的人而言的确很有意思，”他说，“要是这世界再这样下去，咱们很快就会陷入另一场了。”

“另一场战争？噢，快别这么说。”

“不说也不能阻止它发生啊。兴许它发生时，这位小伙计还能见着点儿动作呢。”

“噢，天哪，不。你不会真这么想吧，嗯？”

“欧文对欧洲的局势非常担忧。”伊娃说。

“脑子正常的人都会担忧。”欧文说着，又给自己斟上酒。他把酒调得很烈，爱丽丝开始疑心他一下午都在喝酒，从去火车站接他们之前就在喝了。这很奇怪，因为她几乎可以肯定他在斯卡尔斯代尔时还曾特意谢绝喝酒。

“没人能阻止它，也没人能置身事外，”他在说，“而且这次会比上次更严重。”他又转向鲍比，“你觉得自己会喜欢战争吗？”他问，“你会喜欢当兵吗？你知道，军队肯定会招你入伍的，不管你协调性好不好。站起来。让我瞧瞧。”

鲍比腼腆地站起来，微笑着，手里端着冰茶。

“放下杯子。脚跟并拢；脚尖四十五度张开；膝盖并拢，并到不能再并为止。手指对准裤缝线。收起肩膀。不，向后收。好多了。收起你的肚子。收起脸上的笑容。”

"噢，欧文，拜托，"爱丽丝说，试着笑笑，"他才十二岁啊。"

"快十三岁了。"鲍比说。

"德国已经开始训练像他这么大的孩子了。咱们兴许也该这么干。好了，稍息，士兵。我说'稍息'。意思就是你可以放松了。"鲍比跌坐下来时，欧文伸出一只粗壮的胳膊，拍拍鲍比的大臂。"上帝保佑你，小子，"他说，"希望那不会发生在你身上。不过很可能会。"

"噢，拜托，"爱丽丝说，"咱们就不能聊点开心的话题吗？"

欧文把他那杯酒一饮而尽。"我说。还是你们两个姑娘留在这儿聊点开心的话题吧。我要进去了，趁晚饭前看看报纸。"

"欧文很累。"他走后，伊娃解释说。

晚饭的时候他依然很累——爱丽丝跟伊娃聊起她们那些姐妹时，他几乎一言不发——饭后不久他就歇息了。

"我们的生活很平静，你也看到了，"她们一起洗碗时，伊娃说，"我想对你来说是个很大的改变吧。"

的确是个很大的改变。第二天，伊娃去上班了，欧文一整天都把自己关在书房，她和鲍比落得无事可做。他们去外面看了那些鸡；又穿过田野，漫无目的地散了个长长的步；然后他们回到屋里，坐着看杂志。午饭时欧文出来了，爱丽丝为他们三个做了三明治，吃饭时他们几乎没有交谈；之后，除了等伊娃回家之外，她就再没别的事可干了。他们的生活差不多就这样持续了将近一个星期。

一天——每天——之中最大的亮点，就是他们全体坐在前廊上放松和感念美好生活那一个小时。爱丽丝一次次试着把话题引向轻松且没有争议的方向，但欧文每次都弄得她聊不下去。一次，她谈起得克萨斯跟东部是多么“不同”，指的是风景，可欧文却说：“是不同，没错。你现在是在美利坚合众国。谢天谢地，这个国家的这块地方还没有沦陷。”

“沦陷？”

“落进犹太人手里。”

“哦。”

“纽约已经不再适合白人了。”他说，随后他顺着这个话题聊了一个小时，直到伊娃成功转换了话题。

美国黑人崛起所带来的威胁也是他最爱谈论的话题之一，还有共产主义，外加罗斯福总统在内政外交事务上不计后果的鲁莽。有好几个傍晚，他们从头到尾都在听他聊这些话题，而此前在那些闲得发慌的白天，他们时常能听见他书房紧闭的房门背后传来酒瓶磕碰酒杯的声音。

然后就到了星期六，日常作息有了个喜人的变化：伊娃留在家中。爱丽丝就像从没跟人聊过天似的。她说呀说呀，跟着做家务的伊娃满屋子转，揽下诸如掸灰、抛光这些小小的任务，感激一切能让她搭把手的机会，只要能让谈话继续。

下午晚些时候，欧文独自开车出门，待在外面。伊娃做好晚餐端上桌，那样子就像没人缺席一样；饭后她跟爱丽丝和鲍比坐在一起愉快地聊了会儿天，一直聊到上床时间。欧文回家时早已过了午夜，把他们全吵醒了——他重重地摔上厨房门，撞到桌子、骂骂咧咧，然后又在房间里磕磕绊绊、踉踉跄跄地走动，直到睡着。

星期天早上，爱丽丝问伊娃能不能开车载她和鲍比到最近的圣公会教堂去，其实她主要是想离开这栋房子。

“当然，”伊娃说着，不安地瞥了欧文一眼，“听上去是个好主意。”

教堂令人失望——狭小闷热——那天的布道是一场无聊的筹款呼吁（“拿出行动，不要只做听众”）。但伊娃依然礼貌地全程陪他们坐在那里，结束后还说她觉得布道“很有启发”。她跟爱丽丝一样，从小是循道宗教徒，但她已经很多年没去过教堂了。

“他们的仪式**确实**更有意思，不是吗？”她们回家后，她说，“我很喜欢他们唱的那些赞美诗。”这句话引得欧文从星期天报纸上厌恶地抬起头来，“我意思是，”她说，“对真正笃信宗教的人而言，我能看出圣公会的礼拜为什么更有吸引力。”

“我觉得稍微有点沉闷，”爱丽丝说，“不过当然，我肯定是给惯坏了，过去我们在河滨三一教堂参加的那些礼拜实在太美好了。我们在那儿有位杰出的牧师，哈蒙德博士，那座教堂本身也漂亮极了。噢，真**希望**你们能看到鲍比执十字架的样子。”

“执什么？”欧文眯起眼睛问。

“十字架。他在每场礼拜前后都会举着十字架走在队伍前面。而且他那时是多么**动情**啊。他会停在圣坛前，等唱诗班登上唱经台，期间他会一直站在那里，高举着十字架——”她做出将一根长杆高高举过头顶的姿势——“噢，那实在令人难忘；然后他会放下十字架，转过身，脸上现出那种最最美好的、虔诚又空灵的表情——真希望你们能亲眼看看。”

欧文抬头瞅了她一会儿，再看看鲍比，后者正窘迫地低着头。他随即用鼻子哼了一声，抄起报纸，走进书房关上门。

这天余下的时间里欧文都没有出现。夜里，晚饭后，他又出了门，回来时再次吵醒了所有人。他在厨房桌旁一个踉跄，踢翻了一把椅子，接着他们就听见了他说话的声音。

“哇啦哇啦，哇啦哇啦，哇啦哇啦，”他一边往床边走，一边说，“哇啦哇啦，哇啦哇啦，哇啦哇啦，哇啦哇啦，哇啦哇啦……”

到了第三个周末，爱丽丝断定自己已经无法忍受这种状况了。她和鲍比不能待在这儿：来这儿完全是个错误。乔治的下一张支票足够他们回到纽约，如今在她心目中，纽约已经成了一座蕴含魔力的城市，只要回到那里，他们就一定有办法熬过去。她会迫切地向乔治提出请求，要他在他们安顿下来之前提供一笔费用，帮他们渡过难关，就算不行，她想自己还可以设法找份什么工作。不管怎么说，办法总会有的。

“我想我们还是回家比较好。”那天傍晚，她俩一起洗碗时，她对伊娃说。她设法让自己听上去不带任何情绪。“我们一拿到乔治的下张支票就可以动身；应该差不多就在一周之内吧。”

“呃，可是你要去哪儿呢，亲爱的？你要做什么？”

“我们总会有办法的。我说不定会找份工作之类的；总之我们会挺过来的。”

“可我还以为你打算在这儿待上一阵子，先存些钱再说呢。”伊娃听上去有些受伤。

“我本来是这么打算的，但我们在这儿久住根本就不现实。我想这样对大家都好。”

无论伊娃的感情有没有受到伤害，这个消息显然都让她松了口气。

鲍比也是；而且，显然，欧文也是：他有好几个傍晚都处于相对清醒和礼貌的状态。

既然决定要走，爱丽丝就变得迫不及待。白天好像变得更加漫长，无法从事雕塑的生活更是愈发不堪忍受。她知道自己很快就能重新开始工作了，但同时，她依然愿意付出一切，只求换来一些黏土和工具，还有一间工作室。

随后，一天下午，她和鲍比一起坐在客厅里读书时忽然灵机一动，想出一个绝妙的主意。

“亲爱的，”她说，“你能不能把头往这边转一点？不，等等；光线有点不对。你能到那把椅子那儿去吗？窗边那把？对了。很好。现在，稍稍往上看一点——好了。噢，这太棒了。你知道回纽约之后我要做的第一件事是什么吗？我要给你塑像。我完全知道该怎么做。我能**看出**它的样子。”

她确实能。那将是她最好的一件作品。她会将它命名为《小男孩》，或《我的儿子》——或者最好是《艺术家之子的肖像》。

她能想象它明年出现在惠特尼年度展上的样子，它的照片兴许还能登上《纽约时报》。

“你的头部真是极富雕塑感，亲爱的，”她说，“我真不明白自己怎么没早点想到这个点子。”

她让伊娃给自己带来一只素描板和一些绘画铅笔，开始从她能想到的各个角度描绘鲍比的头部。

在本该收到支票的那天早上，她却收到了另一封邮件：那是乔治的律师寄来的一封晦涩难懂的信。为了搞懂它的意思，她不得不读了好几遍，而一旦读懂，一切就立刻变得清晰无比，令人作呕。由于在未征得乔治同意的情况下将鲍比带出纽约州，她已经违反了离婚协议；据此，在她回到纽约之前，一切付款都将暂停。

“呃，真是不走运啊，”伊娃看了之后说，“不过我看你还是可以给乔治写信解释解释的。我想他要是知道你正打算用这笔钱回去，肯定还是会寄钱给你的。”

但爱丽丝却拿不准。她该怎么解释自己回去之后的打算呢？为了这封给乔治的信，她花去了一天半的时间，字斟句酌，改了又改：她要让他对自己的行为感到愧疚，同时让他相信，她只需一个月的赡养费就能重新在纽约立足。但即使在寄出最终稿之后，她也十分清楚，这些话恐怕不会有什么用处。

“那咱们是要永远待在这儿了还是怎么样？”鲍比问她。

“不会，亲爱的。咱们一有办法就回家。而且办法总会有的；

这我知道。咱们不能失去信心。”

“失去信心？”

“对上帝的信心，亲爱的。你忘了在教堂里学到的东西吗？”她凭记忆引述起《公祷书》里她最喜欢的一段：“上帝啊，主为敬爱主的人，预备出人意料的福分。求主将敬爱主的盛德浇灌在我们心里，使我们爱主，超过万有之上，就可得着主的应许，过于我们所想所求。”

“好吧，”他说，“行吧，可那难道不是指天堂里的福分吗？在你死后？”

“也不一定。况且里面还有一句‘使我们凡用信心所求的都可以实在得着’。还有一句是——噢，怎么说的来着？好像是上帝主宰天地之类的，还有‘凡与我们有害的，求主除掉，凡与我们有益的求主赐给我们’①。我们并不总是确知上帝对我们的期许，但我们知道他希望我们去做对的事。我们知道他希望我们能找到一条路。‘主是我的牧者’②说的就是这个意思。”

话虽如此，但那些冗长而无所事事的日子依然对她的信仰提出了严峻的考验。

时间还只是五月，但天气却热得像八月。田野里升起忽闪荡漾的灼灼热浪，屋里闷热得像烤箱。数百码之外，有人正在修缮通往镇上的公路：工人们用手持风钻打穿路面，强烈的噪音能叮

---

① 这两句分别为《公祷书》三位一体后第二十三主日祷词、三位一体后第八主日祷词。

② 出自《圣经·诗篇》中《大卫的诗》。译文参考《圣经》中文和合本。

叮当当地响一整天，浓重的白色粉尘始终笼罩在工地上，遮天蔽日，一直蔓延到他们跟前。

“真热！”一天下午，欧文·福布斯从书房里钻出来嚷道。爱丽丝和鲍比在客厅里各占了一块地方，读着伊娃从本地一座公共图书馆借来的侦探小说，听见这话，他俩抬起头，对他表示赞同。

“我的**老天**啊，真热啊。”他说着，扯掉自己汗湿的衬衫，把它在半空中一抖，再攒成一团，先左后右地揩腋下的汗。他把衬衫隔空扔进大厅里的洗衣筐；然后他们就听见他在厨房里把冰箱门摔得砰砰响，回来时手里拿了一瓶冰啤酒。他在鲍比的椅子旁站定，身子正对着一台缓缓摇头、嗡嗡作响的小电扇。“这破玩意儿一点用都没有，”他说，“连一丝风都带不起来。你看什么呢，小子？”

“就是本推理小说，”鲍比说，“厄尔·斯坦利·加德纳[①]写的。”

“你喜欢那种书？”

“我说不好；喜欢吧。”

“你应该去上学，”欧文说，“你应该去学习数学、拉丁文和历史。来得克萨斯让你逃了半年学，你一定感觉很爽，是吧？到了秋天你打算拿他怎么办呢，爱丽丝？让他在这儿上学？”

爱丽丝可没法想那么远。“如果我们还在这儿，”她说，“那

① Erle Stanley Gardner（1889—1970），美国最具代表性的侦探小说作家之一。

我想没错，是的。”

“你几年级了？七年级？”

“开学就八年级了。”

“就是说你默认他们会承认你七年级的学力，直接让你上八年级啰。要我说，这个前提不是很有保障啊。而且你会发现，这儿的教育系统可不是闹着玩儿的：跟你们东部那些给年轻小姐们上的花哨私立小学校可不一样。”

他喝下一大口啤酒，排出肺里的空气时发出一声刺耳而心满意足的叹息，最后演化成一个饱嗝。他用小臂抹抹嘴，把手放在自己毛茸茸、圆滚滚的肚皮上，慢悠悠地给自己挠痒。

爱丽丝望着他，断定自己从未见过如此恶心、如此丑陋的男人。他半裸的肥硕身躯丑得惊世骇俗，她意识到自己恨他，并因此而颤抖不已。她恨他的苦瓜脸；她恨他潮湿、苍白、胸肌下垂的身躯；她恨他一边残酷地盯着人看，一边端着啤酒瓶在房间里走来走去。她暗下决心，只要他再说一句话；只要他再对鲍比说一句伤人的、欺负人的话，我就——我就——。她不知道自己就会说什么，只知道那将是一番最终陈词。她无法再忍受这一切了。她想象自己会起身与他对峙，对他说出那些态度克制、措辞讲究、尖酸刻薄的评语——她是不会发火的——然后轻声命令鲍比回屋收拾他的箱子。她会飞快地冲进自己房间，打包好行李；然后他们二话不说地走出这栋房子，走上车道，离开这里。问题是，她的幻想只到上路为止。她钱包里只剩不到一美元——不够打车。他们能去哪呢？拎着四只箱子、顶着可怕的酷暑，他们又能走出多远？

“行吧，”欧文说，准备回他的书房，“行吧，随你便吧。赖在屋檐底下，一辈子都在家里混日子，让脑子生锈吧。你要是愿意，就去当个见鬼的**女人**吧。”

“够了，欧文，”她站起来说，“我不准你这样数落他。”

“他就不能自己站出来吗？一定得你来替他回答是吗？”

“欧文，**拜托**。他只是个孩子。”

“而你他妈的就一定要让他一辈子都长不大是不是？”他进了书房，在身后关上门。

鲍比显得既受伤又窘迫。“你不该**说**话的，”他压低声音告诉她，“那只会雪上加霜。”

“可他不该那样跟你说话。我不允许。”

“别**理**他就是了，”鲍比说，“他这样的时候，当他不存在就好。”

“好吧，亲爱的；对不起。你这是要去哪儿？”

“不知道。出去吧，我想。”

她看着他出门；然后又透过窗户看见他在院子里漫无目的地游荡，手插在裤兜里，脚下带起小团小团的尘土。

听见有车驶上车道——是伊娃回家了——她跑回房间，上了锁。她决定不去前廊喝酒了：他们要是想让她一起来，就得主动来找她。她还进一步决定，等伊娃站在门外叫她加入时，自己要说“不了，谢谢”，然后，要是伊娃问“怎么了？”，她就会尽量镇定地解释说，欧文的行为非常糟糕，她今天不想再跟他有任何接触。“而且问题不是今天才有的，”她会说，“自从我们搬来，他就一直不可理喻。要么他有点礼貌，要么我们走。我说到做到。”

她坐在自己房间里，一边假装看书，一边默默演练要说的话，听着伊娃在厨房里忙活，等待着。但最终来的人却不是伊娃，而是鲍比。

“你不到前廊上来吗？”他问。

“不，我不去，亲爱的。我宁愿待在这儿。”

“为什么？”

“不为什么。”

她本打算晚餐时也待在房间里，但伊娃在厨房里干活的声音让她觉得很饿。上桌后，她刻意避开所有人的目光。一脸严肃地盯着自己的盘子，沉默不语，打定主意一言不发，除非有人跟她说话。

“爱丽丝？”过了一会儿，伊娃说，“你还好吧？”

她说她很好。

“我想是天气太热了，弄得我们大家都有点儿——萎靡不振，”伊娃说，饭桌上的谈话就这样结束了。

欧文很早就吃完了，比其他人都早得多，饭后，他推开盘子，拖开椅子。“我出去兜兜风，”他说，随即转向鲍比，“来不来？”

鲍比说“好啊”，但爱丽丝却说：“噢，不！”弄得所有人都转过来看她。

“拜托，”她对鲍比说，“我不想让你去。”

可鲍比不都已经从椅子上站起来，向欧文走过去了吗？同时欧文一直盯着她。“怎么啦？”他问，“不敢让他离开你的视线是吗？”

“当然不是；没那回事。我只是——”

“没事的。”鲍比说。

“去外面待待对他有好处，”欧文说着走向大门，途中再次转向鲍比，“你来还是不来？”

鲍比跟上他，回头向母亲投去恳求的一瞥，仿佛在说**求你**别插手了。

爱丽丝毫无办法，只得眼看着他们离开。“好吧，一定小心。”她喊道，然后他们就走了。她听见车门砰地关上，车子开动时发出一声嘶喊，随即低鸣着驶上了车道。“噢，亲爱的，”她说，“你说他们不会有事吧？”

“当然。你这话什么意思？”

“呃，可他们会去哪呢？他都没说他们要去哪。”

“我不知道。说不定只是在乡下开一圈而已。或许会去见见朋友。欧文在镇子附近有不少朋友。我要是你，就不会担心。”

“好吧，可他难道不是——你觉得他开车安全吗？”

“什么意思？”

“噢，你知道我的意思。他一直在酗酒。”

伊娃站起来，叠起盘子。“他开车没有任何问题，”她说，“我觉得你很可笑。”说完她就把盘子拿进厨房去了。不一会儿，她回来了，脸上有种爱丽丝从小就记得的神情：挑事的神情。那意味着伊娃对这些荒唐事已经忍无可忍、濒临爆发了，对爱丽丝而言，那表情的作用依然跟她们小时候一样：刺激她不依不饶。

“他醉了，而且你知道，”她说，站起来以示强调，“他每天晚上都喝醉，不过他就算没喝醉也着实招人厌恶——他又糙又蠢，**令人厌恶**。”

“他是我丈夫。我决不允许你这么说。”在这种关头，伊娃一定会说“我决不”，而非“我不”。

“他招人厌恶。我**讨厌**他，我这辈子从没像讨厌他这样讨厌过任何人，说出来真痛快啊。真痛快。我**讨厌**他！**讨厌**他！”

“爱丽丝！我命令你马上停止胡闹。你已经歇斯底里了。我不想再听到——”

“哈！歇斯底里！那我就让你看看我有多歇斯底里好了。要是我儿子不在半小时之内回来，我就报警！”

“你不会那么做的。我不想再听你胡扯了。”

“你**必须**听。我沉默得够久了。你丈夫就是个畜生，听见了吗？他就是个**畜生**。噢，我知道你嫁给他是因为找不到更好的了，可你太蠢了！他就是个**畜生**！”

这听上去像一句不错的总结陈词，于是她说罢迅速跑回房间，猛地关上门。但伊娃紧随她身后，一把推开她的房门，站在她面前气得发抖。

“你会后悔的，爱丽丝，”她说，“这次我决不原谅你。”

她们没完没了地争吵。阵地从爱丽丝的房间转回客厅，又从客厅转入厨房，再从厨房回到客厅。

“……想想吧，”伊娃说，“**想想**我们为你做的一切。**想想**欧文和我为了给你一个家，作出了多大的牺牲！”

“我**讨厌**你们家！我保证明天就离开你们家！我不会再在这破地方多待一天！”

最后，她们瘫倒在各自房间里哭泣，房子重归平静，她们听见车道上传来汽车的声音。

时间已近午夜。听见这声音，爱丽丝坐起来，下了床，站在自己紧闭的房门边，想听得更真切些。她听见欧文拖着沉重的步子进了门，感到一阵反胃，随后她听见鲍比进来了。她把门打开一条缝，轻声唤他过来。

“怎么啦？”他说。

“没什么。就想让你进来待一分钟，求你了。”他进去后，她把他拉到怀里，紧紧搂住。过了一会儿，她放开他说：“他带你去哪了？”

“没去什么特别的地方。我们先是去了路上的一间酒吧，那儿有几个他认识的人，他就跟他们聊了一会儿。然后我们去了另一间酒吧，玩了弹珠台。”

“他喝多了吗？”

“不是很多。我是说——你知道——并不比平时更多。”

“好吧，起码你平安回来了。听着，亲爱的：我今晚想让你睡在这儿。”

“这儿？为什么啊？”

“你能把你的小床搬进来吗？”

“它太大了。你为什么要让我——”

“行吧，没事。你睡我的床，我睡地板。”

“可是为什么啊？出什么事了？”

“照我说的做就是了。我今晚不想让你睡那边，仅此而已。我想让你离我近点。”

她终于说服他睡她的床，他睡下后，她也在地毯上躺下，盖上一条毯子。硬邦邦的地板正适合她苦涩的心情；不过她黎明前就醒了，感觉地上实在又冷又硬，还是爬到床上跟鲍比一起睡了。他是如此温暖，床是如此松软，弄得她贴在他身上哭了起来。他醒来，僵硬地靠在她怀里。

“怎么啦？”

“没什么，亲爱的。对不起。再睡会儿吧。”

她睡醒时，上午灼热的阳光正照在她脸上，鲍比已经起床，穿好衣服坐在一把椅子上看着她。

“几点了，亲爱的？”

“不知道；八点多一点吧。到底出什么事了？”

她坐起来，因为昨晚和衣而睡，现在感觉身上不大清爽。“昨天晚上伊娃跟我吵架了，”她说，“我不想看到她。咱们就在这儿等到她上班再出去吧。”

“唉，但她不上班啊。今天是星期六。”

“哦，亲爱的；对了。不过总之咱们就待在这儿吧。你不介意吧，嗯？”

“早餐怎么办呢？”

“我不饿。不过等他们都不在厨房，我就出去给你弄点吃的。”

“你是说你要一直待在这儿？那有什么意义啊？”

“亲爱的，求你别再用这些问题折磨我了。求你照我说的做吧。”

“好吧。”他坐在那里，显得很不自在，过了一会儿，他说，“那你们为什么吵架？”

“我不知道；为每件事。”她来到梳妆台前，试着整理头发，“他们这会儿在厨房吗？”她问，“你听得出来吗？”

“听不出来。我觉得他们在客厅。我说不准。”

“那咱们就等确定了再出去。需要的话你可以去洗手间。”

“我已经去过了。”

她房间里有一道门通向洗手间，从洗手间出去就是厨房外的走廊。她蹑手蹑脚地进了洗手间，在通向走廊的门边长时间地倾听，最后终于大着胆子走了出去。走廊上没人，厨房里也没人。她在炉子上找到一壶还没凉透的咖啡，用颤抖的手把它倒进自己杯子里；接着她又找到一盒干麦片、一只碗，还有一点牛奶，她把这些从洗手间拿给了鲍比。他狼吞虎咽地吃起来，吃完他说：“咱们要在这儿躲一天还是怎么着？”

“咱们不是在‘躲’，亲爱的；咱们只是在独处。是不想多管闲事。”

过了一阵子，他们听见伊娃朝他们的房间走来，爱丽丝的身子不由得一僵。门没法上锁：伊娃要是愿意，完全可以直接进来。但她却停在外面敲门。然后他们听见了她的声音，语气严厉却羞涩，就好像她尽管并没忘记昨晚的事，却愿意试着讲和。“爱丽丝？你还好吧？”

爱丽丝什么也没说，还把一根手指按在嘴唇上，示意鲍比也别出声。

“鲍比跟你一块儿在里面吗？”

两个人都没回答，脚步声走远了；不过没过多久又回来了。

“爱丽丝，”伊娃高声说，“欧文准备开车去城里买点东西。你想让他带点什么吗？”

他们依然一声不吭，不过鲍比有些尴尬地笑了，因为他觉得这样很傻。然后他们透过窗户看见欧文出门上车，开着它走了。他不在房子里，爱丽丝松了口气；她几乎相信只要他不在，自己就可以对付伊娃了。

但接下来发生的一切却令她始料未及。门轰然洞开，伊娃走进来，端着一个托盘，上面放着三只装满牛奶的高杯，里面加了冰块。“你闹得够久了，”她说，“咱们都喝杯凉的吧。”她把托盘放在桌上，两手叉腰正视着爱丽丝，看上去有些受伤但耐心十足，随时准备接受道歉。

爱丽丝从没见过谁会往牛奶里加冰块——她知道伊娃一定是气昏了头才会干出这种事——而且伊娃的神情也激怒了她。“请别打扰我们，”她说，“我跟你没什么可说的。”

“噢，爱丽丝。你不觉得你这样很幼稚吗？”

“不觉得。”

“可你就是。你昨晚对我说了许多残酷的话。我没那么容易忘记。原谅你并不容易，而我——”

“我不**需要**你原谅。我说的都是真心话，而且我还要再说一遍。你丈夫是个猥琐、肮脏的——”

“爱丽丝！只要你一天是我家的客人，我就——”

“哈！你家的客人！你家的**囚犯**还差不多！”

“你根本不是。你要走随时可以。”

“那我今天就走。现在就走。”她动作夸张地转身面对鲍比，“去收拾你的东西，”她说，“快。”

“爱丽丝，控制一下你自己好吗？你明知道自己不是那个意思。”

“我绝对就是那个意思。”她从床下拖出一只行李箱，打开，抽风似的匆匆往里塞衣服，“**去**呀，鲍比。”她说，他照做了。

“爱丽丝，这太可笑了。你们能去哪？”

“我不知道。请让一让。”她从衣柜里抱出一大捧衣裙，压进箱子里，啪地合上箱盖。接着她开始打包另外两件行李，而直到把三件行李都收好，她才意识到自己这种行为会有什么后果：现在他们**非走不可**了。他们到底能去哪呢？但冲动却驱使着她。她把两只箱子搬到客厅，鲍比跟在她后面，提着自己的两件行李，面带尴尬的笑容。他显然无法相信眼前的一切，伊娃也是。

“马上回来，爱丽丝，”她说，“你简直蠢透了。”

“我再也不会回来了。”爱丽丝握紧行李箱提手，撞开纱门。

她来到前廊上，回过身，感觉到了最后撂句狠话的时候，但又想不出能说什么。她舔舔干燥的嘴唇。“但愿我再也不必见到你。”她说。随后她穿过前廊，迈下门前的台阶，走进炙热的阳光里。她只回了一次头，看鲍比有没有跟上；他慌忙追上她，两人沿着车道并肩走远。

“那我们现在去哪？”他问。

“先别管。跟我走就是了。”

“你是说你连要去哪都不知道？”

“我们去镇上。那儿只有五英里远。我们去住旅馆。”至于他们到时候要怎么离开旅馆，她之后再设法解决。

他们上了公路，她没走几步就要停下来休息。行李箱提手勒疼了她的手，汗水浸透了她全身。“咱们休息一分钟吧，鲍比。”她说。

他们前方不远处就是施工路段的起点。手持风钻不断发出巨大的噪音，铺天盖地的白色粉尘仿佛密不透风。他们必须从那儿穿过。

“要不你把大包给我吧，”鲍比说，“你拿小的。”

“不用，没事。我拿得动。”

“得了，给我吧，”他不依不饶，“我比你壮。”

于是她把大包给他，他这番话让她既惊又喜。他的确比她壮，当他们提着行李在酷热中跋涉时，她感觉自己得到了安慰与呵护。她不再是独自带着个小男孩的女人了。他是她可以依靠的人，在这种窘境中，他是能够掌控局面的人。

现在，她最棘手的问题是脚上的高跟鞋：她每走一步，鞋子就会歪一下，随时可能害她崴脚。而箱子里她仅有的另一双鞋也和这双一样高。

“抱歉我走得这么慢，亲爱的，”她说，“你看，都怪这双鞋。我没法——”

“没事，”他话语间带着那种新的权威，“你做得很好。”

他们来到施工路段，瞬间没入白色粉尘之中。“我得再歇一会儿，亲爱的，”她说，但他没听见，手持风钻的噪音盖过了她的声音，“鲍比，等等。”她带着哭腔大喊，他转身停下来，放下手中的行李箱。

“少停几次的话，咱们早就过去了。”他说。

“我知道，亲爱的，可我跟不上你啊。我必须休息一分钟。”

“好吧。”

“这粉尘可怕吧？”

“什么？”

“这粉尘，我没法呼吸了。”

“这是生硝。”

“什么？”

“这种粉尘。它叫生硝；跟粉笔灰差不多。这地方全是这玩意儿，表土下面就是。欧文姨父告诉我的。”

“哦。”

“咱们来假装这一切不是真的吧，”他说。

“什么？”

“我说，咱们来假装这一切不是真的吧。咱们来假装这里其实特别冷，为了保暖，咱们必须能走多快走多快。”

“我演技不行啊，恐怕。”

“来吧。咱们还要假装这片粉尘是雪暴，是暴风雪，咱们得穿过去。”

她有些烦躁，正想说“噢，鲍比，求你别这样吧”，但看到他那张汗湿的脸上写满诚恳，她被打动了。他是一个多么快活、多么真诚的同伴啊，而且这是一项多棒的运动！既然他能假装这一切不是真的，那她一定也能做到。“好吧，亲爱的。”她说。

“呜呜！”他开始颤抖，搂紧自己的身体，“咱们不能再待在这儿了，会冻死的。快走。”

他们于是拎起箱子再度上路，鲍比走在前面。她在一片白茫茫之中望着前方他纤瘦的背影，知道自己永远也忘不了这一幕。一般的男孩或许会抱怨，会哭哭啼啼、落在后面、变成累赘，但鲍比不是一般的男孩。他勇敢、快活、富有想象力；他是她的亲儿子。

“你怎么样了？”他回头喊道。

“挺好，亲爱的。”她脸上已经有了笑容，“我挺好的。”

假装这一切不是真的！有意思的是，这个办法几乎奏效了。爱丽丝此刻头晕眼花，呼吸不畅，汗流浃背，竭力想象自己正在受冻，而这几乎奏效了。

高速公路为来往车辆留出一条车道；汽车排成一列，源源不断地向东驶去，随后，车流停顿片刻，让西向的车辆通过。她每走过一辆西向的车，都会担心那是不是从镇上回来的欧文·福布斯，但每辆车上坐的都是陌生人，其中一些人还转过脸来，出神地看着一个女人和一个小男孩在午后的烈日下拖着箱子跋涉的奇景。

“鲍比，”她喊道，“我得再歇一会儿。”

“好。”

她坐到一只箱子上，休息疼痛的双脚。“我觉得我们走了有两英里了，”她说，“是吧？”

“我不知道；天太冷了，感觉不出来。”

“噢，鲍比，你棒极了。没你我怎么熬得过来啊？”

“你不冷吗？”他说，“咱们继续往前走吧。”

于是他们继续前进。路上，他们从一名工人身旁经过，那人停下他那台可怕的自动锤盯着他们瞧：那是个墨西哥人或混血儿之类的，身材矮小，长相凶悍，脸上和衣服上都沾满了白色粉尘。她知道眼下自己身上肯定也蒙了一层白霜——她能尝到嘴里的粉尘，而且感觉眼睛和鼻腔里也都是——鲍比回头大喊“你还好吧？”的时候，她看见他的脸和头发也都白了。

日后，她总说那天是上帝在护佑她，让她有勇气坚持；当然，她当时的确在一边前进，一边祈祷。“噢，我请求祢，亲爱的上帝，”她在手持风钻的噪音中大声说，“我请求祢，亲爱的上帝，帮我渡过这个难关。”同时，她在粉尘中咬紧牙关，背诵道：“上帝啊，主为敬爱主的人，预备出人意料的福分……”

噪音渐渐小了，粉尘也开始稀薄：他们走过了维修路段。现在，他们前方的道路变成了一条街道，两侧是挨挨挤挤的房屋和店面。尽管离镇中心还很远，但他们已经进入城郊。她看见一个街区之外有块招牌——咖啡馆——盘算着能不能在那儿停一停：起码他们可以坐下，喝杯冰镇的可口可乐。可她钱包里不多不少只有七十五美分；还是省下来为妙。

她随即又注意到另一块招牌——德士古①——那儿肯定有厕所。“鲍比，”她说，“咱们在加油站停一下吧。好歹可以弄点水。”

他们拖着步子绕到加油站背后，各自走进标示着男女“洗手间”的两扇白门，一路上，德士古员工都用目光追随着他们，既好奇，又似乎带点狐疑。

女洗手间臭气熏天，热得令人难以忍受，但她却久久站在肮脏的盥洗池前，喝下一捧又一捧温热、甘甜的水，仿佛再多水也无法缓解她的干渴。洗手间里没有肥皂，擦手纸的纸筒也坏了，但她还是设法洗了把脸，先洗去大部分粉尘，再用卫生纸擦干。在布满污点的镜子里，她看见自己一脸憔悴，神色惊惶，眼神狂暴。

她再次提起箱子、回到阳光下，突然感觉一阵眩晕，差点摔倒。鲍比在等她，脸上容光焕发，湿漉漉的头发四处支棱着。

“你还好吧？”他问她。

“还好，亲爱的。我刚才只是稍微有点头晕。不碍事的。应该不远了，对吗？”

---

① Texaco，美国一家石油公司，一九〇一年成立于得克萨斯州。这里是指它旗下的一家加油站。

“或许吧。咱们走。”

但他们却走过一个又一个街区，完全无从判断自己是在往城里走还是在外围打转。他们有时能瞥见远处的高楼；有时又看不见。

“我觉得咱们**应该**走对方向了，对吧？”她说，“你对这附近有印象吗？”

“没有。不过咱们继续往前走吧。”

终于，在走完又一个街区后，他们看见三辆出租车停在街角的人行道旁。“噢，瞧啊，亲爱的，”她说，“出租车！”她急忙奔到他前面，猛地拉开其中一辆出租车的后门，卸下行李，爬到，或者说几乎是瘫倒在宽大的后座上。司机连忙从驾驶座绕到车后，看上去有些担忧。

“您没事吧，女士？”

“没事。能帮我搬一下箱子吗？”

他提起箱子，麻利地把它们塞进前座；接着又提起鲍比的两件行李放进后备厢。

鲍比依然一脸疑惑地站在人行道上。“上车，亲爱的。”她说，于是他爬上去坐在她身旁，身子挺得笔直，好像不敢往带软垫的座椅上靠。

“司机，”她说，“能请你推荐一家酒店吗？”

“唔，女士，这儿有老斯蒂芬·F. 奥斯汀酒店，按说是最好的，不过如果我是您就会去试试希尔顿。那家酒店特别新，还带空调。”

“好吧，行，”她说，“带我们去那儿吧。”带空调！她原先还以为只有电影院才带空调呢。想想吧，一整座带空调的酒店！“不过等等。”她说。

“女士？”

她闭上眼睛：“能告诉我去那儿大概要多少钱吗？”

“嗯，女士，我看大概会花您三十五美分。”

而她有七十五美分，也就是说，她就算给司机十五美分的小费，兜里还会剩下二十五美分可以给酒店的侍者。“好吧，”她说，“没问题。”于是就向后一靠，再次闭上眼睛。

在酒店雅致的大门口，一位穿制服的门童迎上来接过所有行李，她什么也不用拿，手上只有司机找给她的二十五美分。在人行道上，她感觉所有人都在看她——她的穿着得体吗？衬裙有没有露出来——还指望在进酒店大堂之前能找机会整理整理仪容。可接下来，他们穿过一扇沉重的平板玻璃门，凉水般的冷空气顿时包围了他们。

“哇哦！”鲍比说道，疲惫的脸上迸发出灿烂的笑容，“这岂不很棒？”

他们踏着一块巨大的地毯无声地走向前台，就像飘过去的一样，一位和蔼的绅士站在里面问他们下午好。

“您打算在我们这里住多久呢，普伦蒂斯太太？”她填入住表时，他问。

“几天吧——我不知道。我们还没定。”

然后他们就乘上一台宽敞、安静的电梯，被带进他们的套房，房间是蓝色的，奢华得令人难以置信。“请不要开窗，”侍者对他们说，“否则会影响空调制冷效果。请看这边。”他指指洗手间的盥洗池，上面装了三只水龙头，而不是两只，“中间那个是冰水。您可以无限畅饮。”

等房间里只剩下他俩时，她做的第一件事就是去倒来两杯冰水。“拿着，”她说，递给鲍比一只杯子，“现在咱们就好好放松吧。”

于是他们就这样放松了将近一个小时。他们懒洋洋地深陷在靠垫里，踢掉鞋子，哈哈大笑，享受着轻松闲适带来的狂喜。

“你能忘记那条可怕的生硝路吗？”她问他，“那岂不是你能想象的最可怕的经历吗？”

“唉，”他说，“咱们好歹熬过来了。”

“当然。而且你知道吗？要不是你，我肯定熬不过来。你太棒了。”

他们都洗了澡，换上手头最好的衣服。随后，两个清清爽爽、干干净净的人就毫不犹豫地直奔餐厅。一开始，她对菜单上的价格有些吃惊，本想提醒他最好只点相对便宜的菜品，但很快她转念一想，其实那样也节约不了多少。如果他们无论如何得在这儿欠一笔账，那倒不如索性欠笔大的。“你想吃什么尽管点，亲爱的，”她说，“这些看上去岂不是都很不错吗？”而且她在开餐前就为自己点了两杯曼哈顿，以示庆祝。

“你现在就给爸爸打电话还是怎么样？”他们回到蓝色套房时，鲍比问。

“没错，亲爱的；咱们没有别的办法了。”

但她知道这通电话不会愉快，也不想让鲍比听到。她打发他到楼下大堂里去走走，然后才拿起电话，要了长途。

乔治的声音听上去十分遥远。“爱丽丝？你收到我的信了吗？”

“你的信？没有。”

“你还好吧？儿子还好吧？”

“嗯，我们很好；不过这与你无关。”

他在电话里叹了口气。“爱丽丝，我只是听从了我律师的建议。我之所以会听，是因为说实话，我实在不知道还能怎么做。”

“所以你就心安理得地拿这个惩罚我们啰。你利用法律漏洞撇清了自己所有的责任。”

“爱丽丝，根本不是这么回事。要说有什么，我也只是想给你一个教训。”

她双手握紧听筒。“什么教训？”

“人在生活上应该量入为出。爱丽丝，鉴于你在河滨的所作所为，我认为我有充分的理由这样做。你知道我在过去两年里超额支付了多少赡养费吗？”他的音色变得低沉而似曾相识。这声音来自被冒犯的理智，被激怒的常识。这声音属于那些会说“不，我恐怕这不现实”或“你在惹下这些麻烦之前就该想到这一点”的人——这是她自出生起就与之抗争的声音，而且这声音总有办法笑到最后。

“我的律师都不敢相信，”这个声音在说，“他说我肯定疯了。尽管**如此**，你还是因为一笔你这辈子都还不起的欠款惹了官司。

对了，你有你朋友范德·米尔一家的消息吗？”

“没有。”

“好吧，你很走运。他们轻而易举就能通过得克萨斯州法院给你判刑，只要他们愿意。总之呢，明天早上你应该就会收到我的信了。我在其中提出向你们支付返回纽约的费用，前提是从现在开始，我们必须达成清晰、明确的共识。别再胡闹了，爱丽丝。别再租那么贵的房子了；也别再送鲍比上私立学校。我希望你能好好读读那封信，仔细考虑考虑。”

“好啊。但我现在读不了，因为我们已经搬出来了。我们不住伊娃家了。”

“不住了？为什么啊？”

最终，她还是说服他汇来酒店的房费和火车票钱，并耐心地听他重申他们从今以后必须达成清晰、明确的共识。

鲍比回来时显得有些担心，他说：“一切都还好吗？”

“嗯，亲爱的。还好。”

但她却难以成眠。在一小时或更长的时间里，她始终在酒店凉丝丝的床单上翻来覆去；每次要睡着时，她眼前总会浮现出伊娃哭泣的脸，听见伊娃说“不准你那么说”，或者看见伊娃端着加冰的牛奶。

最后，她坐起来，点上一支香烟，认定自己日后还是可以向伊娃道歉的。不是现在，不会很快，但在未来某天，她可以写封信表示歉意——在信中感谢伊娃的好意，请她原谅自己后来的所作所为。这封信不会好写，而且她也不一定会写得很好，但或许对伊娃而言，这就已经足够。

她蹑手蹑脚地进了鲍比的房间，在他床边坐了一会儿，凝视着他熟睡的脸。下午那段可怕的经历似乎已经远去，被抛在脑后。一切从未如此糟糕，也不会更糟。后来有许多年，每当他们面临某种考验，她就会用“还记得那条生硝路吗？”来激励自己。即使事情真的糟到那个地步，或者甚至更糟——即使连“还记得那条生硝路吗”都无法让她振作——她还有鲍比为抵御不堪忍受之事而提出的提议：“咱们来假装这一切不是真的吧。”她感觉内心平静而勇敢，对未来充满信心。

鲍比翻了个身，四肢在床上扑腾，表情有些扭曲，好像在做噩梦。随后他睁开眼睛。

“没事了，”她说，他又闭上眼，“你只管休息吧，鲍比。只管休息。”

第三部

第一章

他被确诊为肺炎，养了五个星期才好。在经历了头几个星期的疼痛和药物作用下的昏睡之后，普伦蒂斯迎来了一段格外平静的时光，期间他能享受到热海绵擦身、干净的床单、礼貌周到的轻声细语，还有时间固定的三餐。医院设在一栋石质老建筑里，这里过去曾是天主教女子学校，比救治伤员的野战医院离前线远了好几英里，从肺炎病房向外望去，能看见平缓绵延的山丘在冰雪消融的二月里呈现出一片棕灰的颜色。

刚到医院那会儿，在真正清醒的第一天，他坐起身，靠在床上，看到一辆辆沾满污泥的军车源源不断地从窗下驶过，很快，他就听说这是从科尔玛前线撤下来的第五十七师。他们要北上荷兰，在那里休息整顿，增添新的补充兵员，直到战斗力恢复为止；也就是说，即使干干净净、暖暖和和地躺在这里啜饮热巧克力，他也不必愧疚。等他们恢复了战斗力，普伦蒂斯也就恢复了。

与此同时，他可以把整个早晨花在一件琐屑的小事上，那就是为自己的脚寻找一个最舒适的姿势，自从生了轻微的冻疮，他的脚就开始灼痛；他可以读军用版的书，直到看不进去为止；他可以随意跟别的病人有一搭没一搭地交朋友；他还可以写信。

他跟他妈妈解释过好几次，说自己进了医院，但并不是因为负伤，而且病得也不严重，在一封信中，他用很大篇幅煞费苦心地描述火车外的诺曼底乡村风光。

他还给休·柏林盖姆写了封截然不同的信，通篇都是关于狙击手、死亡和狂轰滥炸的行话，暗示自己已经没工夫再像个小男生一样追求那些文雅、抽象的智趣了；在末尾，他写下一句尖锐的话，暗示 V–12 项目肯定不大好混。

他还给奎因特写了封信，下笔前踟蹰良久，不知要不要称他为“亲爱的约翰”。这封信他写得相当艰难。

> 很遗憾在霍尔博尔格那天，我没能在回去看医生之前再见到你……

不过修改润色时，他把这句话改成了“我被他们带回去看医生之前”。这也不完全是谎话——他**的确**是被他们带回去的。况且阿加特中尉那天不是还曾两次建议他早点回去吗？他难道不是两次都拒绝了吗？

> 结果我得的是肺炎，跟你料想的一样。我猜你或许也得了吧，希望你会得到很好的照顾。我其实有点希望你会出现在这里，但听说这附近还有别的医院，所以你大概是去了别

处。或者你说不定一直坚持到部队撤往荷兰之后，我听说他们没过几天就撤到那儿去了。总之，不管你在哪儿，我都希望你的身体已经康复。其实我俩早该在你最初提出时就撤回来，早在进入霍尔博尔格之前。

他费力地写完这段，再也想不出还能写点什么。最后几句话中有种假惺惺的热诚，像平民臆想中军旅兄弟之间的语气，在信的末尾，他写道："你要是能见到山姆·R，一定代我向他问好，还有，祝你好运。"签下"鲍勃"这个名字跟在开头写下"约翰"一样奇怪。随后他又写道：

顺便——这儿的合作社有不少你那种该死的邦德街烟草。

我一能下地就去给你弄，能弄多少弄多少。

他弄了四包，用一根从天主教女校的窗帘上拽下来的红色缎带绑在一起，再附上一张小卡片，上书"圣诞快乐"。就在他穿着浴袍和棉拖鞋四处转悠时，病房里那台收音机开始播报海军在一座叫硫磺岛[①]的岛屿登陆的新闻；不久，另一条新闻引得整个病房里一片欢呼：第一军在德国找到一座完好无损的桥，跨过了莱茵河。有人飘飘然地预言，欧洲战场的战争会在几周之内结

① 硫磺岛战役（Battle of Iwo Jima）是二战中日本与美国之间爆发的一场战役，发生在一九四五年，是太平洋战争中最激烈的战斗之一。

束，这让他有些心烦。要是没等他回到前线战争就结束了怎么办？那他能说自己参过战吗，能吗？

不过到了他领衣服出院的那天，战争似乎还远未结束。告别病友之后，在乘卡车前往第七军补充兵员兵站的路上，他高兴地看到自己很有参战老兵的样子：他的靴子旧了，野战夹克和裤子上还沾着来自霍尔博尔格的泥巴、砖灰和灰泥——就连他胸前残留的牙膏渍都挺像那么回事——奎因特那条毯子做的围巾更为他的整套行头增添了一种潇洒不羁。尽管刚刚出院，还有些虚弱乏力，但他感觉身体不错，在空气中嗅到了令人振奋的春天气息。

到了兵站，他得知第五十七师已经结束了在荷兰的半勤休整：他们现在在德国，隶属第九军，驻守着莱茵河西岸一个狭长的防御阵地，或称“屏护”阵地，而且他们自己很快也要过河。

“你们什么时候能送我过去？”他问一位身材臃肿的人事书记员。

“要不了多久，”书记员边说边堆叠他的文件，“我们一两天就送你上路。”随后他抬起头，露出一个轻率而脂粉气十足的微笑，“急着回到伙伴们身边吗？”

普伦蒂斯心神不宁地转身离开，却发现两名干干净净、看样子刚从美国来的士兵羞涩地向自己投来仰慕的目光，于是更觉得浑身不自在。在这样的环境中充当英雄是多么容易啊！在这个远离危险的房间里，任何傻瓜、任何懦夫只要身上的衣服够脏、能显示他曾“参与战斗”，都可以顶着英雄的金色光环在室内闲庭信步。这不公平，想到这里，他在新一批补充兵员的注视下绷紧了脸——但同时也明白，这一绷脸正如他身上的尘土和牙膏渍一样，强化了那个与他并不匹配的形象。

书记员说得没错：他们一两天就送他上了路。他上了一辆北上的拥挤卡车，两膝间夹着崭新的步枪，车子奔驰在早春浅棕与淡黄相间的田野上，隆隆地穿过无数座灰暗、破败的城镇，从目瞪口呆的老人和挥手致意的孩童面前经过。

同样，他只花了一两天就到了第九军补充兵员兵站；随后，他们安排他乘另一辆卡车向东穿越莱茵河谷前往师部，接下来又向东去往团里，最后，终于，在一个下午，他们让他在一座无风的广袤平原上站定，等待 A 连的吉普车来接。

吉普车司机是威尔逊，那位给养军士，他面色憔悴，戴着眼镜，脖子颀长，喉结突出，始终面带愠色。普伦蒂斯还记得他在厂房里为分发弹药的事吼叫、争吵，就在去霍尔博尔格之前。但威尔逊，坦白说，却一点也不记得他了。他径直走过他身旁，大喊："A 连那个人在哪儿？"有人把普伦蒂斯指给他时，他的眼神像他的镜框一样空洞。

"你是新人？"

"不，并不是。我在比利时入的队，就在突出部之后。"

"是吗？有意思；我完全不记得你了。"

他们乘吉普车嗡嗡地驶过一片仿佛无边无际的平原，威尔逊眯起眼睛。"你在哪个排？"他问。

"我是二排传令兵。"

威尔逊飞快地转过脸，向他投来恼怒的一瞥。"不可能是你。

麦卡恩才是二排传令兵。从我们离开美国起就是。”

“呃，”普伦蒂斯说，“说不定他那会儿不在之类的吧。总之我——”

“不，他一直在。反正据我所知一直在。你确定你没搞错连队？”

“我当然确定啦。我是二排在科尔玛时的传令兵，一直当到霍尔博尔格之后。”

“唔，”威尔逊说，“我记得你才怪。”他揉揉下巴，“等等。你是不是病倒在厂房的那个小子？”

病倒在厂房的小子！那个一边呻吟，一边哭得旁若无人的男孩！

“不是，”普伦蒂斯说，“那不是我。厂房是在霍尔博尔格之前。我一直待到那之后。”

“后来你是中枪了还是怎么的？”

“没有，我得了——”

“痢疾？”

“不。是肺炎。”

“噢。好吧，总之别说你是传令兵。你现在肯定不是了。科弗利兴许会把你分进某个班。”

“谁？”

“科弗利中尉。他是排里的新指挥官。”

“噢。那布鲁尔还是副排长吗？”

“不是，是卢米斯了。布鲁尔负伤了，在科尔玛。”

“耶稣啊，我还不知道呢，”普伦蒂斯说，“在哪儿？”

“屁股上；挺严重的，不过不是没治那种。”

“不，我是指在**哪里**？霍尔博尔格吗？”

“亚蓬威尔。那是我们占领的第二座城镇。妈的，跟亚蓬威尔比，霍尔博尔格就是毛毛雨。”

“哦。”他稍作停顿，“那阿加特中尉他还——”

“还在，他还是指挥官。不过现在是阿加特上尉了。”

“哦。”他们没再说话，在沉默中穿过平原，它是如此宽阔、辽远，他们甚至感觉不到自己在前进。原野缓缓变换着角度，他们经过远处的几个炮位，随后又经过一个高射炮位。现在，普伦蒂斯已经能辨认出远方一栋栋房屋的轮廓了，而仅在片刻之前，它们还只是一个个小点，散布在忽闪不定的地平线上，他还看见原野延伸过那片房屋，在远处与天空相接，那里又出现了一道新的地平线，很可能就是莱茵河西岸。

接近并驶过那些房屋之后，威尔逊一个左转，拐上房屋正对的那条路；现在，普伦蒂斯从那一栋栋房屋前经过，看见士兵们慵懒地躺在院子里，或者从窗户里向外张望。他们全都穿着随意，有些人还戴着从德国人衣柜里掳来的高顶丝质礼帽，这已然成为军中最新的时尚。

“这就是指挥部了。”威尔逊说着，把吉普车停在一栋大房子外。

阿加特就在院子里，跟一些普伦蒂斯从未见过的人谈笑。他看上去没怎么变，只不过身上干净了，也刮了脸，好像还胖了点。他穿一件洗旧缩水的野战夹克，肩头是闪亮的上尉肩章，左胸上歪歪斜斜地别着铜星勋章[①]鲜艳的小缎带。

普伦蒂斯向他走去，琢磨着自己是不是该敬礼，又怕显得太傻，决定还是不了。

“打扰一下，长官。我刚从医院回来报到。我叫普伦蒂斯；我想您应该不会记得——”

这时，阿加特的眼神渐渐聚焦，迸发出恍然大悟的光芒。“哦对，”他说，“你是那个哑了嗓子的伙计，对吧？”他没打算跟他握手——这是个坏兆头吗？——但他的声音和举止都客客气气，让普伦蒂斯心头一热。“嗯，很好，”他说，“我们最近在这边挺轻松的，不过我预感很快又会热闹起来了……”

普伦蒂斯听着他的话，同时余光似乎扫到了洛根闲逛的身影，于是他更加专注地盯着阿加特的脸，免得洛根前来问候。随后，他大着胆子朝那个方向望了一眼，发现洛根，或者无论是谁，已经不见了。

“咱们来瞧瞧，”上尉揉着自己绯红的颈侧，“恐怕我们没法再让你当传令兵了。你们排就在路边第三栋房子里；去问问科弗利中尉吧。不过首先，你最好先进去跟军士长报个到，算是早间例行汇报。”

“好的，长官。谢谢您。”转身离开时，他又犹豫起要不要敬礼，但还没等他拿定主意，上尉就不见了。指挥部里没有一张熟

---

① Bronze Star Medal，美军的跨军种通用勋章，用于表彰英勇、突出的成绩或服役表现。

面孔——就连那个肥硕、半秃顶、模样呆笨的军士长本人，他也是只是隐约记得而已，而且对方也根本不记得他了。

“怎么写？”普伦蒂斯报上姓名时，军士长问，还伏在那份文件上让普伦蒂斯拼读了好几次，他粗笨的手指缓慢而仔细地握着铅笔，仿佛那是外科医生的手术刀。

“痢疾，对吗？”

“不。是肺炎。”

“怎么写？”

在去往二排的路上，他也没看见什么熟面孔。好些人在营房门前晃悠，其中一些戴着高顶帽，所有人都盯着普伦蒂斯看，挡住了他的去路。他们看上去大都跟他年纪相仿。

“科弗利中尉在这儿吗？”

“在里面。厨房里。”然后两个男人，或者说男孩侧身让他过去。房子的连廊上还有些陌生人在围观，昏暗的客厅里也有，大厅里也是。他来到厨房门口，午后斜斜的阳光迎面照在他脸上：他不得不站在那儿眨眼，用手挡住阳光，这才看清四个男人正坐在亮堂的厨房桌旁，用带花纹的瓷器喝咖啡。他们全都抬起头来看他。

那个想必是长官的人穿一件轻薄的旧款野战夹克，没戴肩章。他身材壮实，脖子粗短，两只小眼睛距离很近，面相凶悍；普伦蒂斯正要对他说话，却发现旁边那个平易得多的瘦削男人才戴着中尉肩章。

“科弗利中尉吗？”

"是。什么事？"

普伦蒂斯再次费力地表明自己的身份。

"好吧。"中尉站起来，暴露了他瘦弱矮小的身材，"欢迎归队。"他小小的脑袋上长满金发，面容精致而英俊，说话带南方口音。他的手汗津津的，指甲全啃秃了。"你认识卢米斯中士吗？咱们的副排长？"

那个壮汉这会儿已经站起来了，把普伦蒂斯的手腕握得生疼。"我好像对你没什么印象，"他用低沉而富有戏剧色彩的男中音说，"你之前在我们排吗？"

"只待过几天而已。还是在科尔玛那会儿，在布鲁尔中士麾下。不过您知道，我当时是排里的传令兵来着。"

"这样吗？可我记得麦卡恩一直是我们的传令兵啊。你肯定是在比利时那趟火车上加入我们的那批人之一啰。对吧？"

"没错。从那儿到霍尔博尔格。实际上还过了霍尔博尔格。"

"后来呢？你负伤了？"

"没有，我——我得了肺炎。"他不知道自己这句话为什么说得吞吞吐吐。得肺炎有什么丢人的？他难道怕卢米斯会像威尔逊一样，错把他当成病倒在厂房里的那个小子？

"明白了，"卢米斯说，"好吧。"他冲桌上另外两个人点点头，"这位是克莱恩——哦，乔·克莱恩，无线电通讯员；这位是特德·班考斯基，军医。"

这两个人浑身上下没有一点共同之处。克莱恩面庞黝黑，尖嘴猴腮，有种不修边幅的风度，三四天没刮的青色胡茬把一撮精心修剪的一字胡衬得格外乌黑，笑起来露出一口黄牙。他身旁的军医特德则显得整洁、白皙、健康：他完全可以是一名鹰级童军[①]，或者美籍波兰人青年俱乐部的主席。他伸出一只有力而漂亮的手，而此刻他身上最有魅力的特质，就是眼中恍然大悟的光芒。

“噢对，”他说，“我还真记得。你不是得了急性喉炎什么的吗？”

“没错，是的。”

“咱们把他安在哪儿？”中尉问卢米斯，“哪个班最缺人？”

“见鬼，哪个班都缺啊。不过我看芬恩那儿最缺人。好啦，普伦蒂斯，我们准备把你安排到一班。克莱恩，出去叫芬恩进来。”

“遵命。”于是那位无线电通讯员便顺从地绕过桌旁，匆匆出了后门，脸上带着习惯性的马屁精那种虔诚的皱眉。接着普伦蒂斯便无事可做了，只得站在那里等待——没人邀请他坐下——同时，桌上那几个人又重启了刚才被打断的对话。

不一会儿，门又开了，谈话再次中断。克莱恩回来了，还带着一个含胸驼背的纤瘦男人，后者头戴一顶黄色的平顶草帽，那在一九〇〇年代说不定还曾是莱茵河谷某位纨绔子弟的心爱之物。

“芬恩，我们给你找了个新人，”卢米斯说，“这样你就可以

---

① Eagle Scout，美国童军阶段计划中的最高成就。

闭嘴了。普伦蒂斯，这位是芬恩中士，你的班长。”

他们握手时，芬恩中士没有笑，这让面带微笑的普伦蒂斯自觉有些傻气，随后他惊讶地发现，芬恩中士十分年轻——最多也就十九二十岁。但他瘦削朴素的脸上却写满自信，他半眯的眼睛清楚地表明，他在掂量普伦蒂斯的分量。这让普伦蒂斯舔了舔嘴唇，像个姑娘家那样垂下眼睛，为了安慰自己，他悄悄开始在芬恩的无懈可击中寻找瑕疵。譬如说，他差不多跟普伦蒂斯自己一样瘦，而且矮得多。再者，他身上的可笑之处可不止那顶旧式草帽：那条绿色的特别版战斗裤对他来说太大了，还用带蓝色条纹的民用背带吊着，里面是他那件紧巴巴、脏兮兮的美国陆军毛衣。光从衣着和他萎靡佝偻的奇怪体态看，你会很容易把他当成一个傻子或笑柄——总之肯定没什么可怕的。然而他的神情却是那么镇定自若，一双眼睛始终冷静地上下打量着。

普伦蒂斯一门心思地观察芬恩，以至于没有察觉到另一个人的到来——更别说看出那人是谁了——直到听见卢米斯说：“这位是你的副班长兰德中士。”

“山姆！”普伦蒂斯兴高采烈，握住那只熟悉的、缺指的手，一拳打在那副熟悉的厚实肩膀上，而山姆也打破了一脸严肃，为老相识送上一个微笑。

“见到你真好啊，普伦蒂斯，”他说，随后他向众人解释起自己为何如此激动，“我们坐同一条船来的。”

“真想不到啊，”普伦蒂斯以推销员般的热情高呼。“这么说你现在是兰德中士啦——了不起啊！”他知道自己听上去有些浮夸，不过他觉得有必要让所有人，特别是芬恩知道，这个优秀而不可或缺的人是自己的朋友。

“想来楼上看看吗，普伦蒂斯?”山姆说，“我们会给你腾个睡觉的地方。”然后他毕恭毕敬地转向芬恩，“沃尔克房间里还有一张床；可以把他安排在那儿吗?”

芬恩耸耸肩，背带把松垮的裤腰带得一上一下。“随便。”他说。

普伦蒂斯在众目睽睽之下跟着山姆穿过昏暗的走廊，一路上他都希望大家能注意到山姆帮他提了行李，还关怀备至地问着铁哥们儿之间的问题：“你感觉怎么样啊，普伦蒂斯？……你在哪住的院？……”

总之一切还算顺利。一等他安顿下来、获准外出，他就打算到武器排去询问奎因特的情况。

“奎因特怎么样了?”他问，眼睛越过楼梯盯着山姆缓慢而笨重的背影，起初还以为是自己没听见他的回答，“嘿山姆？奎因特怎么样了?”

山姆在楼梯上停下，转过半张脸，几乎贴着普伦蒂斯的脸。“嗯，”他说，“不太好。”然后继续往上爬。

“你是说他还病着呢?”

“不；比那更糟。”

“那他是负伤了?”

“到屋里来吧。”山姆说。

普伦蒂斯走进房间，里面散发着陈旧的墙纸、潮湿的灰泥和步枪清洁液的味道，他坐到一张铺好的床上，山姆坐进一张精致的古董椅。

“那是我们刚撤出霍尔博尔格的时候，”他说，“在去亚蓬威尔的路上——也就是我们在这儿攻占的第二座城镇。总之我们当时得穿越一片巨他妈大的田野。问题是，那片地里有地雷。不多，但是有。好了，这不是我亲眼看见的——武器排隔了一段距离跟在我们后面，在我们左后方——我没亲眼看见，是后来听说的。好，他们说他当时伤得还没那么重——那会儿还没。一名军医冲过去救治他；就在这时，另一名军医也冲过去帮忙，结果又触发了附近的另一枚地雷。三个人当场丧生。”

随后是长时间的沉默，一阵欢声笑语从厨房里传来，又渐渐平息：显然是有人讲了个笑话。

“我真的很抱歉，普伦蒂斯，”山姆说，“我知道你跟他是好朋友。”他在羊毛衫的衣兜里摸索，翻出一包香烟。他递给普伦蒂斯一支，自己也取出一支，若有所思地把两支烟点燃，用的是一只看上去相当昂贵的小打火机，是他从一户德国人家里掳来的。接着，他在咯吱作响的椅子上挪动身体，往两只靴子之间长长地吐了一口烟。“那之前一两天我还见过他呢，”他说，“我跟他说了你负伤的事；他还为此感到难过。”

“你跟他说我**负伤**了？耶稣啊，山姆，我没有负伤。我撤回后方是因为肺炎，仅此而已。”

山姆抬起头，略有些吃惊。“这样吗？好吧，那肯定是我的消息有误了。我听说你在霍尔博尔格负了伤。”又是一阵沉默，随后山姆从椅子上站起来，嘟囔着回见之类的话。

“等一下。”普伦蒂斯忽然很怕独自留在这里。他想说：等一下。听着。你知不知道要不是因为我，他本来很早就能撤回后方的，早在霍尔博尔格之前？是我劝他留下的！而且你知道我其实第二天就撤了吗，甚至都没告诉他？甚至都没**告诉**他啊！这下你知道让他以为我负伤有多糟糕了吧？山姆，看在上帝的分上，你知不知道是我害死了他？

但这些话他一句也没说，他只是说：“等一下。我——我有——”他在包里摸索，找到那四包邦德街烟草，不过在拿出来之前，他先拆掉了上面的红丝带和字条。“你偶尔会抽烟斗，对吧？”他说。

“对，偶尔。唔，这——你真是太好了，普伦蒂斯。感谢了。”山姆·兰德站在那里，拿着那四包烟草，用中指抚平包装的边缘。

然后他就离开了，普伦蒂斯独自坐在寂静中，那些没说出口的话在无声地尖叫。他孤独至极，而他唯一能做的就是躺在床上翻来覆去，像未出生的胎儿那样蜷起双腿，用干涩的双眼凝视墙纸上那一簇簇粉色的花朵，深知自己从未如此孤独。

过了一会儿，他翻身下床，站起来盯着天花板，仿佛在恳求上帝惩罚自己；然后他又垂下头，双手紧捂太阳穴——动作之夸张毫不亚于爱丽丝·普伦蒂斯——他一直保持着这个动作，这时，门被冲开了，一个戴高顶帽的大个子男孩站在那儿盯着他瞧。

他只得把悲伤的神情伪装成一种不舒服的皱眉，开始用两只手抓挠头皮，仿佛他是个饱受头屑困扰的人，必须用上好的香波洗个头。

“你是普伦蒂斯？”这个男孩完全面无表情，普伦蒂斯甚至无从判断自己的挠头皮策略有没有奏效，“这儿有你的信。刚从指挥部发过来的。”说罢，他把厚厚一捆扎着麻绳的信件甩到普伦蒂斯床上。

“哦，”普伦蒂斯说道，继续抓挠和皱眉，“谢了。”随后，为了证明头屑的存在，他捋捋头发，搓搓手指，十分阳刚地把大拇指插进腰带。

“我叫沃尔克，”男孩说，“睡那张床。”

“哦。很高兴见到你。”

但沃尔克只嘟囔了几句要执勤、得马上走之类的话。他从床上抓起分体式背包，背好扣紧，摘下高顶帽，换上一顶头盔，抄起步枪，像来时一样匆匆离去，在身后留下近乎肉眼可见的敌意。

这是普伦蒂斯出国以来第一次收到信。几乎都是他妈妈寄来的——她差不多每周都会写上三四封——他首先找出邮戳最近的那封拆开，以确认她是否还好。

最亲爱的鲍比：

我试着不去担心，也知道只要病得不是“非常”严重，那么你待在医院应该比较安全，但即便如此，我还是担心得要死！！！人人都说战争快结束了，我也这样希望，并为之祈祷……

他的目光掠过她热情洋溢的大字，停在另一个段落上：……

噢，我太喜欢你描述的法国了！！！你让我觉得那一切是如此真实，我几乎感觉……

他把信塞回信封。还有一封休·柏林盖姆的来信，以及另外两封校友来信，但他现在都不想去读。随后，另一封信吸引了他全部的注意力，他把它捧在手上，久久地凝视，迟迟没有拆开：那不是写给他的。它看上去新崭崭的，写在带红十字的信封上，上面是他自己那熟悉得可耻的笔迹，收件人是一等兵约翰·R. 奎因特，信封上还有连队信件分拣员盖下的粉色橡皮印章：**退回发件人**。

在莱茵河上的这个驻地“执勤”，意味着他们得来回穿越那片平坦开阔的原野，白天两次，夜里两次，还得坐在散兵坑里眺望那条狭窄得出乎意料的平缓河流。你得一连两小时坐在一张临时找来的木板凳上，握紧野战望远镜，观察对岸的风吹草动，直到有另一个人来替换你。北面半英里外隐约传来断断续续的声响，那是工程人员在修缮浮桥。

普伦蒂斯欣然接受了这两小时的静坐，因为这样一来，他就能拥有与内心感受相匹配的孤独，而且只有在独自一人时，他才能深切地体尝心中巨大的愧疚。

一切本可以如此简单！在奎因特提议撤回时，他原本只需说一句“好的”——而且，归根到底，说了又能有什么损失呢？或者，后来在霍尔博尔格隔着窗台聊天时，他要是说自己已经做好了撤回的准备该多好啊。或者再后来，在他顶着洛根的咒骂倒在床垫上时，他为什么就不能站起来，再去找到奎因特，对他说：“你瞧，现在可以了；我准备好撤回了。”说到底，那又能耗费他多少体力呢？他究竟为什么没去做这唯一一件重要的事？难道真是因为他病得下不了那张床垫吗？或者——这个念头最让人揪心——难道就因为他那天喝了太多红酒吗？

一天，在回排里的路上，他开始在心里起草一封难写的信：

亲爱的奎因特先生及夫人：

我想告诉你们，我个人对你们儿子的死负有责任……

躺下之后，为了不打扰熟睡的沃尔克，他在毯子里打着手电，想写下这封信。但写好之后，他就立即把所有内容划掉，然后又重新写好、再次划掉，如此往复，过了一个小时，他终于放弃了这项艰巨的任务。他能指望这样一封信起什么作用呢？即使他会收到回信，那对悲痛的夫妇也只会在信中写一些正式、好听的话。

他把它揉作一团，关掉手电，试图入睡。不出半小时，他又爬起来写信，想尝试另外一种路数。

亲爱的奎因特先生及夫人：

我想告诉你们，你们的儿子约翰是我认识的最优秀的人……

但这封信他也没能写完。

终于，他放下手电，静静躺着，舒展着握笔握得酸痛的手指，聆听沃尔克沉重的呼吸和自己轻浅的呼吸。写信毫无意义。语言于事无补，只有行动才能弥补——到了河对岸那片危险的土地上，他要抓住余下的一切机会去行动——随后，他抱着对英勇战斗、无畏营救和自我牺牲的幻想，进入了梦乡。

同时，他还面临一个日常问题，那就是如何跟二排的士兵们，特别是他自己的步兵班战友，打成一片。他曾不止一次差点走到芬恩面前说："你瞧，中士：我有件事想对你直言相告。重点是，我想你肯定把我跟那个病倒在厂房里的男孩搞混了，就是在——"但他始终没能做到，而芬恩几乎从不把他放在眼里，偶尔看他一眼，也总是带着轻蔑。

山姆·兰德也没能带来多少安慰。少了奎因特，他们很快就发现彼此其实没有什么共同语言；况且，现在，他跟山姆说话时，总是很难摆脱讨好副班长、寻求特殊照顾的嫌疑。

班里只有两名老兵参加过突出部之役——芬恩本人，以及一个大嗓门、大饼脸的小个子，名叫克鲁普卡，那人看上去只有十七岁，但实际上却二十三了。克鲁普卡是第一个向他示好的人；一天早上，普伦蒂斯正在排里的临时厕所前排队——那是一张被敲掉坐板的直靠背椅，跨在后院里一道细细的浅沟上（正式的厕所，也就是一间民用茅屋已经完全满了，臭不可闻，根本没法用）。当时克鲁普卡正从容地坐在椅子上，以动物般的奔放释放着自己，他挥舞着K口粮里的一小卷卫生纸，强调自己这番自说自话的重点。

“科尔玛那会儿你还跟我们在一块儿呢，对吧？好了，听着，别被任何人唬住——你什么也没错过。离开那儿之后我们只是开到荷兰，驻扎在一个营地里；然后我们就到这儿来了，蛰伏到现在。有些家伙会跟你瞎扯一通；别听他们的。你从美国哪个州来，普伦蒂斯？”

他似乎足够亲切、足够和善，但普伦蒂斯却警觉地记起自己学生时代的一条陈旧却可靠的定律：当心最先示好的人；那人自己说不定就是被排挤的对象。后来，他看出克鲁普卡算不上是被排挤的对象——他显然比那要优秀、可靠得多——但也没有谁特别喜欢他：因为他尽管毫无幽默感可言，却对开玩笑和打趣乐此不疲，经常出口伤人。有一次，另一个班的班长来厨房找中尉说几句话——那人名叫伯恩斯坦，个子很高，弓腰驼背，模样斯文——克鲁普卡是这样招呼他的：“嘿你好啊，自杀哥？自杀哥今天怎么样啦？”伯恩斯坦中士尽管没理会他，脸上依然泛起些许红晕，接着，另一个人说：“啊，滚犊子吧，克鲁普卡。”但克鲁普卡就是不肯罢休：他全然不顾伯恩斯坦在跟中尉谈些什么，全程说个不停，而等伯恩斯坦一走——“再见啦，自杀哥”——他就用胳膊肘使劲捅了捅普伦蒂斯的肋骨，“知道我为啥这么叫他吗？那还是在突出部的时候，布鲁尔当排长那会儿。有一回，我们得越过一道山脊；老伯恩斯坦怂了，开始冲布鲁尔喊话。他说：‘我不会带我的人过去的’”——说到这儿，克鲁普卡翻了个白眼，以残酷的精准模仿着歇斯底里的样子——“他说：‘这是自杀！这是自杀！’结果山那边其实啥也没有——没有德国兵，啥也没有。总之那就是我这么叫他的原因。他心里可不是滋味了；只不过没表现出来。”

班上另外五个人（这个班一共九人，而不是常规的十二人）都是在荷兰入队的新人。五个人都跟普伦蒂斯年龄相仿，或者更小，而普伦蒂斯的室友，那个身形高大、戴高顶帽的沃尔克，明显是他们的代言人。他跟两个寡言少语、眯缝着眼的乡下男孩，德雷克和布朗利，形影不离，芬恩中士大多数时候也选择跟这三个人待在一起。他跟他们一起沿路而下去找鸡蛋和红酒，夜里一起喝酒、打牌，直到很晚，他还总是维护他们的利益。他仿佛已经断定班里只有这三个人值得他搭理。他似乎觉得山姆·兰德还不赖，但山姆比较年长，可以自己照顾自己，克鲁普卡倒也还行，只是有点让人头疼；至于其他人，虽说他有责任指挥他们，但他却在举手投足间清楚地表明，自己并不打算为他们费神。

而所谓其他人，除普伦蒂斯外，还有两个：其一是一个叫加德尼埃拉的男孩，他身材矮小、眼神悲伤、思乡心切，不停地巴结芬恩却屡屡失败，另一个是一名显得十分年轻的士兵，名叫米勒，他是如此安静、如此缺乏存在感，以至于普伦蒂斯一开始还以为他属于另一个班。他中等身材，敦实魁梧，不过与其说他肌肉发达，倒不如说他是婴儿肥，他的手很小，手掌到指尖呈锥形模样，看上去十分孱弱，肉乎乎的手指上带着凹窝。米勒的不同寻常之处在于，他是勃朗宁自动步枪手——理论上说，他掌管着班里的主要火力——但普伦蒂斯在营房里待了还不到三天，就听说了米勒得以当此重任的前因后果。那是在荷兰，当时营里刚开完一场宣讲会或情况简报，米勒在重整队伍、登上卡车之前的混乱中遗落了自己的步枪。芬恩劈头盖脸骂了他一顿——“你说你把自己的**步枪**弄丢了？”——然后说：“行吧，崽子。从现在起，你来当勃朗宁自动步枪手。”这是一种惩罚：勃朗宁自动步枪比普通步枪重一倍，而且需要配备一条特制的弹囊带，里面塞满沉甸甸的弹药。大家都认为等班级进入战斗状态，芬恩应该会把勃朗宁自动步枪交给一个更能胜任的人——好比说沃尔克——但同时，克鲁普卡却就此无情地嘲笑了米勒。“嘿，你是不是打算用那杆勃朗宁步枪打下一大帮德国鬼子啊，米勒？你打算截停好几辆虎王坦克是不是？嘿，伙计们，咱们给米勒配点能打穿铁甲的弹药吧，好让他截停几辆虎王坦克——行吗，米勒？”勃朗宁自动步枪就是米勒肩头的十字架，而他却以万般的坚毅背负着它，令普伦蒂斯打心眼里佩服。

但在这些人中间，普伦蒂斯始终不大自在——甚至跟加德尼埃拉和米勒在一起时也是。他沉默寡言，一心盼着在河畔散兵坑里那两小时的静坐。正是在那里，在一个迟暮的下午，他决定去做那件一再推迟的事：去武器排看看。他一被换下来就向那儿走去。

最初的几个人没提供什么有价值的信息——他们都是新来的补充兵员——但随后，他找到一名形容枯槁的中士，他一直都在这支队伍里，名字貌似叫罗尔斯。

“奎因特？”罗尔斯说，“小个子？戴眼镜？是啊，我记得他，只不过忘了他的名字。”他正在一张华美的餐桌上擦拭一支光溜溜的手枪，这会儿他抬起头，在清洗液蒸腾的气息中眯起眼睛，“好吧，当时我在场。我就走在他后面。”

“能跟我讲讲当时的情形吗？我是说，你能告诉我具体经过吗？”

中士放下清洁布，用火柴点燃一支被压扁的香烟。“嗯，”他说，“那颗雷并不是在他跟前爆炸的；差不多是在旁边；没有致命。然后戴夫——就是我们的军医，全连最他妈优秀的医生——戴夫跑过去救治他。接着另一名军医——我不知道那他妈的是谁，这辈子从没见过他——这个白痴军医不知从哪儿全速冲了过来。好笑的是，他们甚至根本不**需要**那个狗娘养的；那就是个爱争表现、多管闲事的混蛋。总之呢，这另外一个白痴军医跑过来时根本没注意脚下，紧接着就是轰的一声，另一枚地雷爆炸了。”

“我知道，”普伦蒂斯说，“我是说这部分我听过。我想说的是，他们三个确定都死了吗？我是说你能百分百确定奎因特死了吗？”

罗尔斯中士从嘴里抽出香烟，撣掉下唇上的一小块纸屑。“伙计，”他说，“我最后一次见到他时，他就躺在这儿。”他伸出一根沾满尼古丁的食指，指着餐厅的地毯，普伦蒂斯点点头；接着，那根手指在空中缓缓画出一道弧线，指向地板另一端，离刚才那儿有五六英尺，“而他的头在那儿。”

走在回营房的路上，普伦蒂斯感觉自己的脚趾像利爪一样抓得紧紧的，仿佛每走一步都要抓紧脚下的土地，而且他的脚步是如此沉重，仿佛走在十英里远足的最后阶段。

离营房还有一段距离，他就听见里面一片欢声笑语、觥筹交错，这时他才记起那天是什么日子：二排筹备多日的派对就安排在那天傍晚。

他们宰杀了不少活鸡，还为这天留了许多荷兰杜松子酒和红酒，此刻，宴饮正如火如荼。房子里所有的桌子都被搬进厨房，挨挨挤挤地拼凑成一张歪歪扭扭的宴会长桌。科弗利中尉居上座，被右手边身材壮硕的卢米斯中士衬得身材矮小，餐桌上挤满了俯身进食的人，没留一丝空隙。普伦蒂斯站在门口，窘迫不已，他显然已经没地方坐了。

“我们可不等人，普伦蒂斯，”卢米斯高喊，嘴上和脸颊上的鸡油烁烁闪光，“恐怕你有点不走运了。”

“没关系，”他说。一张张咀嚼的脸转过来看他，让他恨不得消失在墙壁里。

但军医特德却站起来，为他盛满一盘食物。普伦蒂斯贴着墙朝炉子那边走去，好几个人不得不拖动椅子让他侧身通过，他回来时，他们又不得不再次拖动椅子。他蹲在地上吃起来，试着把盘子在一条腿上架稳。他头顶上是军人们的胳膊肘、后背和转动的脑袋，他蹲得太低，无法参与谈话，并且因为无地自容而食不下咽。这一幕是如此贴切、如此滑稽地印证了他在排里的地位：永远晚来一步，永远什么都没份，最终被打发到一个无人问津的低处。

后来有几个人走了，打着嗝上了楼，于是普伦蒂斯坐到其中一张椅子上，晃着手中那杯红酒，尽量不惹人注意。没过几分钟，他就不再在意没人跟他说话了，因为交谈声渐渐平息了，刚才说话的人都成了听众：科弗利中尉正在讲话。

“……但我认为，步兵战已经结束了，”他在说，“从今往后只会有一场又一场大型的炮兵火力对抗。要我说，他们的步兵兵力或许的确短缺得不成样子，但我非常清楚，他们的炮兵火力没有任何问题。我是说，人跟八十八毫米炮抗衡能有多大胜算呢？你们想想吧。”

桌上的人点头低语，即使不是在表达敬意，起码也是在表示赞许和同情。现在，每个人，甚至连普伦蒂斯都知道，中尉对自己的指挥能力没有丝毫把握，对自己也没有把握。他的一举一动都出卖了他：他啃着指甲，眼神腼腆闪烁，说话上气不接下气，几乎是在耳语，他还坚持要手下叫他“科威”，而不是“中尉”或“长官”，仿佛不拘礼节能减轻他带队的重担。他总说自己受的是通信部队行政军官的训练，以及在荷兰加入这个排是一次多么不愉快的调动、再培训的时间是如何短得惊人；还有传闻说，他最近收到了妻子的分手信。他和蔼的南方口音似乎总在说，拜托，别对我期望太高。也没人对他抱什么期望，尽管大家似乎都不讨厌他。士兵们大大方方地叫他“科威”，而且在大多数时候，他们似乎都暗下决心，要尽自己所能帮他渡过难关。

“……见鬼了，”他说，醉意盎然的声音带着少见的威严，“见鬼了，步兵对步兵起码还算公平，对吧？我是说，那基本上就是一对一单挑，你死我活。见鬼，要是那样，我说不定还可以碰碰运气。”

普伦蒂斯不禁有些怀疑，于是悄悄环视桌上，想看别人脸上是否有同样的质疑。科弗利真的宁愿在单挑中碰碰运气吗？那无关紧要：不论他这番表态愚蠢与否，总之没人深究。

“我来跟你们打个小赌吧，”他接着说，“我赌从现在起，咱们中十个有九个不会有机会开枪。已经没有什么可**打**的了。没法**还击**。见鬼，既然武器到时候会毫无用处，那咱们还不如手无寸铁地去。”他目光炯炯，挑衅地扫视全桌，“咱们全程都会在他们那些八十八毫米炮的火力下坐以待毙；我怕的就是这个——而且不瞒你们说，我简直怕得要死。”

卢米斯中士做作地清清嗓子，他开口说话时，普伦蒂斯终于明白是什么让他——尽管履历漂亮，还是排里的实权领袖——遭到大多数人的厌恶。因为他简直就是个该死的演员：他每说一句话都是在笨拙地模仿电影里的某个桥段；好像他是看尽了好莱坞有史以来所有的战争片才学会怎么当这个中士的。“嗯，这我就不知道了，科威，”他一边说，一边盯着自己杯底晃动的荷兰杜松子酒，“起码，咱们很快就要赢下这场该死的战争了。我绝对更愿意看到咱们胜利在望，而不是一败涂地。突出部那会儿，有一段时间，咱们似乎就有打败仗的倾向——那时你才会发觉自己真有麻烦了。”

中尉只得一脸敬畏地垂下眼睛；当然，他并没经历过突出部之役。

“不过我更同意科威说的，”说话的是克莱恩，那个不修边幅、爱拍马屁的无线电通讯员。为了参加派对，他特意洗了澡，刮了胡子，看上去几乎要算干净了，只不过现在，由于脸颊苍白，他鼻子上大片大片的黑头变得更加明显。每当连他自己都觉得自己对卢米斯无休止的赞同太过露骨时，他就会转而赞同“科威”。“火炮的可怕之处正在于此，”他说，“你没法还击。我是说，还击毫无意义。”

但像往常一样，没人理会克莱恩；下一个发言的是站在中尉左边的一名士兵，他边说边起身收拾面前的餐盘——这是一位个子很高、面容红润而俊朗的上士，名叫保罗·安德伍德，是排里的旗手。安德伍德极少在营房里久待；他好像在全连上下有不少朋友，所以永远在四处奔走，仿佛想一次多接见几位崇拜者。他每次进屋总伴随着一阵欢快的合唱，像是“嘿，保罗”、“你上哪儿去了，保罗”、“等等，保罗，我有话跟你说”，诸如此类，普伦蒂斯第一次见识这种场面时，心中本能地泛起一阵饱含妒意的憎恶。一个人怎么可以这么好看，这么有魅力，还这么受欢迎。但紧接着，安德伍德踱过来说：“我想我还没见过你，士兵；你是新来的吗？”于是普伦蒂斯就乖乖被征服了。他的确完美；而现在，他闪身从桌上端走盘子，同时吸引了所有人的目光。

“哎，”他说，“我只知道自己希望他们能赶紧结束这场该死的战争，越快越好。希望他们能让我们在河这边多驻扎一段时间，留给那些俄国人去搞定；那对我来说再好不过啦。”

“伙计，”军医特德说，“说得没错。”桌上的人都在点头，发出赞同的声音。那对他们所有人来说都再好不过了——所有人，但显然不包括普伦蒂斯，他只好用最后一口红酒遮掩嘴唇。

一阵遥远的嗡嗡声依稀从东面的天空中传来，所有人都怔住了，全都瞪大眼睛，面面相觑；那声音越来越响——它来自飞机引擎，一架独自侦察桥梁的德军飞机。

架在屋后地里的高射炮几乎立刻就开了火，所有人都跳起来，打翻了一片椅子和酒杯：他们像发狂的孩子那样艰难地挤出厨房门，来到屋外，奔到田野里围观，一边喊叫，一边指指戳戳。

那架飞机就在那里，试图飞出高射炮的射程，在它身后，曳光弹和炮弹在傍晚粉色的天空中炸成一团团黑色的烟雾。

“**打下**那个杂种！把他**打下来**！**打下来**！”

“他们射程**不够**啊！看在上帝的分上，加把劲啊！加把劲啊！”

“他们把他**打下来**了！他们把他**打下来**了！”

“没有——他们**还**没打中——快**打下来**啊！”

飞机还在爬升，向西北方飞去，而且显然正在远离高射炮，不过紧接着，它身后拖出一道黑烟。它在空中画出一道优美的长弧，继而开始直线下坠：他们看见一个小黑点坠毁在一英里之外，迸发出小小的橙色火光，接着，炮声骤然平息，在突如其来的死寂中，爆炸声越过平原。

"哇哦！"

"瞧见没？瞧见没？"

"漂亮！漂亮！"

"哇哦！"

"厉害吧？"

有人一巴掌拍在普伦蒂斯背上，他感觉自己的手也在拍打谁的后背；他根本不知道他们是谁。他也像其他人一样，完全为眼前的壮观景象所吸引，仿佛第一次成了他们中的一员。

他们转过身，开始三三两两地返回那栋房子，队伍稀稀拉拉的，在苍茫的暮色中，每个人都显得异常渺小、形单影只，这时，他用目光扫过一个个边走边聊的人——甚至包括戴着一顶可笑草帽的芬恩；包括克鲁普卡；包括沃尔克；还包括谄媚的克莱恩——庆幸自己能与他们在同一个排并肩战斗。他清楚这种同志情谊或许不会持久，也明白它多半是红酒和那架飞机共同作用的结果，但它却无比真实。这是他的队伍；他会跟这些人一起渡河，抓住一切将功补过的机会，抓住战争中一切仅剩的机会。

第二章

渡河那天，他们天不亮就动身了。一开始，由于不习惯急行军和装备带来的双重压力，士兵们渐渐感到体力不支，开始粗鲁而愤怒地彼此推搡，连队在漆黑的道路上慢吞吞地集结，人人都阴沉着脸，骂骂咧咧地前进。

队伍来到桥边时，天空和大地开始放亮、变蓝。真正渡河时，他们首先得尽量避免顺着松软的土丘滑到水边，然后得小心翼翼地踩着一条带钢楔的步道走一大段路，感受下方的浮筒低低地浮在河面，随汹涌咆哮、时明时暗的湍流浮浮沉沉，最后，他们还得爬上河对岸的另一座土丘。

很快，他们四周就呈现出一片浓绿和金黄。他们循着一条整洁的碎石子路穿过林地，四周一片静谧，除了他们胶底靴的脚步声之外，只听得见树梢上的鸟鸣。

科弗利中尉似乎既紧张又亢奋，眼下正走向队尾，给手下加油鼓劲。普伦蒂斯看见他在前面跟芬恩说话，随即他退后几步，在米勒身上花了些时间，边走边把一只手搭在米勒肩上，接着他又跟沃尔克交谈了几句，被后者的某句话逗得哈哈大笑。

“你感觉怎么样，普伦蒂斯？”他说，脸上还挂着沃尔克那句话激起的笑容。

“挺好，长官。”

“我想这对你来说是个很大的变化吧，跟住院那会儿相比。好吧；继续保持。”

他们一上午都在行军，每小时休息五分钟。到了中午，他们停在路旁一块空地上——那儿有两具德军士兵的尸体——吃他们的K口粮。大多数士兵都尽可能远离那两具尸体，但克鲁普卡却似乎饶有兴味。他踢它们的肋骨，又站在它们身上；接着，他在其中一具尸体旁的草丛里找到一副黑框眼镜，把它仔细戴在死人脸上，那样子就像一个玩洋娃娃的小女孩。

“嘿，伙计们，”他高喊，“我赌你们没人敢坐在这俩杂种身上吃饭。我赌五块钱。我出五块钱赌你们没人有这个种。”

没人接受他的挑战，他就自己坐了上去：他坐在那具戴眼镜的尸体胸膛上，一勺一勺地舀他那罐脱水鸡蛋，它的颜色跟尸体的肤色几乎完全一样。

随后他们又走了一下午。路上偶尔会有谷仓和农舍，看样子都已废弃，不过大多数时候他们四周都是一片空旷，只有树木、田野和看不到尽头的笔直道路。

一次，普伦蒂斯抬起头，发现保罗·安德伍德活泼俊朗的身影正走在自己身旁。“来，普伦蒂斯，”他说，“送你个礼物。”然后就塞给普伦蒂斯一枚缺少撞针的手雷。

“耶稣啊！”普伦蒂斯用一只颤抖的手紧紧攥着它，安德伍德哈哈大笑。

“怎么啦？见鬼，只要你别抬手柄就没事。”

这时，普伦蒂斯发现，安德伍德尽管表面上漫不经心，但塞手榴弹的手法却很有技巧，绝不会掉。“好吧，但我说，撞针去哪儿了呢？”

“没人知道，这就是有意思的地方。伙计们一整天都在队伍里传来传去。好了，给我。现在，当心点。”

安德伍德优雅地挪到队伍前列，开始寻找下一个捉弄的目标。不久，普伦蒂斯就看见他离开大路，快步跑进一片田地。大约跑出一百码之后，他停下来趴在地上，普伦蒂斯能猜到他在做什么：他在掩埋手雷，压实它周围的泥土或石子，在普伦蒂斯看来，这种做法实在鲁莽得可怕。那玩意儿要是被哪个农民——或者，看在上帝的分上，哪个孩子——踩到了怎么办呢？但话又说回来，安德伍德还能拿它怎么办呢？他当然不能留着它，而且恐怕也不能扔掉，因为或许敌人就在附近，能听见爆炸的声音。不管怎么说，这件事普伦蒂斯已经管不了了；他正一门心思地往前走，痛苦地把一双肿胀的脚抬起放下、抬起放下，顺着这节奏调整呼吸。他感觉心口隐隐作痛，却说不清疼痛究竟是来自他虚弱的肺部，还是来自压在他胸上的那只装了六枚枪榴弹的包。安德伍德他妈的到底哪来的力气，可以跑那么远再折返？

黄昏时刮起一阵凉风，一些人落在了后面：士兵们散布在道路两侧，队伍变得零零落落、稀稀拉拉，昏暗中，普伦蒂斯不断经过士兵们模糊的身影，他们在地上或坐或躺。他正前方的人，也就是沃尔克，开始显露出力不从心的迹象，有时会落到跟普伦蒂斯只差一两步的距离，然后又振作精神赶到前面。而米勒尽管负担比谁都重，却表现不俗：他稳步前移，婴儿肥的脊背鞭策着普伦蒂斯。一次，米勒一个踉跄摔倒在地，不过立刻又笨手笨脚地拄着勃朗宁自动步枪站了起来，枪管着地，权当拐杖。在那之后，他的枪口想必已经堵满了泥土，但普伦蒂斯觉得这丝毫无损他的表现。既然**他**都能做到，普伦蒂斯告诉自己，那我一定也能做到。

他们在一座谷仓里过夜，院子里布了哨兵。二排的人大都被安排在楼上：他们得爬上一架木梯，上去之后再划亮一根火柴，用手拢着火苗在黑暗中探路，不过一找到地方，他们就发现那里十分舒适，他们可以盖着雨衣，舒展身体，进入梦乡。不知过了几分钟还是几小时，他们被一声嗖嗖——**轰隆！**惊起。那枚炮弹或许并没直接打中屋顶，但听上去很像，紧随其后的三声爆炸也是。第二枚炮弹袭来时，谷仓二层已经乱作一团，士兵们大声呼号、跌跌撞撞、推来搡去，一窝蜂地涌向梯子，挣扎着往下爬。

“让我**出去**……”

“别他妈**挡道**……”

普伦蒂斯踩在一级梯子上，感觉自己鞋底传来手指的蠕动，随即听见一声惨叫；然后另一双靴子又落在他自己的手指上，某人的枪托砸中了他的头。爬到一半，他就在摸索中掉了下去，落在水泥地上打滚，接着另一个人又重重跌进他怀里。

“**慢点！**”卢米斯中士在喊，“慢点啊，看在上帝的分上……”

随后，袭击结束了，炮弹不再飞来。但没人愿意再回谷仓二楼，底楼变得人满为患。站立的人每挪动一步都会踩到别人的手腕或脚踝，许多人疼得大骂、嘶喊。不过无论如何，好歹每个人都找到了睡觉的地方，室内又恢复了某种平静。

轮到普伦蒂斯站岗时，时间已过午夜，他走出谷仓，一路踩到三个人。在那两个小时里，他凝视着黑暗，任风吹在脸上，被枪托砸中的脑袋始终嗡嗡作响，回来后，他发现自己已经找不到刚才的铺位了。他索性顺着一面墙摸过去，再跪下来在地上摸索。他的手摸到一堆稻草或饲料，他躺下来，享受这意外的奢侈。某人温暖、宽厚的脊背紧挨着他，他靠上去，心怀感激。直到白天，他才发现自己睡在一堆盖了稻草的猪粪里，而他倚靠的后背，属于一头熟睡的猪。

“咱们要去哪啊？”第二天上午行军时，士兵们不断地彼此询问，“到底有什么任务？”不过到了中午，大家就得知了自己的任务。前方数英里处有三座小镇。要是第一座没有敌军抵抗，那他们就要前往第二座，如果第二座也已经清空，他们就去拿下第三座。

“肯定就是他妈的走一大段路，”有人说，“他们一路上都会躲在暗处朝咱们发射八十八毫米炮弹。”

他们很快下了大路，开始穿越开阔的田野，纵队也被重新编排成一种复杂的横宽进攻队形。每个班由两名侦察兵打头，勃朗宁自动步枪手紧随其后，两旁各有一名普通步枪手，随后是班长，两侧围绕着余下的步枪手，末尾由副班长断后。他们就这样向第一座城镇进发，爬上一处斜坡，坡上是一片刚犁过的新田，二排走在连队最前面，芬恩的班走在二排最前面。

“散开，”芬恩不停地喊，“别挤在一起。散开。”

普伦蒂斯悄然走在米勒右侧，举着枪，手按保险栓，面部不由自主地微微抽动。前方那排遥远的房屋里很可能布满了德国机枪手，他们或许正蛰伏在那里，等着田野里这些绿色和褐色的小人儿再靠近些；现在他们应该在瞄准了，彼此叮嘱先别开枪，而普伦蒂斯本人会成为他们的三四个首要目标之一。

但什么也没发生。走近之后，他们看见几乎所有房屋的窗户上都挂着白旗，随后看见一群身穿黑衣的平民走了出来，高举一面白旗。两名平民踉踉跄跄地奔过来跟士兵们会合，一边呼喊，一边打着手势。其中一人身上那件脏兮兮的礼服大衣上有市长领圈：他似乎是这座城镇的市长。

如此一来，他们只需开进城里即可，他们走上散落着废弃德军装备——行李、头盔甚至步枪——的街道，唯一的任务是象征性地搜查各处房屋，看是否有敌军藏身。他们每走进一处房屋都会被平民团团围住：一位老人拽住普伦蒂斯的袖子，向他展示一份污浊的文件，还用颤抖的食指把上面的印刷文字逐行指给他看——那似乎是一份法律文书，证明他来自另一个国家，并非德国公民。

“这些混蛋里有穿便装的德国兵，”卢米斯中士说，“说不定是十分钟前刚换的。”

他们穿城而过时遭遇了一阵短暂的炮火，普伦蒂斯发现自己坐在一间地窖的地板上，被米勒和一名哭泣的老妇夹在中间，不过周遭很快又恢复了平静。接下来就该前往第二座城镇了，它与第一座城镇是如此相似，以至于他已经记不清哪座是哪座了。搜查完毕后，士兵们已是疲惫不堪。时间还只是下午四点，但普伦蒂斯却一心只想找机会睡上一觉，而且睡醒之前他甚至连东西都不想吃，但一想到食物，他又发现，自己这辈子还从没这么饿过。

“第三座城才应该是最棘手的，”有人在说，“他们肯定会埋伏在那儿等咱们。”他们离第三座城镇还有三英里。

“散开，”芬恩继续喊，“别挤在一起。我说散开，普伦蒂斯……”

他们正穿越一片狭长的草地向第三座城镇进发，草地尽头是一道植被茂密的山脊。据说翻过它城镇就不远了，还有人说 B 连会从右方某处开来与他们会合，并且率先发起冲锋。芬恩的班刚在草地上走出三分之一不到，他们身后就响起一阵惊天动地的爆炸声——普伦蒂斯猛地回过身，看见一道由尘土、浓烟和杂物汇成的尖塔拔地而起，至少有五十码高，爆炸点就在他们刚刚通过的那段土路上。那是一枚地雷；眼下，他能从飞旋散落的碎片中分辨出一对车胎。一辆吉普车——他后来得知是连队传令兵的吉普车——被连车带人炸成了碎片。

奎因特踩上的就是这种地雷吗？不；恐怕没这么大。但害死奎因特和军医的那枚地雷——那两枚地雷——爆炸时，肯定也是这样突如其来，令人震惊，在空气中留下侥幸而残酷的滋味。

“赶紧散开。”芬恩在喊。

翻越山脊是一项艰巨的任务：他们脚下是纠缠不清的灌木，树枝会挂住他们的背带、抽打他们的脸颊。登顶后，他们小心翼翼地挪向山脊另一侧的斜坡边缘，直到能看清前路：那是一片纵深而平坦的田野，估计有两百码长，田野尽头是另一座光秃秃的山丘，紧接着就是城里密密匝匝的房屋——城里没挂白旗。

两名侦察兵，德雷克和克鲁普卡，伏在灌木丛中等待芬恩，芬恩走上前去，命令自己的手下在山脊上一字排开，每人间隔五到十码。二班也在他们左侧排成类似的队形，三班处于预备状态，蛰伏在他们身后的树丛中。排指挥团成员位于他们右侧，所在的地势比这边低得多：朝那个方向俯瞰，普伦蒂斯能看见卢米斯的侧脸和另一个人的头盔，很可能是科弗利的。他们前方，在山坡与田野相接的地方，矗立着一座小小的砖石厂房——发电站之类的——保罗·安德伍德正站在屋檐下，返身微笑着跟卢米斯说话。

“现在，伏低，”芬恩说，“伏在灌木丛里。低头。”

普伦蒂斯进一步伏低身子，埋下头；接着，他看见两侧的沃尔克和布朗利都卧倒了，于是也跟着俯卧在地，庆幸可以趴在地上放松身体。这样他就看不见芬恩或卢米斯了，不过还能看见沃尔克，而沃尔克能看见他们。沃尔克动身时，他也会跟着动身；布朗利和其他人则会跟在他后面。现在，他只需趴在这里，看几眼沃尔克，再看几眼田野另一头那座静默的灰色城镇。但他发现，自己每次将视线转向城镇，那些房屋的轮廓都会在一片令人昏昏欲睡的迷雾中起舞。趴在地上实在太他妈的舒服了：他只得竭力撑开眼皮。

他们到底在等什么呢？不过他很快又想起来了：他们在等 B 连率先从右方进城。他刚想到这点，城镇右面就响起机枪清脆的哒哒声，随后，更多的机枪、勃朗宁自动步枪和普通步枪加入了和鸣，纷乱的声响汇成一曲喧天的乐章。B 连！那他们自己现在又该做什么呢？难道就趴在这里，眼看 B 连被撕碎吗？

他飞快地抬起身体，幅度刚够看见芬恩依然蜷在一丛灌木后面，而且在芬恩前方，卢米斯和科弗利的头盔也还没有动静。显然，A 连还没接到开进田野的命令。

他又趴回原地，迫使自己盯紧沃尔克，沃尔克又盯着芬恩，芬恩则盯着卢米斯和科弗利。火力稍有减弱，不过很快又恢复了；它维持了一阵子，随后再次减弱。枪声开始起起伏伏，几乎形成了规律的节奏，有如拍岸的海浪或他自己的呼吸，为他在心中默念的话语打着节拍：

只要我盯着沃尔克，沃尔克盯着芬恩，芬恩盯着卢米斯……

只要我盯着沃尔克，沃尔克盯着芬恩，芬恩盯着卢米斯……

只要我盯着沃尔克，沃尔克盯着芬恩，芬恩盯着卢米斯……

只要我盯着……

……**轰隆!**

他迅速清醒过来，站起身，首先映入眼帘的是仍在眼前的沃尔克：他爬起来，转身查看炮弹的落点。他们周遭净是升腾的黄土和飞溅的泥块。

轰隆!

他看见沃尔克再次卧倒、起身，先朝这边迈出几步，再朝那边跑出几步，显得惊慌失措；他转身，看见布朗利冒出灌木丛，一脸目瞪口呆。

轰隆!

一根折断的树枝落到地上，掉在他身旁。布朗利又低下了头，普伦蒂斯直到这时才发现芬恩、卢米斯和科弗利都已不在原地，消失在前方空旷的田野上。那座小砖房附近的草地上已经出现了一个光秃秃、乱糟糟的弹坑，他看见军医特德正在它附近俯身救治某个躺在地上的人。轻型武器的枪声是如此密集，他们根本无从判断有多少是冲这边来的：或许整片田野上都飞舞着嗖嗖的子弹。

轰隆!

一名士兵正独自穿过田野，挥舞着一只胳膊，示意大家“跟我来”——那是伯恩斯坦，也就是“自杀哥”，普伦蒂斯跟了上去。他飞奔着穿过灌木丛，冲下山坡，嘶声向沃尔克、布朗利和余下所有人大喊“来呀!”，感觉自己体内迸发出一种野兽般欢快的活力。来到山脚下时，他失去了平衡，摔了个四脚朝天，不过他很快又爬起来继续奔跑，任风声在他的头盔里歌唱，任步枪榴弹袋不断撞击他酸痛的胸膛，深信这是他有生以来最英勇的壮举。

炮弹仍不断飞来，不过已经开始落在他身后，落在沃尔克、布朗利还有天知道多少人藏身的山脊上；看样子，似乎只有伯恩斯坦和他在穿越田野。

他跑得如此之快，几乎追上了伯恩斯坦，跟着他爬上山丘；伯恩斯坦刚刚登顶，此刻正伏着身子，回过头，刚好看见普伦蒂斯气喘吁吁地从自己身后爬上来。

“我班上的人呢？”伯恩斯坦问。

“我不知道——肯定还在后面。你知道芬恩在哪儿吗？”

“不知道。好吧，你最好跟我待在一起。来吧。”

他们猫着腰继续翻过山丘，来到一处狭小破败的后院，里面满是生锈的汽车零件和堆得高高的匣子，那是养兔的笼舍。子弹很可能就来自街对面甚或这栋房子本身，但伯恩斯坦似乎很清楚该怎么做。他径直奔向房屋后门，一边匀速迈步一边抬起步枪托，把它抵在门把和门锁上，把全身的力量集中在肩膀上，顺势顶开后门，在闪身进门时重新举起步枪，准备战斗。普伦蒂斯大步流星地跟着他走进一间散发着新鲜烹饪气息的厨房；伯恩斯坦已经迅速消失在一间昏暗的厅堂里，喊道：“楼上你来！”

普伦蒂斯登上楼梯，提心吊胆，三级并作两级地往上爬，隐约希望一名德军机枪手就驻守在楼梯上，或正在某个房间里等待。他撞开第一扇卧室门，猛冲进去，尽管身体严重失衡，但还是把步枪举在胯部，随时准备开枪。里面有一张铺得整整齐齐的双人床，一张散发着香水味的荷叶边梳妆台，还有一只大门洞开的衣橱，里面散落着一大堆男女衣物。其中有德军军官制服，帽架上有一顶军官戴的高顶飞行帽，旁边还有几顶平民样式的费多拉帽。

楼上还有两间卧室，都是空的，他刚检查完第二间，就听见伯恩斯坦冲楼上大喊："上面还好吗？"

"还好！"

他们又回到后院，躬身穿过一道低矮的格栅，向下一栋房子进发。那些该死的子弹到底从哪儿来？第二栋房子比刚才那栋要大，他们一起扫荡了底楼；然后两人上了楼，由伯恩斯坦打头。他冲进第一间卧室，普伦蒂斯搞定了第二间，接着他们一起扫荡了第三间，也是最大的一间。那个房间里有一张床，一根长长的晾衣绳高挂在墙上，上面搭着几床毯子，构成了一顶粗糙的床篷。普伦蒂斯不知该拿它怎么办——扯下它的顶篷吗？——他还在犹豫，就听见伯恩斯坦举起步枪开了三枪，枪声震耳欲聋，抖动的布料上留下三个黑洞洞的小孔。直到走下半截楼梯，普伦蒂斯才开始担心帐篷底下躺着什么：如果是一位病得太重、无法随家人撤离的老翁或老妇该怎么办？或者，如果是两三个孩子在自己搭的帐篷里扮印第安人呢？

但眼下他们已经接近了第三栋房子，跨过巷道时，他们把身子压得很低。厨房门敞开着，他们在里面找到三个挤在一起的人：卢米斯、科弗利和克莱恩。

"驴子·狗，"克莱恩对着无线电喊话，另一只手捂着耳朵，好屏蔽枪声，"驴子·狗，我是驴子·南，驴子·南。收到吗？"

"伯恩斯坦，你那些该死的人呢？"卢米斯说。

"我以为他们都**跟着**我呢。我想他们还在——"

克莱恩接通了连部，科弗利一把夺过无线电，声音尖厉而颤抖，几乎带着哭腔。“我跟右方的队伍失去了联系，”他说，“左方的也是。我不知道我们他妈的究竟在这儿干吗，我甚至不知道手下还剩多少人。大部分兵力都被牵制在山脊了。”

“牵制个屁，”卢米斯说，“他们都吓得屁滚尿流了，那就是他们的真面目。”

随后芬恩中士出现在走廊上，身后跟着米勒、加德尼埃拉和山姆·兰德。他们全都上气不接下气；显然刚搜查完这栋房子。

“芬恩，”卢米斯说，“你带过来多少人？就这三个？”

“没错。”

“我在这儿，芬恩。”普伦蒂斯说。

“嗬，你他妈的去哪儿了？”

“我跟伯恩斯坦一起过来的——见鬼，我们已经搜查了两栋——”

“你怎么没跟着我呢？”

“我没看见你出发啊。伯恩斯坦是我唯一——”

“行了，闭嘴吧，各位。”卢米斯说。

中尉还在对着无线电说话，同时用另一只手擦拭湿漉漉的面颊。“不，长官，我没有，”他在说，“不，长官，我没有……”

外面的街道上，枪声依然在近处回响。他们现在该怎么办？等在这里，直到其余人赶来吗？伯恩斯坦没有流露出急于动身的样子，芬恩也一样。普伦蒂斯挪到远离他们的地方，不想惹人注意，同时，他瞥见厨房里的炉门开着，然后看见一样东西，原来他从进门起就闻到的那股甜蜜的香草气息就是从那儿来的：厨房里有一只放在外面冷却的天使蛋糕，显然是房子的女主人逃跑前留下的。他用食指戳戳它，在顶上留下一个肮脏的小坑。它还是热的。

“是，”科弗利中尉说，“好的。好的，长官……”

军医特德冒冒失失地从外面闯进来，气喘吁吁，满脸通红。

“保罗怎么样了，特德？”有人问他。

“他走了，”特德说，“脑震荡。身上没有一点伤痕。”

“耶稣啊，”伯恩斯坦说。随后卢米斯说：“噢，见鬼。”普伦蒂斯目瞪口呆。他们是在说保罗·安德伍德吗？他们是说他死了？

“他身上没有一点伤痕。”特德重复道。然后他走过来，坐进天使蛋糕旁的一把椅子，开始痛哭。他的样子让人看了难受：他坐在那里，眼泪顺着污浊的面颊吧嗒吧嗒往下掉，他试着用手抹去泪水，嘴唇像婴儿那样瑟缩、鼓胀。“他**身**上没有一点伤痕。我没**帮**上他一点忙……”

伯恩斯坦又带着普伦蒂斯来到屋外，跟在芬恩、兰德、加德尼埃拉和米勒身后：他们准备再搜查一些住宅，布好防御阵地，等待排里余下的兵力到来。他们冲开更多的门，闯进更多空荡的卧室。普伦蒂斯现在是该跟伯恩斯坦并肩作战呢，还是该跟着芬恩？他没机会提问。他刚跟着伯恩斯坦走出一栋房子，后者就转身拦住了他。“不，等等，普伦蒂斯。”他说着，皱起一张斯文的脸，露出聚精会神的神情。他显然正在设想简单的战术。

“你待在这儿，看住那块地方。看见那儿了吗?”他指着一扇窗户，窗外是一块灰色的空地，它被四周的房屋围在中间，呈不规则形状，“你待在这儿。一看见有人从那儿经过，你就开枪。明白吗?”

他点头答应，迅速跑到窗边跪下。

“好，”伯恩斯坦说，“集中注意力，留意一切情况。”说罢他小跑着出了房子，冲另一个人喊了句什么。

普伦蒂斯照他说的做了，用步枪指着窗外。过了一会儿，他用枪口捅破了窗玻璃，与其说是为了瞄得更准，倒不如说是因为电影里那些藏身窗后的枪手都这么干。他跪在那里，心中充满热忱，自认十分出色：他好歹有了一项具体的任务。他或许无法理解外面错综复杂的形势，但谁也不能说他没有尽到职责；而且谁也不能说他的表现不如沃尔克和其他人，不论他在山脊上有没有打瞌睡。他们全都落在后面，“吓得屁滚尿流”——他脑海中浮现出黄色的尘土中沃尔克惊恐的面容——而他却穿过了田野。来到了这里。

枪声依旧响彻他四周，中间隔着一阵阵令人毛骨悚然的寂静，但空地上什么也没有发生。过了一阵子，一种近乎狂躁的情绪取代了他心中的骄傲，他感觉自己错过了一切：他盼着伯恩斯坦回来，解除这项显然毫无意义的任务。

“你他妈的在干吗，普伦蒂斯?”卢米斯的声音响起，普伦蒂斯回过头，看见他站在房间里，身旁是科弗利和克莱恩。

“伯恩斯坦让我待在这儿。他让我留意——”

“唔，你最好回自己班上去。”

他重新找到自己所在的班，发现他们正挤在三栋房子之外的一堵砖墙背后，与此同时，其他那些掉队的人也都赶来了。克鲁普卡快步跑在前面，接着是德雷克和布朗利，最后是沃尔克，他向普伦蒂斯投去无地自容的一瞥。如果说在莱茵河畔初次见面那天，沃尔克曾撞见他那个做作的模样，那么现在，他俩似乎扯平了。

加德尼埃拉不在其列，不过普伦蒂斯也没去追究原因，而且米勒的脸色实在有些异样——整张脸红得发紫，眼中写满惊恐——但普伦蒂斯觉得这只是因为米勒被吓坏了；他不知道自己看上去是否也是这样。

“人都到齐了，这回？”芬恩问，“好了，别再开小差了，都跟紧点。”

普伦蒂斯本想说：“你看，芬恩，我并没开小差啊；既然伯恩斯坦命令我待在窗边，我就得待在那儿啊……”但没来得及。芬恩一边示意手下跟上自己，一边跑到砖墙尽头，穿过一片开阔地带，冲进另一栋房子躲避。

他们很快就看出，敌人大都已经缴械或撤退。一次，芬恩班上的人看见一名德军士兵在街道另一头奔逃，于是跪下来向他射击，但那人却转过一个街角，迅速消失了，普伦蒂斯甚至还没来得及打出那唯一一发无用的子弹——那本会是他在战争中开的第一枪。下午余下的时间里，他们都在两人一组扫荡住宅。

普伦蒂斯十分享受这项任务：他喜欢踹开房门，以掠夺者的姿态一个箭步冲进去，做好了面对一切的准备。在一栋房子里，他吓着了两名非常整洁、十分害怕的年轻平民，他们大致与他年龄相当。其中一人戴着耳机，两个人都坐在桌旁，守着一台小巧精致的无线电装置。普伦蒂斯看不出那是发报机还是接收机，不过既然不排除他们可能是炮兵侦察兵，那么他接下来的所作所为也就合情合理：他从那男孩头上扯下耳机，踢翻桌子，用枪托底猛砸那台落在地上的无线电，把它砸得粉碎，任飞溅的碎片滑过地板；那两个男孩神色痛苦，仿佛忍受着剧痛。万一他们真是两个业余无线电爱好者、经年累月才组装起这台设备呢？让他们见鬼去吧。

在另一栋房子里，他猛地闯进一屋子老翁老妪当中——有十来个人，或者更多，在他把高高举起的步枪啪地放到胯部时，他们全都吓得一动不动。一名矮胖的老妇刚才还在失声尖叫，双手捂脸，畏畏缩缩地从他面前跑开；现在她又透过指缝窥视，继而把手放下盯着他瞧，热泪盈眶地露出慈母般的微笑，嘴里念念有词，显然想表明她从未料到闯入的敌人会是一个瘦削的男孩，一个没长胡子、看上去精疲力尽的男孩。然后她走上前去，用两条柔软的胳膊环抱着他，把头靠在他的肩膀上，他则用那只空着的手拍了拍她的后背。

在另一栋房子里，他闯入一间幽暗的卧室，遭遇了另一名步枪手，片刻之后，他才恍然大悟，那只是一面黯淡的穿衣镜，里面映着他自己的影子。尽管当时时间紧迫——布朗利在楼下高喊“快啊！”——但他依然凑到镜前，把自己从头到脚打量了一番，对自己的形象十分满意。他的脸或许的确有些稚气，能引得人母垂泪，但他身上余下的地方却尽显军人气概。“来了！”他大声回应布朗利，跑出房间之前又骄傲地向镜子投去最后一瞥。

直到那天深夜，他才得知下午那五到十分钟里，也就是他受伯恩斯坦之命跪在窗前、防范敌人从未到来的反扑那段时间里，发生了什么。那时，在与他的蹲伏地最多只隔两栋房子的一条街上，加德尼埃拉阵亡了，米勒成了英雄。他是从山姆·兰德那儿听来的，后者正嗡嗡地跟卢米斯讲述这件事。他们四个——芬恩、兰德、米勒和加德尼埃拉——当时正顺着那条街往前走，突然，一名蛰伏的德国步枪手跳出离加德尼埃拉不足五英尺的藏身处，一枪打在他背上，要了他的命。米勒转身面对德国人，咆哮一声，用尽全力端起他的勃朗宁自动步枪，稳健地射击：还没等兰德和芬恩反应过来，他就已经把一排子弹打进了德国人的肚皮、胸膛和脸颊。

“然后等我转过身来，”山姆说，“老米勒还在拼命大喊，不停地开枪，那个大块头德国佬蜷在地上，像个该死的纸人。我觉得直到事后，老米勒才明白自己干了什么。芬恩说：‘米勒，这支勃朗宁步枪归你了；你受之无愧。’”

普伦蒂斯不知该如何看待加德尼埃拉，他对那个郁郁寡欢的、说不定还相当友善的小个子男人一无所知，加德尼埃拉的死在大家心中的分量完全无法与安德伍德的死相提并论，但对米勒，他却怀有一种幼稚的艳羡，或者妒忌：我也做得到；我也会做那样的事，只要我有这种机会。

直到第二天早上，等队伍恢复了行军，他才得知在同一段短暂的时间里，伯恩斯坦那个匆匆重组的班上发生了什么。他们遭遇了一架机枪的袭击，两名新来的补充兵员阵亡，另有一人负伤。伯恩斯坦精确地掷出一枚手雷，亲自铲除了机枪手，他的勃朗宁步枪手撂倒了另一名试图逃跑的德国兵。

这两件事本就带有不真实的编造痕迹，就像那些道听途说的战争故事；然而这两件事都发生在他眼前，就在距离他不过几码的地方。此刻，他走在队伍中，调整着步枪榴弹袋，想减轻它的压迫，缓解胸口的疼痛，同时意识到自己昨天的表现简直滑稽可笑。说到底，除了在山脊上打瞌睡、错过每一场战斗、砸毁了一台无线电、安抚了一名老妇——甚至（耶稣啊！）还欣赏了一番镜中的自己——之外，他又做了什么呢？

接下来那几个日夜他过得浑浑噩噩。他们没睡过一个整觉，食物始终匮乏。他们双脚肿胀，迈着沉重的步伐，节奏单调地行军，一英里一英里地缓慢穿越了据说是鲁尔[①]的区域；在他们疲惫而模糊的视线中，破败的城镇冉冉升起，分解为破败的街道和破败的住宅，住宅又分解为一个个房间；然后房间、住宅、街道和城市重又合拢，被他们抛在身后，更多的道路、田野、林地、铁道和工厂出现在他们面前，更多的城镇在前方等待。

随后出现了一条名叫多特蒙德–埃姆的运河，他们得连夜渡

① Ruhr，位于德国西部，是德国重要的煤矿产地与工业区，因鲁尔河而得名。

河。冲锋由另一个连队发起，不过芬恩他们班被派去为营部干活：他们的任务是携带一卷卷通讯缆线直接跟在冲锋连后面。每卷缆线重达四五十磅，普伦蒂斯分到的那卷还没了提手：他只能直接拎着那卷盘绕纠缠的缆线，听凭它们勒进自己的手掌。他用另一只手架着步枪，尽量让自己心无旁骛，盯紧前面沃尔克的头盔，一行人在近乎纯黑的夜色中向运河进发。他想转身轻唤一声“山姆？”，看兰德是不是还跟在他后面，却又不敢，哪怕只一秒钟。这很像去年冬天挺进霍尔博尔格的那次行军，只不过那次，他起码还能在积雪的映衬下分辨出身边战友的剪影。

第一阵密集而急促的八十八毫米炮弹火力袭来，弄得他倒进路旁的沟渠，沉甸甸的线卷落在他腰背上——随后是**轰隆！**一声，沃尔克就趴在他前面，他伸出左手，碰到了沃尔克的靴底，线卷滑到他手腕上。

“继续前进，士兵们。”有人在喊。

随即又是一阵急促的炮火，紧接着是另一声爆炸，但沃尔克的靴子还在原地，于是普伦蒂斯也继续留在那里。

“继续前进，士兵们……”

——**轰隆！**这回，普伦蒂斯感觉头盔被什么砸得叮咚直响，有东西洒落在自己背上。路的另一侧传来一个战栗的、几乎有些抱歉的声音：“军医？军医？”

“哪儿？你在哪儿？”

“这边——他在这儿……”

“继续前进，士兵们……”

沃尔克的靴子动了，普伦蒂斯跟随它爬回路上，开始奔跑，一手持枪，一手提着线卷。急促的炮声再次传来，沃尔克和普伦蒂斯及时闪进壕沟——**轰隆！**——然后他们又迅速起身继续奔跑。所有人都在奔跑。

在路的另一侧，另一个声音开始尖叫："噢！噢！噢！流血了，流出来了，流**出来**了！"

"安静！"

"让那个杂种闭嘴！"

"流出来了！流**出来**了！"

"在哪儿呢？你**在**哪儿？"

"继续前进，士兵们……"

沃尔克的背影在黑暗中溜走了，好像来了个右转弯。然后它似乎再次右转，奔向队尾，但普伦蒂斯无法确定。他迟疑地站在路中间，转过身，直到看见那个晃动的背影又出现在自己前方。但那是同一个背影吗？它是不是瘦了些，矮了些呢？急促的炮声再次传来，那个背影卧倒了，普伦蒂斯也卧倒在他身旁，抓住对方的肩膀。"沃尔克？"他在爆炸之后问。

"认错人了，伙计。"

他又爬起来奔跑。"沃尔克？……沃尔克？……"他的手被线卷勒得生疼。他放慢脚步，想跟上一个像是山姆·兰德的矮小身影，但那人却一直以权威的口吻说"继续前进，士兵们"，所以应该是位军官。普伦蒂斯带着一种可笑的恭敬说："请原谅，长官，请问您知道缆线小分队在哪吗？"

还好，那位军官因为实在紧张，也客气得可笑："我恐怕不太知道，士兵；抱歉了。继续前进，士兵们……"

普伦蒂斯越过他，跑到马路对面。他听见路拱上又传来一阵急促的炮声，于是像跑垒一样迅速冲到对面，而且跑得正是时候——**轰隆！**一名士兵脸朝下趴进了他身旁的壕沟。"嘿，伙计——你见到缆线小分队了吗？"

对方没有回答。

"嘿，伙计——"

还是没有回答：那人说不定已经死了，或者只是吓得半死。普伦蒂斯再次起身奔跑，过了许久，他才想到：那人或许是受了伤。耶稣啊，我是不是该停下来摸摸他的心跳？或者去叫军医？

但他只是奔跑，他再度穿过马路，炮弹袭来时只稍稍低头，有时甚至连头也不低，自认无比英勇，因为别人都已伏倒在地，只有他依然屹立。

路尽了，他跟随人群跑下一道宽阔泥泞的土坡。现在大多数八十八毫米炮弹都落在他身后，或者看上去是这样；他跑上一道木质的斜坡——那似乎不过是一块伸出河岸的木板，倾斜得厉害，被推搡奔走的人群压得颤抖不止。"慢点儿，伙计们，"有人在说，"**慢点儿！**"在木板尽头，他的双腿冷不丁地没入了刺骨的河水：他正涉过一条深及大腿的河流。在他前方不远处，一名士兵向前栽倒，溅起大片水花，两名士兵停下来搀扶他。

然后对面的泥岸骤然出现在他脚下；他又上岸了，但面前却隐约出现了一个高大笔直的东西，颜色比夜空更深。那是一道防洪墙，石砌或水泥浇筑，高度有十到十五英尺。有人在说："梯子……梯子……"他向前摸索着，触到了墙上滑腻的木梯。他把步枪甩到一只肩上，另一只胳膊穿过线卷，用两只手攀爬，同时隐约感觉到自己两旁还有别的梯子，还有其他人在向上爬。梯子低于墙头，无人搀扶，所以晃动得厉害，直到上面有一双手拉了他一把。"谢谢，"他说，一只膝盖跨上墙头，那人很快跑开了。他返身向下，拉住后面那人的胳膊，"谢谢。"那人说。

整道堤岸上都充斥着含混的说话声，每个人都兴奋异常，气喘吁吁："这边走……""哪边？……""咱们现在该往哪儿走？……"

此刻，他们正置身于一片犁过的农田：凹凸不平的松土在他们脚下像海绵那样下陷。普伦蒂斯循着说话声走入黑暗，再次开始奔跑，炮弹飞掠过他头顶，落在他身后很远的地方、落在运河那一面。就是在这片田地里，他在右后方不远处听见了山姆·兰德的声音：

"普伦蒂斯？是你吗？"

"山姆！耶稣啊，你他妈的上哪——"

"你他妈的上哪儿去了？"

"我上哪儿去了！天啊，我他妈的一直在找**你们**啊。沃尔克呢？"

"小点声。他们全在前头呢；我为了找你才留在后面。线卷在吧？"

"当然在啦。你他妈难道以为我会——"

“那就带好了。这回可别再掉队了。来吧。”

他快步跟在兰德身后，心情苦闷，愤愤不平；他忿然下定决心，自己决不接受芬恩的任何训斥。见鬼，我可**没**掉队，他在脑中无声地演练。据我所知，我还比**你们**这帮家伙先渡过运河呢……

半小时后，在黎明时分，训斥如期而至，此时，搬运缆线的任务已告结束，他们正蹲在村里的一堵墙边，就在那片犁过的土地之外，等待解散之后重回自己所在的排。

“芬恩找你，普伦蒂斯。”沃尔克义正词严地说，于是普伦蒂斯来到芬恩坐的墙边。微弱的光线只够普伦蒂斯看清他仰起的头盔和那张怒容满面、轮廓瘦削的脸。

“普伦蒂斯，”他说，“之前是怎么回事？”

“我在炮击中跟丢了沃尔克，仅此而已。”

“好哇，你他妈的怎么就是跟不上呢？”

“跟不上？”尽管他明知嘟囔一句道歉的话能避免更大的麻烦，但他却控制不住自己的声音，“这不是跟不跟得上的**问题**，芬恩。天哪，我可是跟你们同时渡过运河的——说不定比你们还早。我是说，你看，芬恩，如果你想找谁的茬，那就另当别论了，但你可别说我——”

“我没想找谁的茬，士兵。”

“那**好**。但别说我跟不上，就这样。我被冲散了，仅此而已。”

“是啊，你牛皮还吹得不小是不是？现在你闭嘴，给我听着。”

普伦蒂斯满脸羞愧，口干舌燥，他别无办法，只能听着。班上的其他成员也都在听。

“我不需要帮倒忙的家伙，普伦蒂斯。而你从头到尾最拿手的就是帮倒忙，是不是？是不是？好了，你只要在这个班一天，就得跟我们其余人一起行动，我不想再听到任何不知天高地厚的大话。听明白了吗？”

“芬恩，我——”

“听明白了吗？”

“明白了。”

“好。回去吧，现在。”

大概两天、三天或者五天后——所有人都对时间失去了概念——他们终日冒雨行军。他们当天的目标，是攻占另一座城镇外的一片高地；扫荡完那座城镇，他们就得前往目的地，一路上得经过数英亩被炸毁的厂房和仓库，再越过布满工业废墟的平原。

“队形散开。”芬恩不断呼喊，队伍在散落的砖块、弯曲的缆线和倾斜松动的水泥板之间摸索。随后，各排、各营再次重整编队。

前方远远矗立着一栋毫发无损的巨大砖结构建筑，在它顶上能看见一台起重机，旁边小山一般的煤堆在地平线上延伸出差不多半英里，煤炭乌黑油亮，有如雨中的甘草。走近之后，他们看见煤堆下有个铁路站场——上面铺了许多并行的铁轨，还装了不少开关和岔轨，其中一条轨道上停着一列火车，由一节节无盖货车组成。原来，那栋高大的建筑是一座起运站：它横跨在这些铁轨上，由森林般密密麻麻的砖柱支撑。这个繁复场景中的任何一处地方——煤堆、起运站或者它周围任何一栋较小的建筑——都可能为敌军提供绝佳的射击点或炮兵侦察位；因此他们走路时十分警觉，像猎人那样扛着自己的步枪。

第一批八十八毫米炮弹袭来时，他们班正在靠近起运站旁一栋较小的建筑；他们只要跑过最后几码、迅速进屋就安全了。但当炮弹在队伍中爆炸时，他们回过头，看见连队里余下的人全都陷入了混乱与恐慌：士兵们奔跑，跌倒，爬起来再跑；有些人设法用瓦砾作掩护，另一些人则拼命奔跑，希望能逃过一劫。

伯恩斯坦班顺利进入了那栋建筑；卢米斯、科弗利、克莱恩也都进来了，还有阿加特上尉和部分指挥团成员。连队余下的人现在大都安全进入了旁边那栋建筑；剩下一些人落在一百英尺外的一面破墙背后，只有很少几个人倒在露天地带：无法断定他们有没有中弹。

“哎，见鬼，”阿加特上尉说，“咱们他妈的绝对不能待在这儿。咱们出去，越过铁轨。”

芬恩班绕着建筑外侧匍匐前进，来到起运站砖柱附近的一片开阔地带，开始穿越铁轨。他们刚走过一半的铁轨，一挺机枪——不，那声音比机枪响亮五十倍——就把他们所有人打得躲到柱子背后。在连发射击震耳欲聋的哒哒声中，一列黄色的曳光弹飞速划过，那些子弹——基督啊，那哪是子弹，根本就是炮弹——那些炮弹打在柱子和墙上，发出刺耳的爆炸声——**嘭！嘭！**——几乎与高射炮无异。那的确是高射炮：一台防空高射炮正在水平方向上射击。

普伦蒂斯那根柱子只比他的肩膀宽个一两英寸：只要他站得笔直，后背贴紧柱砖，收起手肘，把步枪枪托朝下放在右脚一侧，摆出一个标准的持枪立正姿势，那么两旁嗖嗖飞过的炮弹就伤不到他；但即便如此，他还是躲不过那些呼啸而过的、看不见的炮弹碎片，有的碎片会飞进他头顶的砖柱，或钻入他脚下的煤渣，发出**啪！**的一声。他能用余光扫见山姆·兰德，后者也像他一样，浑身紧绷躲在旁边一根柱子背后，他另一侧是德雷克。

阿加特上尉站在差不多二十英尺之外，靠近一面墙，角度刚好能避开炮弹。炮火中，他的目光落在普伦蒂斯身上，忽然间，他脸上凝重而阴沉的神色化作一抹愉快的微笑。“嘿普伦蒂斯！”他在枪炮声中大喊，普伦蒂斯几乎听不见，仅能靠口形猜测他的意思，“嘿普伦蒂斯！跨立稍—息！”他笑得弯下腰，直拍大腿。

火力最多只持续了半分钟，但给人感觉却长得多；而且它就算停下来了，好像也只是为了把人从柱子背后引出来。普伦蒂斯完全不知所措，直到看见山姆·兰德跑过去躲进了阿加特和其他人所在的那栋建筑。他和班里余下的人一起跟着他跑了过去，高射炮没再开火。德雷克最后一个进来，步履蹒跚，还试着单脚跳，军医特德出去帮他，进来时半拖着他。一块炮弹碎片击中了他的腿。

“那个狗娘养的肯定没弹药了，”阿加特上尉说，“他马上就该毁了他的高射炮，像只大肥鸟一样跳下来了。要么这样，要么他就会举着他那双该死的手出来。”

但芬恩班没法留在那儿看阿加特打算怎么处置那门高射炮了：他们奉命用无盖货车车厢作掩护去往左侧。火车有多长，他们就得走出多远，然后设法在尽头穿越铁轨。

他们成功了，随后，经过一番挣扎和无数次滑落，他们爬上了煤堆。煤堆背面没什么东西，只有一片潮湿空旷的平原，它一直向前延伸，最终与地平线上漆黑的树林相接，他们右侧是另一座煤堆，它与他们所在的煤堆形成一个直角，挡住了右方的视野：站在煤堆顶部，他们看不见防空高射炮所在的位置。他们顺着煤堆背面滑下来，煤炭雪片般纷纷下落，随后芬恩挥手示意他们向左走。在煤堆尽头，他们遇见了伯恩斯坦班，对方正从另一侧绕过来，身后跟着两支来自武器排的机枪队，伯恩斯坦带来了卢米斯中士的命令。现在，在机枪支援下，这两个班得在煤堆这端布防。他们得派出一半人手在煤堆上那些视野开阔、能将平原一览无余的位置挖壕：另一半人则会在煤堆尽头的一座小砖房里休息。到了半夜，砖房里的人再去替换煤堆上的人。

“你看，芬恩，”伯恩斯坦说，“我手上只有五个人。我能借你一个人吗？我能借走普伦蒂斯吗？”

“你**当然**可以借走他啦。”芬恩说，普伦蒂斯不知自己该骄傲还是羞耻。伯恩斯坦想要他固然令人欣慰——这或许意味着他还记得那天他们一起穿越田野的事——但看到芬恩这么急于摆脱他，他又有些懊恼。

最终，上面决定让芬恩班在煤堆上站第一班岗。在回砖房的路上，普伦蒂斯有意走在伯恩斯坦身旁，愉快地跟他进行了一番简短而节制的对话，谈论着这一天有多么操蛋。他不敢多说，怕惹来巴结长官的嫌疑，但伯恩斯坦友善的态度鼓舞了他。要是他今晚能表现得无可挑剔，那他兴许就有机会获准调到伯恩斯坦班上。

那栋小房子显然跟铁路有关，不过里面十分寒冷，瓦砾遍地，而且实在太黑，他们在地板上摸索着寻找睡觉的地方，根本看不清室内的景象。有人弄醒普伦蒂斯，叫他到屋外站岗，回来后，他睡得那么沉、那么香，感觉就像睡了好几个小时。然后他听见伯恩斯坦的声音："普伦蒂斯？你醒着吗？"

"醒着呢。"他站起来。

"好；过来。"伯恩斯坦带他来到一张掀盖办公桌前，写字桌上立着两根燃烧的蜡烛，"你有表吗？好，是这样。你要当一会儿管事的，好让我睡一会儿。现在是十二点半。一点半的时候你把科尼什叫醒，让他去替换外面站岗的人。明白吗？"

"明白。"

"然后到了两点，你要把我们全部叫醒；那时我们得到煤堆那儿去。好吗？"

"好的。"普伦蒂斯坐进桌前那张转椅。

"要是煤堆那边有人过来屁话，"伯恩斯坦说，"你就告诉他们你奉命按这个时间执行。两点之前我们不会替换任何人。"

“好。”

独自一人时，他被寂静、安适和烛光弄得昏昏欲睡。他考虑过要不要把头搁在桌上，最终还是决定放弃：风险太大。相反，他只是摘下腕表，把它摊在桌上，盯着秒针，看它绕着表盘爬行。

没过多久，伯恩斯坦又走出阴影。“一切都好吗，普伦蒂斯？”他问。

“都好。”

伯恩斯坦坐到桌旁的另一张椅子上。“我好像有点失眠，”他说，“不如坐会儿算了。愿意的话你可以回去再睡会儿。”

“不，我也不睡。”很快，他俩就像老朋友那样舒舒服服地聊起天来。

“你跟芬恩班上的人相处得不大融洽，是吧？”伯恩斯坦说。

“嗯；我想是的。”

“我并不意外；芬恩这人不大灵光。看得出他不懂得善用你这样的人才。”

“怎么讲？”

“唔，你的确有些与众不同，你不觉得吗？你以为我为什么会选你？”

“我以为只是碰巧。”

“唔，不是。我觉得说到底，你和我是一类人，普伦蒂斯。我们聪明，但军队不会欣赏这种聪明。要是军队里有任何公平可言，那像我们这种有头脑的人都该去当军官。我常这么想。举个例子，比方说——”

他忽然感觉有人正抓着他的肩膀狠命摇撼，他的旋转椅随之转向——克鲁普卡出现在他面前，浑身湿透，满身漆黑的煤灰，正冲他咆哮。

“他妈的什么情况，普伦蒂斯？替我们的人都他妈的在哪儿？”

普伦蒂斯也站起来，用咆哮回敬他，感觉自己有无穷的力量。“别冲我大呼小叫，克鲁普卡。想让人换你们，就他妈的乖乖等我发话。我特别奉命——”

直到这时，他才渐渐分清现实与梦境，这个过程缓慢得令人眩晕。克鲁普卡是真实的；蜡烛和办公桌也是真实的；而同样真实的，还有他的手表所指的两点三十五，以及伯恩斯坦匆匆穿出阴影赶来的身影，“他妈的怎么回事？”他睡意蒙眬地说。

那一整段对话都是幻觉。它只发生在普伦蒂斯脑中。而现在，他意识到，在被克鲁普卡抓住肩膀之前，自己一直就把脑袋搁在桌上。

那晚余下的时间里，他浑身湿透，一边在煤堆上挨冻，一边因自我厌弃而阵阵痉挛，压得身下的煤块咯咯作响。

不过那就是他最后一次，也是最严重的一次受辱了。他后来犯下的错误都幸运地没有暴露在大庭广众之下；即便他依然是班里最不成器的士兵，但他起码成功地避开了别人的注意。后来，煤堆那件事刚过去不久，在一个令人难忘的早晨，沃尔克取代了他的位置。

头天夜里，他们又一次彻夜行军。他们没走大路，而是在黑暗中走上了崎岖的乡道，穿过一片区域，阿加特上尉神色严峻地告诉他们，那是敌人的地盘（“谁要是敢点一根火柴，他就死定了”）。他们全程一言不发，每名士兵都把一条白色绷带系在右肩肩章上，好让后面的人不喊口令也能跟上。破晓时，他们来到阿加特地图上的目的地，二排大部分人都进了一座温暖、洁净的农舍，女主人同意烧点热水给他们冲咖啡，再多热些水供他们洗漱、剃须。他们很快又回到野外，明亮而多雾的早晨如同凛冬，刺痛了他们擦洗过的皮肤。他们又来到一座城镇市郊，进城之前先得蹚过一片沼泽，再翻过几座山岗，山岗上的灌木丛过于浓密，致使他们无法分散行军：每班不得不排成一列纵队，在山间踏出一条条粗糙、湿滑的小道。大雾迷蒙而潮湿，浓重的雾气把所有人的视野都局限在方圆几码之内，而路上渐次闪现的一切景物——树木、灌木、棚屋——都透出一种诡异的险恶。他们上坡时，一座巨大的矩形建筑出现在他们右手边，他们刚能看出那是一座谷仓，左手边就响起哒哒的机枪声，粉碎了四周的宁静。

所有人旋即卧倒，扭动着寻求掩护，同时前方还传来单发的步枪声。左面有人在喊：“开火！开火！”普伦蒂斯感觉自己大概也应该端起步枪，扣动扳机；但他怎么判断自己打的是谁呢？伯恩斯坦班就藏身在左侧的浓雾中，三班也是。难道他应该不管三七二十一，冒着误伤自己人的风险，先开枪再说？

“别开枪，你们——别开枪，”山姆·兰德在他身后喊，这样一来，单纯地趴在那里也就不算什么罪过了。他向前望去，只见沃尔克近大远小的靴子和臀部就在眼前。

随后，芬恩的声音传到后面："上吧，我的兵——跟我来！"沃尔克的靴子骤然动了。他弓着腰奔跑，向右绕出一大圈，越过一道浓密的树篱，再转过一个弯，直奔谷仓背后。普伦蒂斯跟着他，山姆·兰德紧随其后，他们一路狂奔，直到转过谷仓一角才发现，这里只有他们三个：班上其他人都不见了。

"搞什么鬼？"兰德质问，"芬恩呢？你**跟**的是谁，沃尔克？"

沃尔克那张喘得上气不接下气的大脸出卖了他的愧疚："我以为他就是这个**意思**，山姆。我以为他**指**的是到谷仓后面去。"

"怎么会？"

"唔，我是说——耶稣啊，山姆；我不知道。"

"靠。那我们他妈的现在上哪找他们去？他们是往前、往左还是往哪儿去了啊？"

只要躲在谷仓背后，他们就安全无虞，但山姆·兰德没让他们躲太久。一开始，他让普伦蒂斯穿过树篱，想按原路返回，但机枪声再次响起，破碎的灰泥溅落在地，离普伦蒂斯的脑袋只有一英尺远，证明他就是目标。他扑倒在地，慌乱地一口气爬过树篱，而兰德只是说："好吧。看来咱们得另找一条路了。"

他带着他们绕过谷仓另一角，正当他们伏在那儿、掂量着要不要冒险冲出去时，枪声再次响起：机枪声断断续续，引得步枪和勃朗宁自动步枪纷纷回应，后者似乎来自好几个方向；忽然间，一声响彻云霄的爆炸平息了所有枪声—— 一枚手雷爆炸了。紧接着是一阵呼喊：

“抓住那个杂种！”

“他在这儿！”

“同志[1]……”

“同志个屁！**抓住**那个杂种……”

山姆·兰德指着远处，指的不是喊声传来的方向，而是一栋农舍，现在他们轻易就能看清它了，还能看见农舍一旁站着芬恩和班上其他人。

“见他妈的鬼了，”芬恩说，“你上哪儿去了，普伦蒂斯？”

“我——你瞧，芬恩，不是我——我们在那边那座谷仓后面——”

但山姆·兰德很快拯救了他。“不是他的错，芬恩。沃尔克把我们带到谷仓后面去了。”

芬恩眯缝着眼睛转向沃尔克：“你他妈的为什么会这么干呢？”

“我——芬恩，我**以为**自己看见你在往——”

沃尔克出丑，普伦蒂斯喜闻乐见，而在那天余下的时间里，以及第二天、第三天，这种快乐与日俱增，因为沃尔克的表现每况愈下。

几天后，一项任务看似为沃尔克和普伦蒂斯提供了一个将功补过的机会：阿加特上尉希望有人能志愿去执行一项特别巡逻任务。“我去，”芬恩向自己班上的士兵宣布，“还有谁去？”

---

① 原文为德文：kamarade。

“见鬼，才不呢，”克鲁普卡说，“自告奋勇？在这场该死的战争快结束的时候？你该看看你脑子是不是有问题，芬恩，真的。”

除芬恩外，沃尔克和普伦蒂斯是仅有的两名志愿者；在连部，他们跟芬恩一起同另外八到十个人会合，郑重其事地听上尉做情况介绍。

“好，”上尉说，半眯着眼扫视眼前的队伍，有几名士兵发现他喝醉了，担忧地瞥了他几眼，“我需要你们这么做。我需要你们穿过那条下穿通道，左转，再一直前进，直到遇见德国佬为止。我们只知道那边有德国佬，但不知道有多少人、离咱们多远。所以需要你们去弄清楚。谁是级别最高的预备士官？”

“我想是我，长官。”一名身材魁梧、胡子拉碴的上士说，他来自一排，名叫科瓦尔斯基。

“好。科瓦尔斯基上士将是你们的指挥官。有问题吗，科瓦尔斯基？”

“长官，这是一次侦察巡逻吗？”

“见鬼，不，这不是侦察巡逻。你以为我们是在干吗？军事演习吗？这是一次**战斗**巡逻。你们遇见的那些德国佬很可能会向你们开枪，到时候你们最好确保自己会还击。不然你们还打算怎么摸清他们的数量？”

“狗娘养的，”有人嘀咕，“这简直是玩命。”

但实际上，这却是一次弃战。他们刚出地道，才走出不到一百码，科瓦尔斯基就叫他们停下来集合，自己做起了情况介绍。

“我不知道你们，”他说，“但我要是事先知道阿加特喝多了，是绝不会主动加入的。我觉得这次巡逻咱们完全可以糊弄过去。有不同意的吗？”

没有。

“那好。咱们要做的就是，往前走到那片树林为止。然后朝林子里放几枪了事。放完咱们就走，不管有没有人还击。我来打报告，大家都管住嘴。好吗？”

他们完全照他说的做了，没给普伦蒂斯和沃尔克留下任何逞英雄的机会；阿加特上尉接受了科瓦尔斯基捏造的报告，在两人短暂的会面中，他始终显得昏昏欲睡，似乎他真正需要的，只是睡上一两个小时，好恢复体力。

*

现在，军队中日日夜夜都充斥着各种传言，多到每个故事都真假难辨。人们几乎什么都愿意相信：在那些浑浑噩噩、稍纵即逝的日子里，再没有什么能让人意外。一则传言说第九军的北突出部已经深入柏林市郊；另一些则把它往西挪了数百英里。还有一则传言已经流传了好几天，至今也无人证实或否认：据说罗斯福总统去世了。“好了，坚持住。”在一个温暖的下午，卢米斯中士转身背对一堵被弹片打得千疮百孔的墙，面向全排喊话。他们当天已经穿过了一座村庄，又走过了一片一望无垠的开阔田野，完全没发现敌军的踪迹，但现在，他们得知，为数可观的敌军显然正驻守在那座稍大的城镇外围，还在一座又高又陡的山丘上挖了战壕。事实上，这个下午或许会出现本次战役中的首场肉搏。但普伦蒂斯实在太累了，既顾不上兴奋，也顾不上害怕，他环顾四周那些满面尘灰、大汗淋漓、嘴唇发紫的面孔，发觉每张脸似乎都同样无精打采。

“这次与以往不同，这次是动真格的了，”卢米斯说，“我们会正面遭遇大批敌军。”他竭力为自己的发言注入一丝紧迫感，但他发红的眼睛和凝结着灰尘的嘴唇却显示，他也跟其他人一样精疲力尽。这次，他想必也像他们一样，觉得自己那些话简直是电影里的台词。

“听着，上山前，我们会有足够的炮兵火力支持，但敌人的战壕肯定挖得又好又结实，所以可以肯定，最艰巨的任务还是会落在我们头上。上了山大家就得靠自己了。我不想看到任何人躲在后面，临阵退缩，不敢开枪。好了，就说到这儿。谁有问题吗？”

他们继续在城里那些挂满白旗的陡峭街道上艰难跋涉，眼前就是那座高耸的山丘，它看上去光秃秃的，在午后的阳光下呈棕褐色。一切都显得极不真实。

在城镇最高点，他们获准休息。炮击将在三十分钟后开始，期间他们什么也做不了，只能等待。芬恩班的人靠着一栋房屋的灰泥墙坐成一排，每个人都显得郁郁寡欢、精疲力尽，垂眼望着来时爬过的街道，彼此相对无言，直到山姆·兰德掏出一支锃亮的德军手枪，那是他在前一个村庄从一名德军战俘的腰带上摘下来的。

“嘿——，”沃尔克说，“漂亮，山姆。我能瞧瞧吗？”他倾身向前，越过克鲁普卡、布朗利和普伦蒂斯的大腿。山姆也向前一倾，递出手枪，就在手枪易手之际，世界停滞了。

那是一枚美军炮弹，比原定时间早发射了半个小时，离目标还差五百码，在他们头上六英尺处洞穿了这栋房子。事后，有人说它在击中房子之前曾低空掠过，摧毁了他们下方倾斜的街道；但有人又予以否认。不过当时，他们只是震惊得无以复加，感觉双眼灼热，耳膜迸裂，每个人都惊恐万状，一跃而起，晕头转向，彼此冲撞，丢盔弃甲，全都匆匆忙忙、气喘吁吁、晕头转向地四散奔逃。

普伦蒂斯跟沃尔克撞了个满怀，又猛地弹开，绕过屋子一侧，却被一道高高的铁丝网拦住了去路。他转身离开，极速冲刺，跟着克鲁普卡慌乱的身影跑过一条街道，身后还跟着另一个人。第二枚炮弹炸得他扑倒在地，他在人行道上扭动身体，仿佛要钻入地下。等他抬起头，克鲁普卡已经不见了。在克鲁普卡先前所在位置十码开外，有一堆棕绿相间的散乱衣物，直到后来，他才明白，那就是克鲁普卡的仅剩的残骸。第三次爆炸袭来，随后是第四次。其间短暂的平静充斥着某人带哭腔的尖声嚎叫，普伦蒂斯意识到自己听见这声音已经好几秒了，于是微微抬头，刚够看见嚎叫的是谁。是科弗利中尉，他正沿街奔跑，挥舞着胳膊。卢米斯紧随其后，一边弓着腰奔跑，一边喊：“**趴下，科威，趴下！**”然后又传来一声爆炸，紧接着又是一声，普伦蒂斯把脸埋进臂弯，全力贴紧那道水沟，心想，现在我们起码不用再去占领那座山丘了；现在我们起码不用再去占领那座山丘了。他咬紧牙关趴在那里，把脸深深埋进臂弯，大地在他身下不断震颤。

第三章

A 连的战斗结束于四月的最后一天，那天他们奉命撤下前线，在雨中的散兵坑里虚度了几个日夜。然后他们坐上卡车，来到一座完好无损的城镇，进驻几栋干燥、抗风、状况绝佳的房子；在此期间，德国投降的消息传遍了欧洲。他们纵酒欢庆了好几个晚上，公然违背禁止“亲善”的原则跟德国姑娘调情，随后他们又转移到一个更好的地方——那是一座阳光明媚的小镇，名叫基尔斯佩班霍夫[①]，在那儿，他们唯一的任务是为一千名刚刚获救的苏联流民站岗。同盟国军政府安置苏联人的地方，在想必是城里最好的居住区，它坐落在一座山丘上，由一片整整齐齐的二层小楼组成，远离那座被炸掉一半的塑料工厂——那也是城里唯一的工业设施。二排全员二十四小时轮流站岗，一次一个班，巡逻时，士兵们会在漂亮的街道上来回闲逛，每栋房屋里的人都会对他们欢笑和挥手致意，他们还不时被前来握手的男人和热情洋溢的女人包围，被迫接受那些人塞给他们的一杯杯自酿伏特加，并且在口琴的伴奏下跟他们一起唱俄语歌曲。每天晚上，只要敢擅离职守，甘冒被巡逻车上的中士记缺勤的风险，他们甚至能轻易泡到姑娘。

有几个较晚来到欧洲的师正准备乘船跨越半个世界，加入人称“中缅印战区”[2]的部队，去帮忙结束抗日战争，但第五十七师不在此列：他们会留在这里。参照积分系统[3]，队伍中较为年长的士兵将会离队，送回国内退伍；年轻且积分较低的士兵可在欧洲待上半年到一年。

同时，基尔斯佩班霍夫的一切都令人赏心悦目。连队厨房设在塑料工厂部分未受损的厂房里，食物变得更加美味丰富。每名士兵在午餐和晚餐前都能领到一小杯杜松子酒，还能在红白葡萄酒中选一种佐餐。他们每天都能洗上热水澡，而且最值得一提的是，每个人都领到了制服——不是新的，但却干干净净，气味芳香，只是被军需处洗得有些褪色和缩水。他们现在不戴钢盔了，只戴干净的头盔衬里，每只衬里侧面都饰有珐琅质的本师徽章。

新生活中也有烦恼——但都是“鸡毛蒜皮”的小事，例如起床号和归营编队、例如正式检查和五到十公里列队拉练——但总的来说，那些日子是缓慢、富足而慵懒的。

每个人似乎都很开心，只有普伦蒂斯除外，一种壮志未酬的感觉始终困扰着他。战争结束得太早了。他错失了每个为奎因特的死赎罪的机会，而现在，他再也没有机会了。他的人生失去了

---

① Kierspe-Bahnhof，德国北莱茵–威斯特法伦州的一个市镇。

② 中缅印战区（CBI）是二战期间，美国陆军对其在中国、缅甸、印度的军队的称谓。

③ Point system，又称服役评分系统，是美军二战期间在欧洲推出的评分机制，积分可决定军人遣返回国的优先顺序。

目标。如今他什么也做不了了，只能一天天苟活下去，享受他自认不配享受的和平与奢侈。而连队里最主要的消遣，那种不知疲倦、没完没了、飞短流长的忆苦思甜，也让他厌倦和恼怒。

“……还记得安德伍德跟加德尼埃拉阵亡的那天吗？就是咱们得穿过那片田地那天？……”

“……还记得渡运河那天晚上吗？还有那些该死的八十八毫米炮直端端**对准**咱们射击的那天？……”

他们一致认为，战争中最糟糕的一天，要数自家炮兵没打够射程的那天——也就是克鲁普卡阵亡、科弗利中尉被撤换的那天。克莱恩讲述了中尉的遭遇，还讲了好几次。“他崩溃了，”——克莱恩打了个响指——“像这样。头一枚炮弹落下来时，我们全都跑到街上，所有人差不多都绕到房子一侧；接着是第二枚，然后是第三枚——只不过那枚哑火了。最最活见鬼的是：我们都等着它爆炸，却只听见‘咣当，嘎吱，嘎吱，嘎吱’——就像这样，同时这枚该死的炮弹就在街上四处乱蹦。它看上去真**小**啊，你知道吗？一百〇五毫米炮真是一种又细又小的炮弹——它一路滚下我们所在的那条街，停在离科威大概一英尺远的地方。他伸手摸摸它，然后说：‘**热**的！’我还以为他在打趣呢。接着他把手指放进嘴里，说：‘**热**的！**热**的！**热**的！’——然后他就崩溃了。就是这样。”

不久，一帮突出部之役的老兵回到连队，他们都住过院，不是因为负了伤，就是因为临阵退缩。新的补充兵员也到了——都是些腼腆的男孩，刚从美国或英国来——他们成了忆苦思甜的最佳听众。但关于突出部之役的故事永远鹤立鸡群，远比别的故事都更丰满翔实、更令人毛骨悚然——“‘还记得德国兵一茬一茬向咱们涌过来的那个晚上吗？就是萨默斯上尉阵亡的那个晚上？”——突出部之役后入队的士兵很难与之匹敌。他们会像新来的补充兵员一样，带着敬畏陷入沉默，仿佛自己也错过了这场战争。

这似乎让沃尔克变得格外阴郁。他全程坐在那里，神情苦闷而愠怒，显然在恨恼自己粗浅的战争经历根本不值一谈，更恨自己表现得如此无能。起码普伦蒂斯从他脸上读到了这些，这与他自己的感受实在太过相似，以至于他好几次都不得不尴尬地把视线从沃尔克脸上移开。

随后，当他们在这座新的城镇上迎来第一个周末时，沃尔克做了一件事，结果沦为所有人取笑的对象。连队书记员率先散布了这个消息，不出一小时，这事就变得人尽皆知，每次有人讲起，听者都会露出不敢相信的神色，爆发出阵阵笑声。

“你开玩笑的吧！”

“没有！我对天发誓！他真这么干了！”

沃尔克找到阿加特上尉，正式提出申请，志愿前往“中缅印战区”。结果上尉根本没把他的话当真——“老阿加特盯着他说：‘你什么毛病，大兵？’”——最终这场谈话在指挥部全体官兵的嘲笑声中草草收场，沃尔克红着一张脸溜走了。

普伦蒂斯听说时，也跟别人一起哈哈大笑，但他明白，自己笑是因为如释重负，因为还好是沃尔克干出这种傻事，而不是他自己。

如果说普伦蒂斯之前很少去参加那种故事会，那么沃尔克则在出丑之后那一两天完全避开了那个场合。而且，不出两天，在一个中午，故事会上的谈话竟出人意料地转向了普伦蒂斯乐见的方向。这次，他们终于谈起了鲁尔：

“还记得他们用防空高射炮对付咱们那天吗？就是在铁轨上，老德雷克腿上中了弹片那天？”

芬恩、兰德、米勒还有伯恩斯坦都在，普伦蒂斯心头一紧，生怕他们很快会讲到自己当晚灾难般的表现——当山姆·兰德拾起话头时，他的恐惧加剧了。

“耶稣啊，我还记得老普伦蒂斯那天的样子，”他开口了，话音未落就笑了起来，听众们脸上也绽开笑容，时刻准备哈哈大笑，“记得吗，他们开枪时，我们刚越过一半铁轨？大家都得躲到那些砖柱背后？那该死的玩意儿才比你的肩膀宽个一英寸？我记得老普伦蒂斯就像这样站在那儿——”山姆站起来，僵直地立正，手持一把看不见的步枪，做持枪立正姿势，“那架该死的防空高射炮打过来时，他就这样站在那儿，阿加特上尉就喊：‘嘿**普伦蒂斯！跨立稍——息！**’”

人群爆发出雷鸣般的笑声——就连芬恩也在笑；伯恩斯坦也是——普伦蒂斯觉得那似乎是自己这辈子听过的最美妙的声音。这算不了什么，但多少是个成就，乘着那股高兴劲儿，他带着一种久违的兴高采烈走出那栋房子，来到工厂食堂。他慢悠悠地品着自己的杜松子酒，感受烈酒在他的血管里注入融融暖意，然后他走上前去，踏入食品柜台诱人的香气中。今天吃炸鸡，属于特餐，他端着自己那只堆满食物、冒着热气的饭盒来到一张桌子上，旁边坐的是欧文斯，就是他去年冬天在连部结识的那个小个子士兵，在霍尔博尔格那天，他就是跟他一起撤回了后方。

“嗨。你怎么样啊，普伦蒂斯？”

“挺好。我能坐这儿吗？”

“当然。坐。”

回连队后，他跟欧文斯只有过几次简短的交谈，但现在，在酒精和美食的作用下，他们都倍感放松，坐在那儿像亲密的朋友一样愉快地谈天说地，甚至在饭后的香烟和咖啡时间，他们也一直在聊天，结束后，他们缓缓起身，把步枪甩到背后，闲庭信步地加入了等待洗饭盒的队伍。

“不过我得说，”欧文斯说，“我不大喜欢最近这些鸡零狗碎的活。”

普伦蒂斯表示赞同。“其实，”他说，“要是继续这样下去，就算再有人志愿去‘中缅印’我也不会意外。”

他还以为这话只有欧文斯听见，结果余光却瞟到一个身影走出他们右侧匆匆经过的人群。他甚至还没来得及转身分辨来者是谁，那人就粗暴地揪住了他的胳膊。是沃尔克。

“你什么意思，普伦蒂斯？”他说，“你刚才说‘中缅印’那句屁话是什么意思？”

普伦蒂斯简直措手不及，只得傻乎乎地笑笑：“啊？”

“你听见我的话了，”沃尔克动作僵硬，浑身颤抖，“你说‘中缅印’什么？”

普伦蒂斯抽回胳膊，结果打翻了饭盒，鸡骨头乱蹦着掉落在油腻的托盘上。他感到热血涌上脸颊，并且惊异地发现，高阔的食堂里嗡嗡的人声似乎停止了。“你看，沃尔克。这与你无关。”

这时，周围的死寂已经确凿无疑——所有人**确实**都停止了交谈——沃尔克再找不到一个更安静的舞台来甩出下面这番激烈言辞了：“你怎么没志愿去‘中缅印’呢？啊？你知道为什么吗？因为你㞞，就因为这个！”

“噢，看在上帝的分上，沃——”可他还没说完就感觉眼前一红，天旋地转。沃尔克一只手按着他的脸拼命往后推，另一只手抓着他的胳膊，扳得他转了一圈，弄得普伦蒂斯滚过厂房地板，撞上墙壁，鸡骨头在他身边四散飞舞，步枪在他胳膊肘上乱晃，头盔衬里弹出老远。他迅速挣脱步枪背带，先是弓着身子靠在墙上蓄力，然后迈出一个箭步，双手握拳，想摆出类似战斗姿势的架势，但他还没来得及挥拳就感觉有人从背后钳住了自己的胳膊，沃尔克也被另外两名士兵拉开了。沉默被打破了，嘈杂声在食堂四壁内回荡：

“嘿！”

“哟！”

“打呀！打呀！”

欧文斯拉着普伦蒂斯的一只胳膊说：“别激动，普伦蒂斯，**冷静**点。”米勒抓着他的另一只胳膊。有好几秒钟，他和沃尔克彼此呲牙咧嘴，中间相隔五英尺，只能用眼睛死死瞪着对方。还好有人拉着他，普伦蒂斯感觉松了口气，但他明白为了面子，自己必须继续挣扎。

“这儿他妈是**怎么**回事？**静一静**，大伙儿。”那是卢米斯威严的声音：他不知从哪冒了出来，神色凛然，先看看普伦蒂斯，再看看沃尔克。“你们两个小子以为自己他妈的**在**哪儿？”

人群中有人说：“是沃尔克起的头，卢米斯。他——”

“你他妈还真说对了，就是我起的头，”沃尔克说，咧嘴露出紧咬的牙齿，“而且我还没打够呢。”

“好了，**安静**，”卢米斯说，“我不管是谁起的头，也不管是为了什么。你俩简直幼稚得可以。看在上帝的分上，真想打架就去**打**，但是别在食堂里打。沃尔克，出去，回你的营房去。这是命令。普伦蒂斯，你继续排队。其他人该干吗干吗。”

有人把步枪和头盔衬里递还给普伦蒂斯，还有人帮他拾起了散落一地的餐具。米勒笑起来，不住地摇头，觉得这事实在荒唐，其他人也都在笑。等普伦蒂斯排到洗涤桶前，他身边那些人已经找到了别的谈资。事情就像没发生过一样。但当他弯下腰，开始清洗餐具时，却后怕得浑身紧绷，他从走廊出了食堂，来到工厂后院的阳光里，边走边开始发抖。现在，欧文斯和米勒都已经被他甩在身后，卢米斯更是远远没入了人群。面前高高的工厂围墙挡住了他的视线。走近临街的大门时，他已经知道沃尔克会在门外等他，所以当他走出大门、被沃尔克拦住去路时，他丝毫不觉得惊讶，更别说害怕了。

沃尔克把自己的步枪靠在墙上，把餐具和头盔衬里整整齐齐地摆在步枪一旁。他叉开双腿，大拇指勾在弹夹带上，不过普伦蒂斯一靠近，他就缓缓把拇指抽了出来。那里还有一帮微笑的观众——六到八名溯街而上的士兵在附近逗留，等着看好戏。

普伦蒂斯卸下装备，放在沃尔克的物品旁边。随后，他摆好架势，开始跟沃尔克跳起一小段迂回、混乱、怪模怪样的拳击舞。观众中没人喊“打呀!”——他们不希望这次再被打断——周围一片寂静，只听见两名选手的呼吸声和两双靴子划地的声音。沃尔克站得笔直，重心放在前脚掌上，身体微微起伏，两只拳头举在颈部附近；普伦蒂斯的姿势更加正统——弓腰，侧身，左脚在前——但那只是因为与对方相比，他实在太缺乏信心。他试着打出一记左刺拳，但却误判了距离，沃尔克只一扬下巴就躲过了这毫无杀伤力的一击；接着他又上前一步，想追加一记右刺拳，但沃尔克却阻挡了他的攻击，并迅速一记右刺拳打在他耳朵上，那只耳朵当即就听不见了。他挣脱出来，短暂地抽身，做出机警而凶悍的样子；随后，他明白自己再不出拳就会遭观众耻笑，于是再次出击，结果同一只耳朵又挨了一拳。卢米斯他妈的去哪了？为什么还没人来喊停？他笨拙地再次抽身，然后惊慌失措地贸然向沃尔克挥出一记幅度很大的右勾拳，但这一拳却始终没能落在对方身上，因为有人从背后拽住了他的腰带，把他拉了回去——是卢米斯——与此同时，沃尔克的胳膊也被另一个人拉住了。

“你们他妈的什么毛病?”卢米斯咆哮道，“你们两个小子怎么不懂服从命令？”

普伦蒂斯大大地松了口气，几乎完全没听进卢米斯的责骂：他只是站在那里，舔舔自己干燥的嘴唇，试着控制自己的呼吸。这一次，卢米斯的理由是他们不能在街上打。看在上帝的分上，他是让他们到食堂外面去打没错，但傻子都知道他指的可不是这儿，还当着这么多德国平民的面。直到这时，普伦蒂斯才看见街对面的确有一些平民在围观：有几个老人，有一名拄肘拐的独腿青年，还有一个女人，面对这种场面，她紧紧咬住了自己的围裙。

“沃尔克，照我刚才说的，回屋去。去我办公室报到，在那儿等我。普伦蒂斯，你隔上二十五码跟在后面。我希望一收拾完沃尔克你就能出现在我办公室。好了，走吧，沃尔克。”

在缓缓走回二排驻地那段漫长的路途中，普伦蒂斯始终与沃尔克保持着二十五码的距离，竭力维持自己的尊严。卢米斯走在他前面，欧文斯和米勒跟在他身后某处，另一些见证这场未遂格斗的人都三三两两地站在路边。他知道自己满脸通红，生怕自己远看会像流着眼泪。于是，为了打破那种印象，他抽起烟来。

他坐在卢米斯“办公室”外的客厅里等卢米斯跟沃尔克谈完，在这里，那种遭人耻笑、任人围观的感觉甚至比刚才还要强烈。克莱恩坐在近旁清理他的指甲。米勒坐在房间对面的一张沙发上，翻阅着一本《美国佬》杂志，但似乎没看进去。走廊上，芬恩和兰德刚好处在他的视线之外，他们想必已经听说了打架的事，正在低声交谈。有一瞬间，普伦蒂斯好像听见芬恩在说“中缅印”。

办公室门开了，沃尔克出来，目不斜视地穿过所有人的目光。

“好了，普伦蒂斯。”卢米斯叫道。

他的办公桌是一张沉重的木雕桌，此刻他正坐在桌前，看上去非常严肃、正式。“关门，”他说，“现在，给我讲讲你的版本。”

“当时我正在跟欧文斯说话，然后——”

“什么？我听不见。”

“我说当时我正在跟欧文斯说话。”他的声音显得高亢而缥缈，不仅是因为他那只被打的耳朵还在耳鸣；更是因为他喉头发热，紧绷得可怕。要是在这儿，在卢米斯的注视下哭起来，那么这绝对会成为他有生以来最大的耻辱。他本想说：“我们甚至根本没提沃尔克，这才是最可笑的地方。我只是用开玩笑的口吻碰巧说了句——”但他又怕解释这么多，自己会控制不住，露出哭腔，“然后沃尔克就走过来，开始动手，”他说，“就是这样。”

卢米斯垂下眼睛。他把一双大手摊在桌上，掌心向下，仔细端详，仿佛它们就是正义的尺度。“好了，”他说，“回答我，普伦蒂斯。你难道不认为有人要是志愿前往‘中缅印’，那完全是他自己的事吗？”

普伦蒂斯依然无法控制自己的声音。他深吸一口气，说：“是的。我同意。但要是有人说我㞞，那就是我的事了。”

这话似乎满足了卢米斯对戏剧效果的期待。“我懂你意思了，”

他说着，点点头，“我懂你意思了。好吧。我就把我给沃尔克的建议告诉你吧，他也同意了。要是你也同意，这事就了结了。”

“了结”听上去相当乐观，相当平和——或许只是把沃尔克叫回办公室，让他们开诚布公地握手言和；但实际上却不是。

卢米斯解释说，在谷仓背后的山丘上，有一小块空地，离城里有些距离，没人看得见——不论是美国人、德国人还是苏联人。明天一早，在早餐之前，普伦蒂斯和沃尔克可以——单独——到那块地里去“决一雌雄”。为此，他们可以不参加起床号。普伦蒂斯同意吗？

他答应了，转身离开一脸心满意足的卢米斯，再次穿过那间客厅，直到这时，恐惧才开始在他心底蔓延。那天余下的时间里，大家纷纷向他投来猜测、询问的目光，由此可见，卢米斯提议的解决方案已经在排里传开了。但直到那天深夜才有人第一次跟他谈起这件事，当时他正和米勒一起巡视苏联流民居住的区域。

“你明早真要去了结这件事吗？”

“看样子是的。”

“你有多少把握？”

“我不知道。”

“打架你会多少？”

“没多少，不会。”当然，这千真万确。除去童年时代在学校操场上那些毫无章法、哭哭啼啼的打闹之外，他这辈子真正用拳头干架只有三次，全都发生在预科第一年，而且他三场都输了。

现在回想起来，他后悔莫及，因为自己从没真想打赢，就像今天在街上，他也并不是真想痛打沃尔克，而是在等待救兵。每次打架，他唯一的目的都只是挺过去，证明自己扛得住，证明他会一直坚持下去，直到某个自封的裁判出面中止这场打斗。而明天早上可不会有什么裁判。

“呃，”米勒说，把他那支勃朗宁自动步枪的背带往上一提，“反正我是不想处在你的位置。我意思是，不说别的，他起码比你重三十磅啊。我要是你，早就吓得魂不附体了。”

要是别人这么说也就算了；但说这话的人却是米勒，这个看上去有些柔弱的胖小伙曾有过惊人的壮举，把一名全副武装的德军士兵打成了筛子，救了芬恩和山姆·兰德的命，所以他的话可以说很有分量。那天晚上，在余下的巡逻时间里，普伦蒂斯的步伐和姿势都显得庄严肃穆。他下定决心，自己不能只是挺过这场较量：他要尽力去赢。

第二天早上，他似乎觉得自己有必要赶在沃尔克之前起床并准备就绪，于是成了那栋房子里第一个起床的人。客厅里还萦绕着昨晚的啤酒和雪茄留下的陈腐气息，他独自坐在里面，为证明自己的手并没颤抖而翻阅起散落在地板上的几本杂志。

士兵们三五成群地接连下楼来出起床号了，他感觉自己像在供人参观。不管他们有没有直视他，他都知道，他们全在打量他，想在他身上找到畏惧的痕迹，于是他让自己始终保持面无表情，并为此骄傲。随后，忽然间，他感觉需要上个厕所——他的膀胱差不多快炸了——回来的时候，他发现沃尔克在那里等他。

其他人都已不见踪影。

“准备好了？”沃尔克说。

“只要你准备好了，咱们随时开始。”

通向这个隐蔽之所的小道十分陡峭，两个人还没爬到一半就都累得气喘吁吁。普伦蒂斯希望他们都别说话；他需要用沉默来维持自己的愤怒和决心。但沃尔克却说：“听着，普伦蒂斯，既然现在只有咱俩了，那咱们最好制定几条规则。行吗？”

“行。”

“我是说，咱们得确保公平。如果谁被打倒了，咱们就停手，直到对方站起来为止。好吗？然后你想采用什么规则呢，是先把对方打倒一定次数的人赢呢，还是打到有人退出为止？”

“打到有人退出为止。”

“好。”

他们把步枪靠在谷仓墙上，摘下各自的头盔衬里和弹夹带，再脱下野战外套。他们面对面站着，沃尔克点点头，他们就来到外面凝满露水的草地上，走到草地中央，在那里转过身，再次相向而立。

“好了，小子，”沃尔克说，“在此一举了。”

那天早上，正是这句古怪的话第一次真正激怒了普伦蒂斯——没人会说“在此一举了”，除非是在电影里，除非他们是卢米斯那种虚情假意的杂种。他想打破那种蠢到能说出这种话的人的脑袋；他想铲除这世界上一切虚情假意的惺惺作态，而此刻，这些全都集中在他眼前这张一言不发、上下跃动的大脸上了。

他挥出一拳，没打中，再出一拳，又没打中，骤然间，他感觉天地开始旋转，自己瞬间倒在了草地上。他的一侧下颌被打中了，但他很快就爬起来，站直了身体，因为他显然不是被打倒的：他只是失去了平衡；要是采取正确的防冲击姿势，他本可以化解这一拳。这一跤摔得毫无必要，他摔得姿势古怪、身体扭曲，于是愈加愤怒，弓着腰再次冲向沃尔克，打算使出全身力气击打对方的腹部，打得对方折腰，紧接着再来一记上勾拳，打得他挺直身体。但他打出的第一拳却似乎并没伤到沃尔克，反而伤到了自己的手腕——他打中的不是软组织，而是肋骨——上勾拳也打偏了。他想抽身，但靴子在湿草里显得格外沉重。他的身体根本不听使唤，而且现在，呼吸成了他最大的问题。职业拳手他妈的都是怎么呼吸的啊？空气疾速地进出他的咽喉，喘息让他口干舌燥，大张着嘴，嘴唇瑟缩着。他再次进入战斗，耳朵挨了一拳——就是昨天那只饱受摧残的耳朵——接着，他还没弄明白是怎么回事，就感觉右手指关节清清楚楚、结结实实地撞在了沃尔克的门牙上。他看见沃尔克的脸因为疼痛和诧异而变得苍白，但随后，就在他本打算再次出击的当口，沃尔克后撤了两三步，说："不赖啊，小子。"这一拳打乱了沃尔克的阵脚，起码他又重复了一遍这句话，疼得呲牙咧嘴，直眨眼睛——"不赖啊，小子"——但他恢复得如此迅速，以至于胜利几乎还没到来就结束了。沃尔克找回了状态，普伦蒂斯的鼻子挨了一记重拳，下巴颏又挨了更重的一拳，这一回，他毫无疑问是被打倒在地的。

他翻过身，用手掌和膝盖撑起身体，看着温热的鲜血从自己鼻腔里涌出，滴落在草地上。起身后，他有些摇晃，沃尔克见状说："够了吗？"

"够个屁，你个狗娘养的。我说够才够。"

他重回战斗，一次次试图向沃尔克的嘴发起攻击，但每一拳都打得乱七八糟，现在沃尔克已经完全掌控了局面，他不紧不慢，一拳一拳打在普伦蒂斯的腹部、头部和胸口。

普伦蒂斯已经记不清自己倒下了多少回，有时只是单膝跪下稍事休息，有时则是无助地扑倒在地。重要的是要不断起来。一次，他起身后刚走出几步就径直撞在地上，仿佛那是一面墙，他不得不蜷身坐起，抱着脑袋，直到天地停止旋转：直到下面是草，上面是天，远处是谷仓和树木，一切各归其位。

他感到沃尔克用手抓住了他的胳膊，于是带着一种既愤怒又如释重负的复杂心情意识到打斗结束了，但却装作并不知道。

"遵守你那些该死的规则，沃尔克。在我站起来之前不准碰我。"

"不是，你看，听我说。我不想再跟你打了。"沃尔克想扶他起来，但他推开他，自己摇摇晃晃地站起来。

"你要是以为我会现在放弃，那你就是疯了。"

"不是你放弃，"沃尔克退开，用一只手掌抚慰另一只手受伤的关节，"是我放弃。我觉得这场架已经打完了，仅此而已。我满足了。"

"这样啊。真了不起。你满足了。可我还没呢。动手吧。"

于是接下来，最糟糕的事发生了：沃尔克那张无畏的大脸上浮现出一抹善意的微笑。“嗷，得了吧，普伦蒂斯，”他说，“别这样。”他转身走向谷仓，去取他们放在那儿的装备。

“回来啊！”普伦蒂斯在他身后喊道，“你还骂我屄呢，你个杂种！”

沃尔克转过身，友好得气人：“那好吧。我不该那么说。我收回。见鬼，你不屄啊。你不觉得自己刚刚已经证明了这一点吗？”

不。他觉得自己没有证明任何事。这件事最终也像奎因特死后的每件事一样，像战争本身一样：没有清算，没有答案，没有证明。

“你他妈的还想怎么样，普伦蒂斯？”奎因特会说，“你难道以为一切都会像电影里演的那样吗？你难道就不会长进吗？”

他们往回走下山丘，普伦蒂斯不知道哪件事更可耻：是他必须不停擦去鼻子和嘴上的血迹呢，还是沃尔克把沉甸甸的胳膊绕在他肩上。最糟糕的是，在二排驻地的后门，当他们走近一小群人时，他发现自己无法抑制地为他俩的样子得意：征服者与被征服者，谦逊的赢家和勇往直前的输家，一对跑到谷仓背后决一雌雄的好汉。这场面很对卢米斯好莱坞式的胃口，他就在那里，在人群中严正地微笑。

“抓紧时间的话，”他说，“你俩兴许还能赶上点早餐。”

在浴室里，普伦蒂斯一边擦洗，一边对着镜子检查自己的脸，为自己扭曲的面容高兴：鼻子浮肿，嘴唇破裂，眼圈有开始发青的迹象。他右手的指关节上还有两处伤口，他使劲搓了搓，好让它们肿得更厉害、更血肉模糊，希望别人也能注意到它们。

在他床铺正中央，躺着他母亲新寄来的一封信。

最亲爱的鲍比：

这真是我这辈子最开心的一天！！！上星期五，我收到了你那封可爱的信，说你们已经没有危险了，但我当然还是有些担心，结果我们今天就迎来了欧洲胜利日①！！！广播里放了《星条旗》②，我不禁跪在地上，哭啊哭啊哭啊，向上帝致以全部的谢意……

跟沃尔克一起出门吃早餐时，他几乎能在脑中听见她的声音——他自出生起就熟知那声音热情、温柔、笃定的韵律，并且可能永远也无法彻底摆脱。而且奇怪的是，当他们坐在人去楼空的食堂里、用叉子拨弄冷掉的薄饼和果冻时，他竟觉得沃尔克的声音与它出奇地相似："不瞒你说，普伦蒂斯，你打中我的那一拳真他妈的厉害，"过了一会儿又是，"听着。要是咱们下星期能拿到去布鲁塞尔的通行证，你想一起去吗？你和我？"

什么也无须清算；什么也不必证明。最终一切都会好的，只要两条好汉到谷仓背后决一雌雄，只要一位母亲跪在地上向上帝

---

① V. E Day，指一九四五年五月八日，当天纳粹德国宣布无条件投降，二战欧洲战事宣告结束。

② *The Star-Spangled Banner*，即美国国歌。

致以全部的谢意，只要电台播放《星条旗》。那就是这声音想说的；那就是它暗含的感慨，他迅速服下它，像吞下薄饼和果冻一样顺畅。

但他一出食堂，吞下去的东西就翻涌上来；普伦蒂斯扶着工厂一侧的外墙，俯身颤抖着呕吐，把那些东西吐了一地，沃尔克则在他身旁打转，在他身后紧张地说："你还好吗？你还好吗，伙计？……来，等等，我给你倒杯水……漱漱口吧……"一切都涌了上来，在最后几阵痛苦的呕吐中，他吐尽了心中最后一丝苦涩而暴躁的自我厌恶。

回营房的路上，他们没再说话，而且在去防御阵地的卡车上，他也尽量一言不发。

那是个明媚而欢快的日子，在那天余下的时间里，他在阳光下巡逻，奇怪地感觉自己干净而纯粹。他经过的每一张脸，不论是苏联人还是A连的士兵，都对他报以毫不掩饰的善意，他也向他们投去同样的目光。

他什么都没能证明，也没有切实的赎罪之举，他现在明白，自己或许永远也做不到了。要是他能跟奎因特的鬼魂说话，他或许只会说："对不起，我尽力了。"

而他知道奎因特会说："没错，完全正确。你知道那意味着什么吗，普伦蒂斯？那意味着你活该，就是这么回事。"

他怎么能感觉如此良好？他有什么权利跟自己和解？

他也不知道。那天——还有当天夜里，当他、沃尔克和米勒半醉半醒地坐在某间德国客厅的软垫椅子上，每人腿上坐着一个扭动的俄国姑娘时，以及再后来，当他牵着自己那个姑娘的手，带她走出房门，来到幽暗芬芳的草地上一处隐蔽地带时——他能清楚意识到的只有一件事，那就是他今年十九岁，战争结束了，他还活着。

尾声：一九四六年

爱丽丝梦见了河滨。那是个悠然的梦境：她和鲍比正沿着一条悠长明媚的大道前行，两旁是秋日的树木——橡树、庄重的白杨和高大的山毛榉——鲍比在说话，用的是他十一二岁时那种高亢急促的声音。

“你知道奥斯本小姐她还说什么吗？她说我的画是全班最漂亮的。”

“哎呀，那太棒了，亲爱的。”他们正穿过大宅旁那片宽阔的草坪，远处是河流和“绝壁”，西面的天空被落日的余晖染得通红。

“或者也不完全是最好的吧，”鲍比说，“我想那不是她的原话。她说我的画是最有想象力的。她还说我的画之所以这么有想象力，是因为你是我妈妈。”

“哇！那岂不是太妙了。”

“你知道还有什么吗？”

她低头望着他那张愉快而认真的脸，很想停下来伸手把他拉入怀中，紧紧抱住。但相反，她只是说：“还有什么，亲爱的？”

他还没回答，梦就醒了。

她是自然醒——没上闹钟，因为是星期天——她刚一睁眼，阳光就照得她再次闭上眼睛，她翻了个身，竭力回想刚才的梦境。有那么几秒钟，她似乎都快成功了——她已经记起了那个场景和鲍比的声音，尽管还没完全想起他在说什么——但它转眼就溜走了。

她时常梦见河滨，而且她猜想——起床便意味着要面对这间卧室丑陋的现实，面对窗外的砖墙和消防楼梯——她猜想那是因为在她生活过的地方之中，只有河滨给了她真正的归属感。

因为是星期天，所以她可以穿着浴袍，不紧不慢地穿过公寓，烧上冲咖啡的水，慢悠悠地收拾自己，准备上教堂。她要到明天早上才需要重振精神，手忙脚乱地匆匆冲下楼去，来到街上，钻入阴惨的、散发着钢铁气息的地铁，身不由已地踏上一段严酷的旅程，最后踩着点抵达透镜研磨工厂，打卡上班。

今天是休息日。她啜着咖啡，听收音机里的一个男声想方设法解释什么是原子能。自从去年秋天对日战争结束以来，这样的广播节目数不胜数，杂志文章也是。她竭力去听，但那些内容却太深奥了：她只知道如今美国拥有了一种炸弹，威力巨大，一枚就足以荡平一座城市。

小厨房架子上的威士忌瓶旁边，立着一张来自巴黎的明信片：她收到它已经一个月了，那是她跟鲍比最后一次联系。这么久不写信，这不像鲍比。

餐桌上，在她的咖啡杯旁，放着她昨晚没写完的信：

我最亲爱的鲍比：

我知道你没写信肯定是因为忙，但尽管如此，我还是希望你能多写写信。太久没收到信的话，我会感觉像失去了联系。

亲爱的，对你回来后咱们的安排，我有很多设想。我知道你不喜欢我干这份可怕的工作，也知道你一定会为此想想办法。我想你大概打算自己找份工作，好让我辞职。

但我真心希望你能去上大学。那个《美国军人权利法案》[①]真是不错——你可以选择国内任何一所大学，一切费用由政府承担。你甚至可以去哈佛、耶鲁这样的地方，接受最好的教育。

不过问题来了。我在《纽约时报杂志》上读到一篇文章，说到了明年，也就是一九四六年秋季，所有大学都会收到雪片般的申请书，因为有那么多小伙子要退伍。这篇文章还说，只有已经提交申请的小伙子才有被录取的希望——所以很大一批小伙子只能等到1947年了，我想这也包括你。也就是说你得等上一年，而这在某种程度上其实对我们有利。这一年中，要是你能找份工作，我就会有一整年的闲暇，有了这么长一段时间，我敢说我一定能东山再起。到时

① *G. I. Bill of Rights*，美国国会一九四四年为安置二战后的退伍军人而通过的法案，给与退伍军人各种福利，其中包括经济补贴、家庭和商业贷款以及高等教育及职业训练补贴。

候我就可以把我寄存的雕塑取出来，创作许多新作品，要不了多久我就能稳定下来，职业上和经济上都是。我已经为个人展览累积了足够多的佳作，要是有一整年时间可以自由支配，我就会创作出足够举办两三场展览的作品。到时候你都不知道咱们会交上什么样的好运呢。在某些方面，我们这一年或许会过得比较困难，但咱们从前也克服过许多困难，不是吗。还记得那段生硝路吗？

总之呢，这就是我的打算。希望你会赞成，我还希望

内容到此为止，眼下，她回想昨晚，却记不起自己为什么没有写完。其实她只需要写全那句话而已：“我还希望能尽快收到你的回信。”她找来钢笔，写下这句话，落款是“给你我全部的爱，妈妈”。

她在去教堂的路上寄出了那封信。去往圣托马斯圣公会教堂需要穿城而过，这段漫长的路途是她每周为数不多的乐趣之一——那意味着她可以走出寒酸的西区，向东一直走到第五大道——而在这个晴朗的五月天，这段路走起来尤为令人振奋。旗帜、振翅的鸽子、富有哥特之美的圣托马斯公会教堂，还有教堂钟楼高渺的钟声——这一切会出现在每个星期天，预示着新一轮的宁静与希望。她甚至不在乎自己黑色的人造纤维裙子上有好几处污迹，而且早已陈旧，因为她戴着一顶看上去十分昂贵的帽子，它精巧别致，上面饰有羽毛，是她上星期在克莱恩商店里以超值的价格淘来的，有了它，她觉得自己看上去就像个有身份的

女人，一个尊贵的人物。她喜欢在门前的台阶上跟其他信众打成一片：他们显然都是上东区居民。

这天是圣餐主日。她像往常一样，选了后排角落里的一张长椅，坐在那里低头冥想，听管风琴声响彻教堂，奏出最初几段庄重的和弦，呼应着座钟高亢、辽远的隆隆声。严格来讲，她不是在祈祷——她并没在心中编织那些以“亲爱的上帝”开头的话——但她依然迫使自己抛开一切杂念，只保留那些最谦逊、最虔诚的念头：她时刻等待着上帝的慈悲与赐福。然后，呼吸着教堂里干燥、神圣的棕色气息，她终于把内心深处一个挥之不去的请求付诸了语言：噢上帝啊，请让他早日归来。

管风琴隆隆地奏响游行圣歌序曲时，她抬起头：她要见证整个过程。最先出现的是执十字架者，那男孩比鲍比在河滨那会儿稍大，他一面引领唱诗班，一面尽力将十字架高高举起。女孩和女人们的高低音让她起了一胳膊鸡皮疙瘩，她们的部分结束后，她愉快地欣赏起男士们的表演。其中最重要，也最令她瞩目的，是男高音独唱。他个子很高，十分纤瘦，有点像鲍比，而他的声音即使在一片歌声之中也总是那么有力，那么清晰，那么鹤立鸡群。这声音总能让她想起乔治·普伦蒂斯很久以前的歌喉。

噢上帝，我们千古的保障，
我们未来的希望……[1]

---

① 出自《上帝，我们千古的保障》(*O God, Our Help in Ages Past*)，是艾萨克·瓦茨创作的一首赞美诗，改编自《圣经·诗篇》中第九十首诗。

牧师是一个头发花白的小个子男人，讲道远不如河滨的哈蒙德博士鼓舞人心，他匆匆带过礼拜的第一部分，像在赶时间，这让她有些恼火：她希望他能在每段祷词、每首赞美诗还有总告解上多花点时间，尽可能把仪式延长。

但紧接着就是奉献仪式了，而且伴唱中有一段还是那位年轻男高音悠长、绝美的独唱。正是在这位男高音的歌声里，她肿胀的喉咙仿佛找到了共鸣：她可以闭上眼睛，任这声音成为自己的一部分。这声音让她穿越时光，回到多年前刚认识乔治·普伦蒂斯的时候，那时她对他知之甚少，只知道他是个殷勤却有些古板的男人，有一副极其优美、苍劲有力的好嗓子。许多时候，只要有钢琴伴奏，他就会唱起《丹尼少年》[①]和《善变的女人》[②]，让她欲罢不能；但她每次说他应该去当歌唱家，他都只会笑笑。“我有一副业余的好嗓子，”他说，“仅此而已。”婚后，他们在新罗谢尔租的房子里有一架钢琴，他有时会一边为她唱柔美的情歌，一边给自己伴奏。因为有这副好嗓子，他在他俩参加的那些派对上也很受欢迎；但在婚姻触礁后，她却发现他的歌声只会加深自己的苦闷。实际上，他的某些拿手曲目——《琳迪·卢》、《缘由》、《月亮升起来》——正印证了她的不幸；有许多年，她每次在广播中听到它们，心中总会涌起强烈的怨愤和长年郁积的

---

① *Danny Boy*，由英格兰作曲家弗雷德里克·威德里作词，常被爱尔兰裔美国人、爱尔兰裔加拿大人当作非官方的颂歌。

② *La Danna e Mobile*，出自威尔第歌剧《弄臣》。

怒气。

但现在，在教堂里聆听着这位男高音的歌声，她却因为后来一些新的记忆而潸然泪下。刚从得克萨斯回来那会儿，饱经磨难的她决心量入为出，跟鲍比搬进了她有幸在华盛顿广场附近找到的一间朴素的公寓开间，随后，她惊讶地发现，自己跟乔治竟能心平气和地对话了。第二年春天，《艺术家之子的肖像》进入了惠特尼年度展，照片登上了《纽约时报》的艺术版面，也正是在这个意气风发的春天，乔治给她打来电话，不为别的，只为向她道贺。"我在《时报》上看见你创作的鲍比头像了，"他说，"不得不说，它看上去真是非常漂亮。"

"哇；谢谢你。"

"你看我能要一张它的照片吗？我想把它裱起来。"

"当然，我给你寄一张。很高兴你能喜欢。"

自那之后，他们之间仅有过一次严肃的争执，为的是送鲍比上预科学校的事，而且她也答应换个小点的公寓，最终或多或少达成了友好的和解。

大约一年后的某个下午，他在她家附近的一间电话亭给她打了个电话。"我恰好来你住的这一带，"他说，"我在想你介不介意我顺道去看看你。"

"不；不介意。请一定来。"

没时间整理工作室了；她只能匆匆洗手擦脸，飞快地理理头发。在镜前忙碌时，她突然想到，他一定是专程从城里过来看她的：工具模具综合制造公司可没有什么业务能让他到格林尼治村来。

见到他时，她惊讶于他竟是如此矮小——出于某种原因，她记忆中的他始终比实际上要高——而且显得如此苍老。

“恐怕地方乱得很，”她说，“我没想到会有客人。”

“没关系。”

他还是一如既往地穿了一身保守的商务西装和一双窄小的黑皮鞋。他在地板上那些裹着布的雕塑和咔咔作响的石片间穿梭，看上去浑身不自在，与周遭格格不入。

“哇，”他说，“看来你没少工作嘛。”

“喝点什么吗？”她带他穿过工作室，来到一间她用作起居室的凹室。

“这儿真不错。”他说着，一边接过威士忌和水，一边环顾四周。

“灰太大，真不好意思，”她说，“我一做石雕就到处是灰。”

“肯定很不一样吧，石雕。”

“嗯，的确，不过我很喜欢。你想看看我最新的几件作品吗？”

他恭恭敬敬地跟着她，端着他的酒，她又带他回到工作室。他似乎对什么都赞赏有加。“石雕的理念跟铸模完全不同，”她解释时，他就站在一旁对着一件未完成的雕塑点头，“我觉得石雕更纯粹。更接近雕塑的本质。”

“天啊。”他拾起她的一把三磅锤，在手中掂量，“这是你用的？对你来说不会太沉吗？”

“我想我都习惯了，”她说，“我的胳膊应该已经练得很有劲儿了。不过尽管如此，我感觉自己还是不会放弃铸模。有些作品**必须**铸模，譬如你喜欢的那尊鲍比头像。”

“它在这儿吗？我能看看吗？”她带他来到墙边一个基座前，掀开盖在头像上的细棉纱布。“的确，”他说，“真是漂亮。比照片上还好看。”

他们又喝了一两杯，然后他语带羞涩地邀请她共进晚餐。他俩并肩走在格林尼治村的街道上时，她深知他们在路人眼中会是怎样一种形象：一对温和、愉快的中年夫妇在傍晚一同散步。餐馆是他们很久以前去过的一家，早在结婚之前。

乔治主导了谈话。战争期间，在大萧条中曾濒临倒闭的工具模具综合制造公司迎来了又一春，未来的业务增长潜力不可限量。迄今为止，扩张还没波及乔治所在的部门——起码在工资结构方面是这样——但他有理由期待未来会更好。“不说别的，”他说，“我想咱们起码可以不必再为儿子的大学学费发愁了。那笔钱咱们肯定会有。”

“太棒了。”但她不想再听他谈论钱和工作了；她生怕自己会开始厌烦他，怕这会毁了她愉快的心情。

“你还唱歌吗，乔治？”她问他。

“噢，老天，不了；我已经好几年没唱了。完全疏于练习了。”

“太可惜了。你过去嗓子那么好。我想你要是再练练，现在肯定还是会很好。”

“唔，或许吧；我不知道。你想要一杯白兰地来佐咖啡吗？”

“十分乐意。”

就在他们喝白兰地时，他让她措手不及：他伸手越过餐桌，握住她的双手，眼神有些闪烁地问，她愿不愿意跟他复婚。

“爱丽丝，”他说，“我五十六岁了。我已经犯过一次心脏病，而且我——”

“我不知道你犯了心脏病。”

“去年春天；不太严重。我说不定可以活到九十岁呢。不过爱丽丝，重点是，我不想孤独终老。你呢？”

这简直尴尬得可以：她根本不知道自己是什么感觉，也不知道该说些什么。她只觉得这一切实在不可思议；这不可能是真的。但她必须说点什么。

“我不会去想变老的事，”她说。

“我知道你不会去想。那就是我最欣赏你的一点，爱丽丝。你对未来总有无限期待。你永远不会放弃。”

“我想我可能是个乐观主义者吧。”

“你当然是。爱丽丝，我想我们不必急着在今晚做决定。不管怎么说，时间已经晚了。但我希望你能考虑考虑。好吗？我们最近什么时候再聊聊？”

“好。”

他把她送回家，在她门口踟蹰，忸忸怩怩地不知该不该给她一个晚安吻。最后，他微微欠身，把一个吻轻轻印在她的脸颊上，又捏捏她的胳膊。

然后他就走了，不出一个星期就死了。在一个工作日，他瘫倒在自己的办公桌上，救护车还没到就去世了。工具模具综合制造公司一位老练的人事负责人把这个消息告知了她；鉴于当前的情况，他说，公司会安排葬礼事宜。

她有三天都无法停止流泪。鲍比从学校回来参加葬礼，但只是加重了她的悲伤，他脸色苍白，神情严肃，被她的眼泪弄得哭笑不得。她希望他能理解自己：她想说，可我**确实**爱过你父亲啊；就在上个星期，我们还打算……但她却不知该怎么说。她知道他永远也不会相信。

即使现在，时隔多年，她每每想起这件事或听到这位男高音在教堂里独唱，还是会悲从中来。

讲道开始了，她设法让自己镇定下来，但牧师刚说了几个字，她的思绪就飘向了别处。她想要是能跟鲍比一起来这个教堂该有多好：他们可以一起唱圣歌，一起跪下来祈祷；他们可以一起走到圣坛围栏前，结束后还能一起走回家去，谈论自己对讲道的感想。

“愿主与你同在。”

“也与你的灵魂同在。”

“让我们祈祷。”

然后是领圣餐的时间，她在围栏前的表现堪称虔敬与谦恭的典范。

“你拿这个吃，纪念基督为你受死，应当用信心领受，心里感谢……你拿这个喝，纪念基督为你流血，也当感谢。”①

---

① 出自《公祷书》圣餐礼文。

圣饼在她上颚慢慢融化时，她允许自己再次默念那个最迫切的愿望：噢上帝啊，请让他早日归来。

退场圣诗是她最喜欢的之一：《美哉锡安》[①]。她喜欢那句："有此洪流常能解渴，还有谁人不觉舒畅？"每当唱诗班唱到这句，那位年轻男高音嘹亮的歌声就会清晰地响起，与此同时，一阵激动的战栗会沿脊柱传遍她全身。

回到公寓后，她给自己倒上一大杯威士忌，准备了简单的午餐，整个下午都在一边读星期日的报纸一边打瞌睡。在那百无聊赖的几小时里，她只有极少几次走进小厨房，从威士忌瓶里再嘬一口酒。

快到五点时，她起身收拾公寓，满怀愉悦的期待：娜塔莉·克劳福德要来跟她一起外出晚餐。

有时，她不得不提醒自己，她并不是真的喜欢娜塔莉·克劳福德，从未真正喜欢过；这些年间，她俩只是不知不觉成了彼此最亲密的朋友。除了河滨时代的莫德，爱丽丝只跟娜塔莉一个人分享过斯特林·尼尔森离她而去的始末；而且也只有娜塔莉一个人知道乔治去世前几天那段苦甜参半的最后时光。自那之后，她就一直从可靠且随叫随到的娜塔莉身上寻求慰藉，而且，在今天这样一个焦灼而忧伤的星期日傍晚，她尤其欢迎娜塔莉来访。

"上帝啊！"娜塔莉说着，虚弱不堪地走进公寓，一只手揪着

---

① *Glorious Things of Thee Are Spoken*，一首著名圣歌，由约翰·牛顿作词，海顿谱曲。

前胸，“那些**楼梯**呀。你怎么受得了每天这样**爬上爬下**的？”

“我可能习惯了吧。我给你倒点喝的。”

“太好了。”

在小厨房里倒酒时，爱丽丝明白，自己得听娜塔莉没完没了地讲述她这一周的生活，而且还得在每个故事的末尾适时做出评论，以示同情。娜塔莉是一位广告执行专员的私人秘书，她老板精力充沛、严重酗酒，爱丽丝很早就知道，这些便是娜塔莉人生中最重要的内容。那个男人跟一个一心想跻身上流社会的女人结了婚，娜塔莉管她叫女工夫人；他有三个孩子，全都进了昂贵的大学，娜塔莉管他们叫下贱坯；而且娜塔莉已经痛苦而绝望地爱了他十五年。

“……然后她就说：‘《追逐梦女郎》[①]？但我明明白白告诉你我是要《锦城春色》的票啊。我说得再清楚不过了。’”

“嗯，这时我已经受不了了。我很想说：‘你瞧，塞伊尔太太，我看你可以拿上你的票，想往哪塞都行。’于是我就说——”娜塔莉眨巴着眼睛，声音变得无比地耐心、和气，“‘这中间恐怕有什么误会，塞伊尔太太，’我说，‘塞伊尔先生告诉我要是买不到《锦城春色》，那我就可以自行决定换成哪出。我只是照他的意思办。’甚至到了**这时**，她还是揪住不放。她说：‘但你也不至

---

① *Follow the Girls*，美国二十世纪四十年代的一部歌舞剧，讲述脱衣舞娘成为明星的故事，全剧以歌舞为重，情节比较单薄。后文的《锦城春色》（*On the Town*）和《在中央公园》（*Up in Central Park*）均为同一时代的著名百老汇歌舞剧。

于买这么一出吧。’她说：‘《追逐梦女郎》是一出廉价、低俗的滑稽剧。你就不能好歹买一张《在中央公园》的票吗？’我说：‘不好意思，塞伊尔太太；情势所迫，我已经尽力了。’可你能想象这女人有多刻毒吗？老实说，爱丽丝，我都不知道他怎么能忍。我都不知道我怎么能忍。”

“那想必很——不容易，”爱丽丝说，同时希望这句话不会引出另一个关于塞伊尔一家的话题，因为她明白自己就快听不下去了。那种情况时有发生：娜塔莉会一直说下去，细数她所遭遇的不公，一段时间之后，爱丽丝就完全不知道她在说什么了。她会坐在那里，望着娜塔莉一张一合的嘴巴、耸动的肩膀和比划的双手，思绪却在千里之外，想着别的事情，一心只盼沉默快快降临，好轮到自己说话。

“……更年期绝不是这种行为的**借口**，”娜塔莉在说，“天知道我们都经历过更年期——你经历过，我经历过——但我们可没因为这个就放任自己。你说是吧？”

“我再给你倒杯酒吧。”

她们走出公寓时，娜塔莉依然滔滔不绝，但在她们缓缓走向哥伦布环岛时，她陷入了疲惫的沉默。

“你说可笑不？”爱丽丝说，“我以前一直觉得蔡尔兹餐厅糟透了，但其实，它真是这附近唯一像样的餐馆了——别的地方都贵得吓人——我觉得它相当不错，你不觉得吗？”

她们坐定，喝着各自的第一杯曼哈顿，点好鸡肉丸之后，娜塔莉斗胆开辟了一个新话题：“有鲍比的消息了吗？”

“嗯，巴黎之后还没有；那都是几星期前了。我知道他只是太忙了。”

“你之前不是说他这个月就回来？五月？”

“呃，我说的是，我想他**或许**会在五月回来，也有可能要等到六七月去了。那完全取决于一个叫积分系统的玩意儿；我不太懂。不管怎么说，肯定快了，我已经等不及了。我满脑子都是这事，每天都是。每当我感觉自己再也无法忍受我那份可怕的**工作**时，我就闭上眼睛想，**快了**。”

“所以到时候你打算辞职啰，等他回来之后？”

“呃，我知道他会希望我辞职。他不喜欢我勉强在那儿工作。而且你知道，他上大学之前还有一整年时间。要是有一整年可以自由支配，你能想象我会取得什么样的成就吗？我已经攒了不少作品，够办一场个人展览了，或者说差不多够了。我有没有把我那个好点子告诉你？”

“没，我想没有。”

“噢，我想那肯定会是个绝妙的主意。首先，你还记得我做的鲍比头像吗？你一向很喜欢的那件？照片上过《时报》的那件？”她深深啜了一口酒，思绪短暂地回到那个逝去的好年头——那年，她创作并完善了那件她认为足以令自己声名鹊起的作品。那张照片的发表带给她一种从未有过的满足。好些多年没有联系的人都打来电话赞扬她，重新与她结交，更何况还有乔治那通令人难忘的电话。有一个瞬间，她产生了跟娜塔莉讲讲这件事的冲动：我有没有告诉过你乔治做了什么？就是他给我打电话要照片那次？我真心认为那是他有史以来第一次——我们第一次——

但她控制住了自己，她要是开始讲那个故事，谈话就会完全偏离方向。

“总之，”她说，“我一直觉得那是我最好的一件作品。而我现在想做的，就是把同样的事再做一次。我想再做一尊新的《艺术家之子的肖像》——照鲍比现在的样子做一尊头像；照他回来之后的样子。一个男人。一个漂亮、细腻、果决的年轻男子。那岂不是会很好？你能想象吗？你看，然后**那**会成为我这辈子最好的作品。我会把它们放在一起，并排展览——男孩和男人——它们会共同构成我的最高成就，为我的整个职业生涯正名。噢，我都**等不及**要开始创作了。”她用叉子侧面切碎鸡肉丸，心满意足地暂时安静下来。

“唔，”娜塔莉说着，拿起自己的叉子，“听上去不错，爱丽丝。真不错。有那样的天赋感觉一定很棒吧。”

但爱丽丝能看出，其实娜塔莉又想开讲了，于是她颇有风度地让出了舞台。她专注地吃着自己的食物，同时欣慰地看到，在自己肘边的高脚杯里，她的第二杯曼哈顿还剩整整三分之二。晚餐余下的时间里，只要她省着点喝，每次只啜一小口，再把间隔拉长，那它就足以支撑她回到公寓——而幸运的是，在那儿，还有大半瓶威士忌可以帮她安度这个夜晚。

鸡肉丸，她想，也是非常有营养的，前提是你得细嚼慢咽；热土豆泥其实也营养丰富，虽说这份做得有点稀，而且热乎乎的甜四季豆也同样富含营养。生活是如此美好；上帝就在他的天堂；鲍比很快会回家，而她餐盘旁的曼哈顿，还有将近三分之二。

娜塔莉的嘴动个不停，她的双唇、牙齿和舌头变换着形状，做出闲话、坦言、下流和怀旧的样子。爱丽丝望着那些动作，脸仿佛一本图鉴，轮番上演着微笑、悲伤和其他适当的反应，而她有理由相信，娜塔莉并不知道她已经停止了倾听。

她们吃完主菜之后，曼哈顿尽了，爱丽丝感觉自己已经没法撑到吃完冰淇淋了。“咱们省略甜点吧，娜塔莉。我实在太撑了，你呢？我连咖啡都不想喝。”她们回家的路上，她满脑子都是等在小厨房架子上的那半瓶威士忌。

“你会上来喝一杯的，对吗，娜塔莉？”她们快走到门口时，她问，“上来吧。现在回家太早了。”

“呃——”娜塔莉犹豫了，“我很想上去，亲爱的，但我觉得我还是回家比较好。总之谢啦。”

“噢，**拜托了**。”这话听上去比她预想的要迫切得多，但即便如此，她还是得再说一遍，“**拜托了**，娜塔莉。就一会儿嘛。”她焦急地望着娜塔莉的脸，对独处感到深深的恐惧。她无法独自爬上那段楼梯，再独自步入那间丑陋的公寓；她无法独自坐在那里——或走来走去，在地板上踱步——等待，直到上床歇息。

“不了，真的，”娜塔莉说着，在人行道上后退几步，“真的，爱丽丝，我还是回去吧。我周中再给你打电话，好吗？”

在街灯刺眼的光线里，娜塔莉后撤的脸顿时化作一张虚情假意的面具。她多老多丑啊，爱丽丝思忖道，同时奇怪自己过去为什么从没这么想过。她想说，娜塔莉，我其实根本就不喜欢你，从没喜欢过。但相反，她却说："好吧。晚安了。"

现在她是独自一人了。但那半瓶威士忌还在公寓里，像朋友一样忠实。她爬上楼梯，还没喘过气来就在身后锁紧房门，连帽子都没摘就给自己倒了杯烈酒。随后，她慢悠悠地脱下衣服，钻进一件破烂的旧浴袍，它几乎像酒精一样令她安慰。她准备好过夜了。

接下来那个月，六月，她收到了鲍比的信，随信还附上了一笔三百美元的汇款，他说那是他在巴黎的黑市上卖香烟赚的。他说他决定退伍后留在海外了，要去英格兰生活，在那儿，他要么会找份工作，要么就去读英国的某所大学——他还没想好。

七月，她又收到一封信，上面有伦敦的邮戳，没有回信地址，他随信附上了一百美元的汇款，解释说那是他一半的退伍金。他说自己离开了军队，感觉很好，他说他很快会再写信来。他祝她好运。